REALIDADES
ADAPTADAS

REALIDADES ADAPTADAS

os contos de
PHILIP K. DICK
que inspiraram grandes sucessos do cinema

TRADUÇÃO
Ludimila Hashimoto

ALEPH

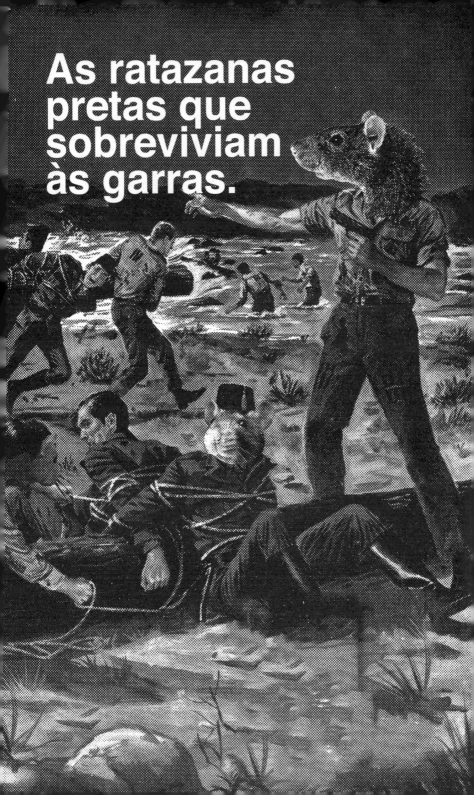

Mutantes – construíam seus próprios abrigos com saliva e cinzas.

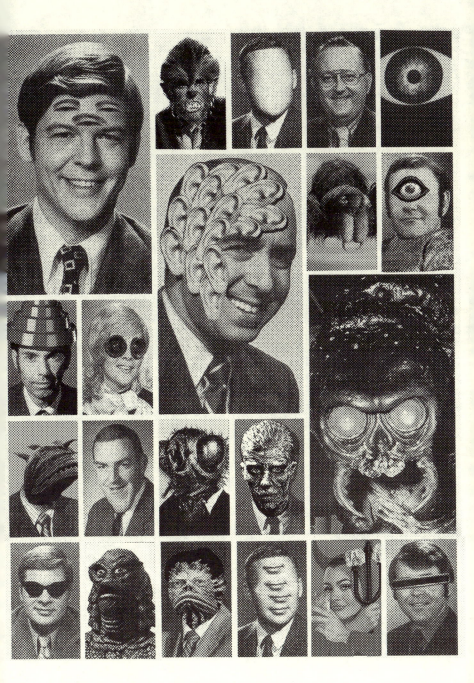

Sumário

Apresentação.. 15

Lembramos para você a preço de atacado 19
(*O Vingador do Futuro*)

Segunda variedade 49
(*Screamers – Assassinos Cibernéticos*)

Impostor... 109
(*Impostor*)

O relatório minoritário 131
(*Minority Report – A Nova Lei*)

O pagamento 183
(*O Pagamento*)

O homem dourado 231
(*O Vidente*)

Equipe de ajuste 273
(*Os Agentes do Destino*)

Notas do autor....................................... 305

Apresentação

Ficção científica e cinema sempre andaram de mãos dadas. Desde *Viagem à Lua* (1902) e *Metrópolis* (1927), vários clássicos desse gênero literário ganharam as telonas e conquistaram espectadores. Vários autores alcançaram reconhecimento do público brasileiro graças às adaptações cinematográficas de suas obras, como Mary Shelley, com *Frankenstein*, H. G. Wells, com *Guerra dos Mundos*, e Arthur C. Clarke, que, simultaneamente, escreveu o livro e coassinou o roteiro de *2001: Uma Odisseia no Espaço*.

Esse, porém, não é o caso de Philip K. Dick.

Ao longo de seus 53 anos de vida, Dick escreveu muito, e com qualidade. Imprimiu sua marca na literatura mundial com uma produção ampla, original, perturbadora, que fez dele, talvez, um dos autores mais adaptados para o cinema. Ainda assim, o escritor e sua obra, internacionalmente admirada, são pouco conhecidos no Brasil. Ou melhor, pouco reconhecidos.

Afinal, quem nunca ouvir falar em *Blade Runner – O Caçador de Androides*, filme dirigido por Ridley Scott em 1982 e inspirado no livro *Androides sonham com ovelhas elétricas?*, escrito por Dick em 1968? E ainda os sucessos de bilheteria inspirados em seus contos, como *O Vingador do Futuro* (1990), *Minority Report – A Nova Lei* (2002) e *O Pagamento* (2003)?

Mestre inigualável na arte de confundir e incitar nossas percepções, Philip K. Dick surpreende – e desconcerta – o leitor a todo instante. Seus contos abordam a ideia de tempo e de realidade, a natureza humana e a onipotência, o livre-arbítrio e as emoções. Mas longe de tratar tais assuntos de forma maçante e complicada, sua fértil imaginação nos leva a universos inusitados, desprovidos de heróis e vilões e da dicotomia entre bem e mal, certo e errado; universos trespassados por complexas realidades em que pessoas comuns buscam soluções para seus problemas. Não sem uma boa dose de perplexidade. Não sem um vago incômodo.

Os sete contos que compõem esta edição inédita, além de terem sido adaptados para as telas de cinema, apresentam esses questionamentos como fundamento e elo de ligação.

Lembramos para você a preço de atacado, que inspirou o filme *O Vingador do Futuro* – sucesso dos anos 1990 refilmado em 2012, que também originou uma série de TV em 1999 –, e *Equipe de ajuste* (*Os Agentes do Destino*) lidam com a percepção de realidade; *Impostor, Segunda variedade* (*Screamers – Assassinos Cibernéticos*) e *O homem dourado* (*O Vidente*) discutem a relação homem/máquina e quais são os aspectos que definem o ser humano enquanto tal; por fim, questiona-se o próprio fluxo do tempo, as relações entre causas e efeitos em *O pagamento, O relatório minoritário (Minority Report – A Nova Lei)* e, novamente, em *O homem dourado.*

Dick não chegou a ver nenhum dos filmes que foram baseados em sua obra. Morreu três meses antes de *Blade Runner* ser lançado. Mas não sem antes profetizar: "Minha vida e meu trabalho criativo estão justificados e inteirados por *Blade Runner*. Obrigado... será um grande sucesso comercial. Se provará insuperável". Afirmou-o sem imaginar que esse seria apenas o primeiro de tantos filmes inspirados em suas histórias. E de muitos outros que certamente ainda virão.

REALIDADES ADAPTADAS

Lembramos para você a preço de atacado

Publicado em 1966, o conto Lembramos para você a preço de atacado (We can remember it for you wholesale) deu origem ao filme **O Vingador do Futuro** (Total Recall), cuja primeira versão, rodada em 1990, foi dirigida pelo cineasta holandês Paul Verhoeven (Robocop – O Policial do Futuro, Instinto Selvagem) e roteirizada por Dan O'Bannon (Alien, o Oitavo Passageiro, Impostor), Ronald Shusett (Alien – O Oitavo Passageiro, Alien vs. Predador) e Gary Goldman (O Vidente, Os Aventureiros do Bairro Proibido). O remake do filme, lançado em 2012, foi dirigido pelo norte-americano Len Wiseman (Anjos da Noite, Duro de Matar 4.0) e adaptado por Kurt Wimmer (Código de Conduta, Thomas Crown – A Arte do Crime) e Mark Bomback (Duro de Matar 4.0). O papel do protagonista, vivido por Arnold Schwarzenegger nos anos 1990, coube ao ator irlandês Colin Farrell na versão mais recente.

ELE ACORDOU – e não estava em Marte. *Os vales*, pensou. *Como seria caminhar entre eles?* Ótimo, e melhor ainda: o sonho se tornava mais intenso à medida que ele despertava, o sonho e o desejo. Ele quase pôde sentir a presença envolvente do outro mundo, que apenas agentes do governo e oficiais superiores conheciam. Um escriturário como ele? Improvável.

– Vai se levantar ou não? – perguntou a esposa, Kirsten, sonolenta, no tom habitual de ríspido mau humor. – Se for, aperte o botão de café quente da droga do fogão.

– Está bem – disse Douglas Quail, e seguiu descalço do quarto do condapto à cozinha. Ali, depois de apertar obedientemente o botão do café quente, sentou-se à mesa e pegou uma latinha amarela do excelente rapé Dean Swift. Inalou impetuosamente, e a mistura Beau Nash fez o nariz arder e queimou o céu da boca. Mas não deixava de inalar; era o que o despertava e permitia que seus sonhos, seus desejos noturnos e vontades aleatórias se condensassem, tomando um aspecto de racionalidade.

Eu vou, disse a si mesmo. *Antes de morrer, vou conhecer Marte.*

Era impossível, claro, e ele o sabia mesmo quando estava sonhando. E a luz do dia, o barulho rotineiro da esposa escovando o cabelo diante do espelho do quarto – tudo conspirava para que ele se lembrasse do que era. *Um pobre coitado de um assalariado*, disse a si mesmo com rancor. Kirsten fazia com que ele se lembrasse disso pelo menos uma vez por dia, e ele não a culpava. O papel de uma esposa era fazer o marido manter os pés no chão. *Manter os pés no chão*, pensou, e riu. A figura de linguagem era literalmente adequada.

– Está rindo de quê? – perguntou a esposa ao entrar rapidamente na cozinha, o longo e chamativo roupão cor-de-rosa balançando às costas. – Algum sonho, aposto. Está sempre cheio de sonhos.

– Sim – disse ele, vendo pela janela da cozinha os carros voadores, canaletas de tráfego e todas as pessoinhas cheias de energia correndo para o trabalho. Ele logo estaria entre elas. Como sempre.

– Aposto que tem alguma mulher nesse sonho – disse Kirsten, maldosamente.

– Não – disse ele. – Um deus. O deus da guerra. Tem crateras maravilhosas com todo tipo de vegetação crescendo no fundo.

– Ouça. – Kirsten agachou-se ao lado dele e falou num tom sério, suspendendo a rispidez da voz por um momento. – O fundo do oceano, do *nosso* oceano, é muito mais, infinitas vezes mais bonito. Sabe disso, todo mundo sabe. Alugue um branquiotraje artificial para nós dois, tire uma semana de folga do trabalho, e podemos descer e passar um tempo num daqueles resorts aquáticos. Além disso... – Ela parou de repente. – Não está me ouvindo. Deveria estar. Estou lhe falando de algo muito melhor que essa compulsão, essa sua obsessão por Marte, e nem sequer presta atenção! – Ela ergueu a voz com mais intensidade. – Deus do céu, você é um caso perdido, Doug! O que será de você?

– Vou trabalhar – disse ele, levantando-se, deixando o café da manhã esquecido. – É o que será de mim.

Ela o encarou.

– Está piorando. Cada dia mais fanático. Aonde isso vai parar?

– Em Marte – disse ele, abrindo a porta do armário para retirar uma camisa limpa para usar no trabalho.

* * *

Ao descer do táxi, Douglas Quail caminhou lentamente por três canaletas de pedestres abarrotadas, até a porta moderna, atraente e convidativa. Parou ali, obstruindo o tráfego do meio da manhã, e leu com atenção o letreiro de neon que mudava de cor. Já examinara o letreiro no passado... mas nunca chegara tão perto. Agora a situação era muito diferente. O que fazia agora era outra coisa. Algo que teria de acontecer cedo ou tarde.

REKORDAR S.A.

Essa era a resposta? Afinal de contas, uma ilusão, por mais convincente que fosse, não passava de uma ilusão. Pelo menos em termos objetivos. Porém, em termos subjetivos, era totalmente o oposto.

De qualquer modo, ele tinha uma consulta marcada. Dali a cinco minutos.

Respirando fundo o ar moderadamente carregado de fumaça e neblina de Chicago, ele atravessou a deslumbrante cintilação policromática da entrada e foi até o balcão da recepcionista.

A loira eloquente da recepção, de seios à mostra e bem arrumada, disse em tom agradável:

– Bom dia, senhor Quail.

– Sim – disse ele. – Estou aqui para falar a respeito de um procedimento da Rekordar. Como deve saber.

– "Da Rekordar", não. "Para recordar" – corrigiu a recepcionista. Pegou o vidfone ao lado do cotovelo macio e disse:

– O senhor Douglas Quail está aqui, senhor McClane. Ele pode entrar agora? Ou é muito cedo?

– Blaz blaz enhem anhem nhem – murmurou o fone.

– Sim, senhor Quail – disse ela. – Pode entrar. O senhor McClane está esperando. – Quando ele saiu andando, incerto, ela o informou – Sala D, senhor Quail. À sua direita.

Após um momento frustrante, porém breve, em que ficou perdido, ele achou a sala certa. A porta se abriu e, lá dentro, diante de uma mesa grande de nogueira legítima, estava um homem de aparência amistosa, meia-idade, usando o mais recente terno cinza de pele de rã marciana; só a vestimenta já teria indicado a Quail que ele buscara a pessoa certa.

– Sente-se, Douglas – disse McClane, indicando com a mão rechonchuda a cadeira diante da mesa. – Então você quer ter ido a Marte. Muito bom.

Quail sentou-se, tenso.

– Não estou tão certo de que valha a pena pagar. O preço é alto e, pelo que entendi, não obtenho nada de fato. – *É quase tão caro quanto ir*, pensou.

– Você obtém provas tangíveis de sua viagem – discordou McClane, categórico. – Todas as provas de que precisará. Veja. Vou lhe mostrar. – Enfiou a mão numa gaveta da mesa imponente. – Canhoto de passagem. – Retirou de uma pasta de cânhamo um pequeno quadrado de papelão impresso. – Prova que você foi... e voltou. Cartões-postais. – Colocou quatro postais em 3D coloridos numa fileira bem arrumada sobre a mesa para Quail ver. – Filme. Fotos que você tirou em pontos turísticos marcianos com uma câmera móvel alugada. – Mostrou-as a Quail também. – Além dos nomes das pessoas que conheceu, duzentos pós-creds em lembranças de viagem, que chegarão, de Marte, no mês seguinte. E passaporte, certificados das injeções que tomou. E mais. – Encarou Quail com um olhar penetrante. – Saberá que foi, sem dúvida. Não se lembrará de nós, de mim nem de ter vindo aqui. Será uma viagem real na sua mente, garantimos. Duas semanas inteiras de recordação. Até os detalhes mais triviais. Lembre-se disso: se em algum momento você duvidar que realmente fez uma longa viagem a Marte, pode voltar aqui e receber todo o dinheiro de volta. Entendeu?

– Mas eu não fui – disse Quail. – Não terei ido, não importa que provas você me forneça. – Respirou fundo, hesitante. – E nunca fui um agente secreto da Interplan. – Parecia-lhe impossível que o implante de memória extrafactual da Rekordar S.A. pudesse realizar o prometido, apesar do que ouvira as pessoas contarem.

– Senhor Quail – disse McClane, com impaciência. – Como explicou em sua carta a nós, não tem a menor chance, a mais vaga possibilidade de ir realmente a Marte. Não pode pagar e, o que é muito mais importante, jamais teria as qualificações necessárias para se tornar um agente secreto da Interplan ou de ninguém mais. Esta é a única forma de realizar o – pigarreou – sonho da sua vida. Não estou certo, senhor? O senhor não pode ser isso, não pode fazer isso de fato. – Deu uma risadinha. – Mas pode ter sido e ter feito. Cuidaremos disso. E nosso preço é razoável, sem taxas ocultas. – Deu um sorriso encorajador.

– Uma memória extrafactual é mesmo tão convincente assim? – perguntou Quail.

– Mais do que a real, senhor. Se tivesse mesmo ido a Marte como agente da Interplan, teria esquecido muita coisa. Nossa análise dos sistemas de memória verdadeira, lembranças autênticas de acontecimentos importantes na vida de uma pessoa, mostra que uma variedade de detalhes se apaga muito rapidamente. Para sempre. Parte do pacote que lhe oferecemos é uma implantação de memória tão profunda que nada é esquecido. O pacote que é transmitido ao senhor enquanto está comatoso é criado por especialistas capacitados, homens que passaram anos em Marte. Em todos os casos, verificamos os mais ínfimos detalhes. E o senhor escolheu um sistema extrafactual bastante fácil. Se tivesse escolhido Plutão ou quisesse ser o imperador da Aliança dos Planetas Centrais, teríamos muito mais dificuldade... e os custos seriam consideravelmente mais altos.

Tirando a carteira do bolso, Quail disse:

– O.k. É a ambição da minha vida e estou vendo que nunca a realizarei de verdade. Então, suponho que terei de me contentar com isto.

– Não pense desse modo – disse McClane, em tom severo. – Não está aceitando uma segunda opção. A memória real, com todas as incertezas, omissões e lacunas, para não dizer distorções, essa sim é a segunda opção. – Recebeu o dinheiro e apertou um botão na mesa. – Está bem, senhor Quail – disse, enquanto a porta do escritório se abria e dois homens corpulentos entravam rapidamente. – O senhor está a caminho de Marte como agente secreto. – Levantou-se e foi apertar a mão nervosa e úmida de Quail. – Ou melhor, já esteve a caminho. Às quatro e meia da tarde, você vai, hum, chegar de volta à Terra. Um táxi o deixará em seu condapto, e, como eu disse, nunca se lembrará de ter me visto ou vindo aqui. Na verdade, não se lembrará sequer de ter ouvido falar de nossa existência.

Com a boca seca de nervosismo, Quail seguiu os dois técnicos para fora do escritório. O que vinha a seguir dependia deles.

Acreditarei mesmo que estive em Marte? perguntou-se. *Que consegui realizar a ambição da minha vida?* Teve uma intuição estranha e persistente de que algo daria errado. Mas exatamente o quê, ele não sabia.

Teria de esperar para descobrir.

O interfone da mesa de McClane, que o conectava com a sala de procedimentos da empresa, tocou, e uma voz disse:

– O senhor Quail está sob efeito do sedativo agora, senhor. Quer supervisionar este procedimento, ou devemos prosseguir?

– É rotina – observou McClane. – Podem prosseguir, Lowe. Acredito que não terão nenhum problema. – Programar uma memória artificial de uma viagem a outro planeta, com ou sem o estímulo adicional de ser um agente secreto, constava no cronograma da empresa com uma regularidade monótona. *Em um mês,* ele calculou com ironia, *devemos fazer uns vinte desses... a falsa ilusão interplanetária se tornou o nosso feijão com arroz.*

– Como quiser, senhor McClane – disse Lowe, e o interfone foi desligado.

No cofre que ficava na sala atrás do escritório, McClane procurou um pacote Três: viagem a Marte; e um pacote Sessenta e dois: espião secreto da Interplan. Ao encontrar os dois pacotes, voltou à mesa com eles, acomodou-se na cadeira e despejou os conteúdos – produtos que seriam colocados no condapto de Quail enquanto os técnicos se ocupavam em instalar a memória falsa.

Uma arma pessoal sneaky-pete de um pós-cred, refletiu McClane; esse é o item maior. O que mais nos onera financeiramente. Depois um transmissor do tamanho de uma pílula, que podia ser engolido se o agente fosse pego. Um livro de códigos que tinha uma semelhança espantosa com o original... os modelos da empresa eram altamente fiéis: baseados, sempre que possível, no verdadeiro padrão militar dos Estados Unidos. Objetos aleatórios que não tinham nenhum sentido intrínseco, mas que seriam entrelaçados no tecido e na trama da viagem imaginária de Quail e coincidiriam com sua memória: metade de uma moeda antiga de cinquenta centavos, várias citações dos sermões de John Donne escritas incorretamente, cada uma num pedaço separado de papel de seda transparente, várias cartelas de fósforos de bares marcianos, uma colher de aço inoxidável com a inscrição PROPRIEDADE DOS KIBUTZIM NACIONAIS DO DOMO-MARTE, uma bobina para escuta telefônica que...

O interfone tocou.

– Senhor McClane, desculpe incomodá-lo, mas aconteceu algo muito preocupante. Talvez fosse melhor que o senhor estivesse aqui, no final das contas. Quail já está sob efeito do sedativo, reagiu bem à narkidrina. Está completamente inconsciente e receptivo. Mas...

– Estou indo. – Sentindo que havia um problema, McClane saiu do escritório. Um instante depois, apareceu na sala de procedimentos.

Deitado num leito esterilizado estava Douglas Quail, respirando de forma lenta e regular, os olhos semicerrados. Parecia notar vagamente – mas apenas vagamente – a presença dos dois técnicos e agora do próprio McClane.

– Não há espaço para inserir padrões de memória falsos? – McClane estava irritado. – É só excluir duas semanas de trabalho.

Ele é funcionário da Agência de Emigração da Costa Oeste, que é um órgão do governo, portanto, sem dúvida, tem ou teve duas semanas de férias no último ano. Isso deve resolver. – Detalhes triviais o chateavam. Sempre.

– Nosso problema – disse Lowe, incisivo – é algo bem diferente. Preste atenção. – Ele se inclinou sobre a cama e disse a Quail: – Conte ao senhor McClane o que nos contou.

Os olhos verde-acinzentados do homem deitado de costas focalizaram o rosto de McClane. O olhar, ele observou com inquietação, tornara-se duro. Os olhos tinham a aparência lustrosa e inorgânica de pedras semipreciosas. Não tinha certeza se gostava do que via; o brilho era frio demais.

– O que você quer? – disse Quail, com rispidez. – Vocês estragaram meu disfarce. Saiam daqui antes que eu dê uma surra em todos. – Examinou McClane. – Especialmente você. Você está no comando desta contraoperação.

Lowe disse:

– Quanto tempo ficou em Marte?

– Um mês – disse Quail, a voz áspera.

– E seu propósito lá? – indagou Lowe.

Os lábios magros se contraíram. Quail encarou-o e não falou. Por fim, soltando lentamente palavras carregadas de hostilidade, disse:

– Agente da Interplan. Como já informei. Não registram tudo o que é dito? Mostrem a fita de aud-vid para o seu chefe e me deixem em paz. – Fechou os olhos. O brilho nítido cessou. De modo instantâneo, McClane sentiu um alívio urgente e arrebatador.

Lowe disse calmamente:

– É um homem difícil, senhor McClane.

– Não será – disse McClane –, depois que fizermos com que perca a cadeia da memória novamente. Ficará tão dócil quanto antes. – A Quail, disse: – Então é por isso que queria tanto ir a Marte.

Sem abrir os olhos, Quail disse:

– Nunca quis ir a Marte. Fui designado para ir, deram-me a incumbência e lá estava eu: sem saída. Ah, sim, admito que estava curioso. Quem não estaria? – Mais uma vez abriu os olhos e analisou os três, especialmente McClane. – Muito forte a droga da verdade que vocês têm aqui. Trouxe de volta coisas de que eu não tinha a menor lembrança. – Ponderou. – Fico me perguntando a respeito de Kirsten – disse, meio para si mesmo. – Ela poderia estar envolvida nisso? Um contato da Interplan de olho em mim... para se certificarem de que eu não recuperasse minha memória? Não surpreende que ela tenha zombado tanto de minha vontade de ir para lá. – Deu um sorriso de leve. O sorriso, de quem compreende, desapareceu quase de imediato.

McClane disse:

– Por favor, acredite em mim, senhor Quail. Nos deparamos com isso de modo totalmente acidental. No trabalho que fazemos...

– Acredito em você – disse Quail. Parecia cansado agora. A droga continuava a afastá-lo, cada vez mais. – Onde eu disse que estive? – murmurou. – Marte? Difícil lembrar... Sei que gostaria de conhecer o planeta. Assim como qualquer outra pessoa. Mas eu... – Sua voz falhou. – Só um funcionário de escritório, um funcionário insignificante.

Ajeitando-se, Lowe disse ao superior:

– Ele quer que seja implantada uma memória falsa que corresponda a uma viagem que tenha realmente feito. E um motivo falso que seja o motivo real. Está dizendo a verdade. Está sob total efeito da narkidrina. A viagem está muito vívida em sua mente, pelo menos enquanto está sedado. Mas parece que não se lembraria de outra forma. Alguém, provavelmente num laboratório de ciências militares do governo, apagou suas lembranças conscientes. Ele só sabia que ir para Marte tinha um significado especial para ele, e foi o que fez, como agente secreto. Não conseguiram apagar isso. Não se trata de uma lembrança, mas de um desejo, sem dúvida, o mesmo que o motivou a se oferecer para a missão no início de tudo.

O outro técnico, Keeler, disse a McClane:

– O que fazemos? Enxertamos um padrão de memória falso sobre a memória real? Não há como prever os resultados. Ele pode lembrar parte da viagem verdadeira, e a confusão pode provocar um episódio psicótico. Ele teria que manter duas premissas opostas na mente, de forma simultânea: a de que foi a Marte e a de que não foi. A de que é um verdadeiro agente da Interplan e a de que não é, que isso é falso. Acho que devemos reanimá-lo sem implantar nenhuma memória artificial e mandá-lo para fora daqui. Isso é perigoso.

– Concordo – disse McClane. Uma ideia lhe ocorreu. – Pode prever do que ele lembrará quando passar o efeito do sedativo?

– É impossível – disse Lowe. – Provavelmente terá alguma lembrança vaga, difusa, da viagem verdadeira agora. E é provável que tenha sérias dúvidas quanto à sua veracidade. É provável que conclua que houve uma falha em nossa programação. E se lembraria de ter vindo aqui; isso não seria apagado. A menos que o senhor queira.

– Quanto menos mexermos com esse homem, melhor – disse McClane –, é o que prefiro. Não devemos brincar com nada disso. Já caímos na besteira, ou tivemos o azar, de descobrir um verdadeiro espião da Interplan que tem um disfarce tão perfeito que até há pouco nem ele mesmo sabia o que era, ou melhor, é. – Quanto antes se livrassem do homem que dizia ser Douglas Quail, melhor.

– Vamos plantar os pacotes Três e Sessenta e dois no condapto dele? – disse Lowe.

– Não – disse McClane. – E vamos devolver metade do pagamento.

– Metade! Por que metade?

McClane explicou, pouco convincente:

– Parece ser um meio-termo justo.

* * *

Enquanto o táxi o levava de volta a seu condapto, na área residencial de Chicago, Douglas Quail disse a si mesmo: *Como é bom estar de volta à Terra.*

O período de um mês em Marte já começava a se tornar vago em sua memória. Tinha apenas a imagem de crateras com aberturas profundas, uma erosão antiga e onipresente de colinas, de vitalidade e movimento puro. Um mundo de poeira onde pouco acontecia, onde uma boa parte do dia era voltada a verificações repetidas da própria fonte portátil de oxigênio. E tinha ainda as formas de vida, os modestos e despretensiosos cactos marrom-acinzentados e vermes parasitas.

Na verdade, ele trouxera diversas amostras moribundas da fauna marciana; conseguira passar com elas pela alfândega. Afinal, não apresentavam nenhuma ameaça; não poderiam sobreviver na atmosfera pesada da Terra.

Buscou no bolso do casaco o recipiente com os vermes marcianos...

E encontrou um envelope em seu lugar.

Erguendo-o, descobriu, para a sua perplexidade, que continha quinhentos e setenta pós-creds, em notas de baixo valor.

Onde consegui isto?, perguntou-se. *Não gastei todos os 'creds que tinha na viagem?*

Com o dinheiro, veio um pedaço de papel com a observação: *Metade do pagamento dev. por McClane.* E a data. A data de hoje.

– Recordar – disse em voz alta.

– Recordar o quê, senhor ou senhora? – indagou respeitosamente o motorista automático do táxi.

– Tem uma lista telefônica? – perguntou Quail.

– Certamente, senhor ou senhora. – Uma fenda se abriu; dela saiu uma lista telefônica de Cook County em microfita.

– A grafia é estranha – disse Quail, ao folhear as páginas amarelas. Sentiu medo, então; um medo persistente. – Aqui está. Leve-me até lá, para a Rekordar, S.A. Mudei de ideia, não quero ir para casa.

– Sim, senhor ou senhora, conforme o caso – disse o motorista. Um momento depois, o táxi disparava na direção oposta.

– Posso usar seu telefone? – perguntou.

– À vontade – disse o motorista automático. E entregou-lhe um fone novo em folha, modelo imperador, 3D, em cores.

Digitou o número do próprio condapto. Após uma pausa, viu-se diante de uma imagem em miniatura, mas assustadoramente realista, de Kirsten na pequena tela.

– Fui a Marte – disse a ela.

– Está bêbado. – Contorceu os lábios com desdém. – Ou pior.

– Juro por Deus.

– Quando? – ela perguntou.

– Não sei. – Ele ficou confuso. – Uma viagem simulada, acho. Num daqueles locais de memória artificial, ou extrafactual, sei lá. Não funcionou.

Kirsten disse com agressividade:

– Você *está* bêbado. – E interrompeu a conexão. Ele desligou, sentindo o rosto corar. *Sempre o mesmo tom,* disse a si mesmo, irritado. *Sempre a resposta atravessada, como se ela soubesse tudo, e eu, nada. Que casamento. Meu Deus,* pensou com tristeza.

Um momento depois, o táxi parou no meio-fio diante de um pequeno prédio cor-de-rosa, moderno e muito atraente, sobre o qual havia um letreiro animado de neon policromático, com as palavras: REKORDAR S.A.

A recepcionista, chique e nua da cintura para cima, teve um sobressalto, depois retomou o controle de si com maestria.

– Oh, olá, senhor Quail – disse ela, nervosa. – C-como está? Esqueceu alguma coisa?

– O resto do meu pagamento de volta – disse ele.

Agora mais recomposta, a recepcionista disse:

– Pagamento? Acho que está enganado, senhor Quail. Esteve aqui discutindo a viabilidade de uma viagem extrafactual para o senhor, mas... – Encolheu os ombros macios e claros. – Pelo que entendi, nenhuma viagem foi feita.

Quail disse:

– Lembro-me de tudo, senhorita. Minha carta à Rekordar S.A., que deu início a tudo isso. Lembro-me de minha chegada aqui, minha consulta com o senhor McClane. Depois os dois técnicos do laboratório me rebocando e administrando a droga para me apagar. – Não era de admirar que a empresa tivesse devolvido metade do pagamento. A falsa memória de sua "viagem a Marte" não fizera efeito, pelo menos não inteiramente, não como lhe haviam garantido.

– Senhor Quail – disse a moça –, embora seja um simples funcionário público, é um homem bonito, e ficar bravo estraga suas feições. Se puder fazer com que se sinta melhor, eu poderia, hã... deixá-lo me levar para sair...

Ele ficou furioso.

– Eu me lembro de você – disse, enraivecido. – Por exemplo, o spray azul em seus seios, isso ficou na minha mente. E me lembro da promessa do senhor McClane de que se eu me lembrasse de minha vinda à Rekordar S.A., receberia todo o meu dinheiro de volta. Onde está o senhor McClane?

Após uma demora – provavelmente o máximo de tempo que conseguiram –, ele se viu mais uma vez sentado diante da imponente mesa de nogueira, exatamente como estivera há cerca de uma hora.

– Que bela técnica a de vocês – disse Quail, mordaz. Sua decepção e seu ressentimento eram enormes a essa altura. – Minha suposta "memória" de uma viagem a Marte como agente secreto da Interplan é nebulosa e vaga, repleta de contradições. E me lembro claramente de meu acordo aqui com vocês. Eu deveria levar isso ao Better Business Bureau. – Ele ardia de raiva nesse momento. A sensação de ter sido enganado era devastadora, superava a aversão que costumava sentir de fazer parte de confrontos públicos.

Com um ar taciturno, e também cauteloso, McClane disse:

– Nós nos rendemos, Quail. Devolveremos o saldo de seu pagamento. Reconheço o fato de que não fizemos absolutamente nada para você. – O tom era resignado.

Quail disse em tom de acusação:

– Você nem sequer forneceu os diversos artefatos que alegou poderem "provar" a mim que eu havia ido a Marte. Toda aquela sua conversa fiada... não deu em droga nenhuma. Nem sequer um canhoto de passagem. Nem cartões-postais. Nem passaporte. Nem comprovação de vacinas de imunização. Nem...

– Ouça, Quail – disse McClane. – Imagine se eu lhe dissesse... – Parou de repente. – Deixe para lá. – Apertou um botão do interfone. – Shirley, pode providenciar mais quinhentos e setenta 'creds em cheque administrativo para Douglas Quail? Obrigado. – Soltou o botão e encarou Quail furiosamente.

O cheque apareceu de imediato. A recepcionista colocou-o diante de McClane e sumiu, deixando os homens a sós, ainda se encarando acima da superfície da mesa de nogueira maciça.

– Deixe-me dar um conselho – disse McClane, ao assinar e entregar o cheque. – Não comente sua... viagem recente a Marte com ninguém.

– Que viagem?

– Bom, aí é que está. – Persistente, McClane disse: – A viagem de que se lembra parcialmente. Aja como se não lembrasse. Finja que nunca aconteceu. Não me pergunte por quê. Apenas aceite o meu conselho: será melhor para todos nós. – Começara a transpirar. Copiosamente. – Agora, senhor Quail, tenho outros negócios, outros clientes para ver. – Levantou-se, levou Quail até a porta.

Ao abrir a porta, Quail disse:

– Uma empresa que faz um trabalho tão ruim não deveria ter cliente nenhum. – Saiu e fechou a porta.

A caminho de casa, no táxi, Quail pensou no texto de sua carta de reclamação para o Better Business Bureau, Divisão Terra. Assim que estivesse com a máquina de escrever, começaria. Estava claro que era seu dever alertar outras pessoas a ficarem longe da Rekordar S.A.

Quando chegou ao condapto, sentou-se diante da Hermes Rocket portátil, abriu as gavetas e procurou um papel-carbono – e notou uma caixa pequena e familiar. Uma caixa que tivera o cuidado de encher em Marte com fauna marciana, para depois passar disfarçadamente pela alfândega.

Ao abrir a caixa, viu com descrença seis vermes mortos e algumas variedades da vida unicelular das quais os vermes marcianos se alimentavam. Os protozoários estavam secos, virando pó, mas ele os reconheceu. Levara um dia inteiro caçando-os entre os enormes rochedos alienígenas escuros. Uma jornada maravilhosa e iluminada de descobertas.

Mas não fui a Marte, deu-se conta.

Por outro lado...

Kirsten apareceu à porta, com os braços carregados de compras num saco marrom-claro.

– Por que está em casa no meio do dia? – Seu tom, na eterna mesmice, era acusador.

– Eu fui a Marte? – ele perguntou. – Você saberia.

– Não, é claro que não foi a Marte. Acho que *você* saberia disso. Não está sempre choramingando que quer ir?

Ele disse:

– Por Deus, acho que fui. – Após uma pausa, acrescentou: – E simultaneamente, acho que não fui.

– Decida-se.

– Como posso? – Gesticulou. – Tenho as duas faixas de memória juntas dentro da cabeça. Uma é real, e a outra, não, mas não sei dizer qual é qual. Por que não posso confiar em você? Eles não experimentaram com você. – Ela poderia, pelo menos, ajudá-lo nesta situação, apesar de nunca ter feito nada por ele.

Kirsten disse com a voz firme, controlada:

– Doug, se você não se recompuser, está tudo acabado. Eu vou deixá-lo.

– Estou em apuros. – A voz dele saiu rouca, áspera e trêmula.
– É provável que eu esteja caminhando para um surto psicótico. Espero que não, mas... talvez seja isso. Pelo menos explicaria tudo.

Kirsten baixou o saco com as compras e caminhou com altivez até o armário.

– Eu não estava brincando – disse calmamente. Pegou um casaco, vestiu e voltou à porta do condapto. – Ligarei para você um dia desses – disse com indiferença. – Isto é um adeus, Doug. Espero que consiga sair dessa. Realmente rezo para que saia. Para o seu bem.

– Espere – ele disse desesperadamente. – Apenas me diga e seja clara. Eu fui ou não, conte-me qual dos dois. – *Mas eles podem ter alterado sua faixa de memória também*, ele se deu conta.

A porta se fechou. Sua esposa havia ido embora. Finalmente!

Uma voz atrás dele disse:

– Pronto. Agora, levante as mãos, Quail. E também faça o favor de se virar para cá.

Ele se virou, instintivamente, sem erguer as mãos.

O homem que estava diante dele usava um uniforme cor de ameixa da Agência de Polícia Interplan, e sua arma parecia ser da ONU. E, por algum motivo estranho, sentiu que o conhecia. O homem lhe era familiar de um modo nebuloso e distorcido que ele não sabia definir. Então, trêmulo, ergueu as mãos.

– Você se lembra – disse o policial – de sua viagem a Marte. Temos conhecimento de todas as suas ações hoje e de todos os seus pensamentos, especialmente os pensamentos muito importantes durante o trajeto da Rekordar S.A. até aqui. – Explicou: – Temos um teletransmissor instalado dentro do seu crânio, que nos mantém constantemente informados.

Um transmissor telepático, aplicação de um plasma vivo que fora descoberto em Luna. Ele estremeceu com aversão a si mesmo. A coisa vivia dentro dele, dentro de seu próprio cérebro, alimentando-se, ouvindo, alimentando-se. Mas a polícia da Interplan costumava lançar mão disso. Saíra até nos homeojornais. Então, provavelmente era verdade, por mais pavorosa que fosse.

– Por que eu? – perguntou Quail com a voz rouca. O que ele havia feito... ou pensado? E o que isso tinha a ver com a Rekordar S.A.?

– Basicamente – disse o policial da Interplan –, isto não tem nada a ver com a Rekordar. É entre você e nós. – Bateu no ouvido direito. – Ainda estou recebendo seus processos mentais através do transmissor cefálico. – No ouvido do homem, Quail viu um pequeno plugue de plástico branco. – Portanto tenho de alertá-lo: tudo o que pensar pode ser usado contra você. – Sorriu. – Não que isso importe agora. Já se acabou de tanto pensar e se expressar. O que nos incomoda é o fato de que, sob efeito da narkidrina, na Rekordar S.A., você contou a eles, aos técnicos e ao senhor McClane, o dono, sobre sua viagem: aonde foi, para quem e parte do que fez. Eles estão muito amedrontados. Queriam nunca ter colocado os olhos em você. – Acrescentou, refletindo: – E têm razão.

Quail disse:

– Nunca fiz viagem alguma. É uma falsa cadeia de memória inserida em mim incorretamente pelos técnicos de McClane. – Mas então pensou na caixa, na gaveta, contendo formas de vida marcianas. E o trabalho e as dificuldades que tivera para recolhê-las. A lembrança parecia real. E a caixa com formas de vida, essa era real com certeza. A menos que McClane tivesse colocado ali. Talvez essa fosse uma das "provas" que ele prometera.

A lembrança de minha viagem a Marte, pensou, *não me convence; mas, infelizmente, convenceu a Agência de Polícia Interplan. Eles pensam que fui mesmo a Marte e que eu, pelo menos parcialmente, sei disso.*

– Não apenas sabemos que foi a Marte – concordou o policial da Interplan, em resposta a seus pensamentos –, como sabemos que agora tem lembranças suficientes para nos causar dificuldades. E não adianta apagar tudo isso de sua memória consciente, porque se o fizermos, você simplesmente vai aparecer na Rekordar S.A. mais uma vez e começar tudo de novo. E não podemos fazer nada a respeito de McClane e o procedimento dele porque não temos autoridade sobre ninguém exceto o nosso próprio pessoal. Seja como for, McClane não cometeu crime algum. – Encarou Quail. – Tecnicamente, nem você. Você não foi à Rekordar S.A. com o intuito de recuperar sua memória. Foi, como sabemos, pelo motivo de costume das pessoas que vão para lá: o amor que as pessoas comuns e tediosas têm pela aventura. – Acrescentou: – Infelizmente, você não é comum nem tedioso, e já teve emoções demais. A última coisa de que precisava no universo era um procedimento da Rekordar S.A. Nada poderia ter sido mais letal para você ou para nós. E, a propósito, para McClane.

Quail perguntou:

– Por que causa "dificuldades" a vocês eu me lembrar da viagem, da suposta viagem, e do que fiz lá?

– Porque – disse o policial fardado – o que você fez não está de acordo com a nossa imagem pública de um pai ultraconservador e superprotetor. Você fez, por nós, o que nunca fazemos, como logo vai lembrar, graças à narkidrina. Essa caixa de algas e vermes mortos está na sua gaveta há seis meses, desde que voltou. E em momento algum você demonstrou a menor curiosidade a respeito. Nem sequer sabíamos que ela existia antes de se lembrar dela a caminho de casa, voltando da Rekordar. Então viemos aqui de imediato para procurá-la. – Acrescentou, desnecessariamente: – E de nada adiantou, não houve tempo hábil.

Um segundo policial da Interplan juntou-se ao primeiro. Os dois confabularam brevemente. Enquanto isso, Quail pensou rápido. Realmente conseguia lembrar mais agora, o policial estava certo quanto à narkidrina. Eles – a Interplan – provavelmente a usavam também. Provavelmente? Ele sabia muito bem que o faziam. Ele os vira aplicando a droga num prisioneiro. Onde teria sido? Em algum lugar da Terra? Mais provavelmente em Luna, concluiu, vendo a imagem surgir em sua memória altamente danificada, mas em rápido processo de recuperação.

E se lembrou de mais uma coisa. O motivo de sua ida a Marte, o trabalho que fizera.

Não admirava que tivessem apagado sua memória.

– Ai, Deus – disse o primeiro policial da Interplan, interrompendo sua conversa com o colega. Obviamente, tinha captado os pensamentos de Quail. – Bem, o problema é muito pior agora, não pode piorar mais. – Foi até Quail, mais uma vez protegido pela arma. – Temos que matá-lo. E já.

Nervoso, o companheiro disse:

– Por que já? Não podemos simplesmente carregá-lo até a Interplan de Nova York e deixar que eles...

– Ele sabe por que tem de ser já – disse o primeiro policial. Também parecia nervoso agora, mas Quail notou que era por um motivo totalmente diferente. Sua memória estava quase toda recuperada. E compreendeu a tensão do policial.

– Em Marte – disse Quail com a voz rouca – eu matei um homem. Depois de passar por quinze guarda-costas. Alguns armados com armas sneaky-pete, como vocês estão. – Ele havia sido treinado, pela Interplan, durante um período de cinco anos, para ser um assassino. Um assassino profissional. Sabia eliminar adversários armados... como aqueles dois policiais. E o que estava com o receptor auditivo sabia disso também. Se ele fosse ligeiro o bastante...

A arma disparou. Mas ele já havia mudado de lugar e, ao mesmo tempo, derrubou o policial armado. Num instante, estava com a arma e apontava para o outro, confuso, policial.

– Captou meus pensamentos – disse Quail, ofegante. – Ele sabia o que eu ia fazer, mas eu fiz assim mesmo.

Tentando sentar-se, o policial ferido disse com a voz rouca:

– Ele não vai usar essa arma contra você, Sam. Captei isso também. Ele sabe que não tem chances e sabe que o sabemos também. Vamos, Quail. – Com dificuldade, gemendo de dor, levantou-se, trêmulo. Estendeu a mão. – A arma – disse a Quail. – Não pode usá-la, e se me devolver, garanto não matá-lo. Terá direito a um julgamento, e alguém do alto escalão da Interplan decidirá, não eu. Talvez possam apagar sua memória mais uma vez, não sei. Mas você sabe o motivo pelo qual eu ia matá-lo. Não pude evitar que se lembrasse. Portanto meu motivo para querer matá-lo, em certo sentido, é algo do passado.

Quail, segurando firme a arma, saiu correndo do condapto, direto para o elevador. *Se me seguirem*, pensou, *mato vocês. Então, não venham.* Bateu no botão do elevador e, um instante depois, as portas se abriram.

Os policiais não o seguiram. Obviamente, tinham captado seus pensamentos tensos e concisos e decidiram não arriscar.

Ele desceu no elevador. Tinha escapado – por algum tempo. Mas o que viria em seguida? Aonde poderia ir?

O elevador chegou ao térreo. Um instante depois, Quail juntara-se à multidão de pedestres apressados nas canaletas. Sua cabeça doía, e ele sentiu náusea. Mas pelo menos escapara da morte. Eles haviam chegado muito perto de matá-lo ali mesmo, em seu próprio condapto.

E provavelmente o farão de novo, concluiu. *Quando me encontrarem. E com o transmissor dentro de mim, não vai demorar.*

Ironicamente, ele conseguiu exatamente o que pedira à Rekordar S.A.: aventura, perigo, polícia da Interplan em ação, uma viagem secreta e arriscada a Marte na qual sua vida estava em jogo – tudo o que ele quisera como memória falsa.

As vantagens de ser uma memória – e nada além – podiam ser apreciadas agora.

Num banco de praça, sozinho, ele ficou observando, entediado, um bando de arrogantes: uma espécie de semiave importada das duas luas de Marte, capaz de voos altos, mesmo com a imensa gravidade da Terra.

Talvez eu possa encontrar meu caminho de volta a Marte, ponderou. Mas e depois? Seria pior em Marte. A organização política cujo líder ele assassinara o deteria no momento em que colocasse o pé fora da nave. Lá, ele seria perseguido pela Interplan e por eles.

Estão ouvindo meu pensamento?, perguntou-se. Via fácil para a paranoia. Sentado ali sozinho, ele os sentiu sintonizando-o, monitorando, registrando, discutindo... Estremeceu, levantou-se e saiu vagando, mãos enfiadas nos bolsos. *Não importa aonde eu vá,* percebeu, *vocês sempre estarão comigo. Enquanto eu tiver este aparelho dentro da cabeça.*

Farei um acordo com vocês, pensou consigo – e com eles. *Podem gravar um padrão de memória falsa em mim de novo? Como fizeram antes, em que eu levava uma vida comum, rotineira e nunca fui a Marte? Em que nunca vi um uniforme da Interplan de perto e nunca mexi com uma arma?*

Uma voz em seu cérebro respondeu:

– Conforme foi cuidadosamente explicado a você, isso não seria suficiente.

Surpreso, ele parou.

– Nós nos comunicamos com você deste modo anteriormente – continuou a voz. – Quando estava operando em campo, em Marte. Faz meses que o fizemos. Na verdade, acreditávamos que nunca mais teríamos de fazê-lo. Onde está?

– Caminhando – disse Quail – para a minha morte. – *Pelas armas de seus policiais,* acrescentou, pensando melhor. – Como podem ter certeza de que não seria suficiente? As técnicas da Rekordar não funcionam?

– Como dissemos. Se você receber um conjunto de memórias padrão, médias, você ficará... inquieto. Inevitavelmente, buscaria a Rekordar ou um de seus concorrentes de novo. Não podemos passar por isso uma segunda vez.

– Digamos que – disse Quail –, depois que minhas lembranças autênticas tiverem sido canceladas, algo mais vital que memórias padrão seja implantado. Algo que agiria no sentido de satisfazer meus desejos. Isso foi provado. Deve ter sido o motivo pelo qual me contrataram. Mas devem ser capazes de pensar em outra coisa, algo equivalente. Eu era o homem mais rico da Terra, mas acabei doando todo o meu dinheiro a fundações educativas. Ou era um explorador famoso do espaço sideral. Qualquer coisa do tipo. Uma dessas não resolveria?

Silêncio.

– Tentem – disse ele, desesperado. – Recorram a um de seus psiquiatras mais competentes. Explorem minha mente. Descubram qual é o meu sonho mais grandioso. – Tentou pensar. – Mulheres. Milhares delas, como Don Juan teve. Um playboy interplanetário, uma amante em cada cidade da Terra, de Luna e Marte. Só eu abri mão disso, por exaustão. Por favor – implorou. – Tentem.

– Nesse caso, você se entregaria? – perguntou a voz dentro de sua cabeça. – Se concordássemos em arrumar uma solução assim? Se for possível?

Após um intervalo de hesitação, ele disse:

– Sim. – *Correrei o risco,* disse a si mesmo, *de simplesmente me matarem.*

– Você dá o primeiro passo – disse a voz de imediato. – Entregue-se a nós e investigaremos essa linha de possibilidade. Se não conseguirmos, no entanto, se suas memórias autênticas começarem a aflorar novamente, como fizeram desta vez, aí... – Houve silêncio e, em seguida, a voz concluiu: – Teremos que destruí-lo. Como deve entender. Bem, Quail, ainda quer tentar?

– Sim – disse ele. Porque a alternativa era a morte agora... e com certeza. Pelo menos desse modo ele tinha uma chance, por menor que fosse.

– Apresente-se em nosso quartel central em Nova York – prosseguiu a voz do policial da Interplan. – No número 580 da Quinta Avenida, décimo segundo andar. Depois que se entregar, mandaremos nossos psiquiatras começarem o trabalho com você. Faremos testes de perfil e personalidade. Tentaremos determinar sua fantasia máxima e absoluta... Depois o traremos de volta à Rekordar S.A., aqui. Eles farão sua parte, realizando esse desejo em retrospecção indireta de substituição. E... boa sorte. De fato, nós lhe devemos algo, você agiu como um instrumento eficaz para nós. – Não havia malícia na voz. Na verdade, eles, a organização, sentiam-se solidários a ele.

– Obrigado – disse Quail. E começou a procurar um táxi automático.

– Senhor Quail – disse o psiquiatra idoso e de expressão severa da Interplan –, o senhor possui uma fantasia interessantíssima. Provavelmente nada que considere ou imagine de forma consciente. É comum que seja assim. Espero que não fique muito chateado ao ficar sabendo.

O oficial de alto escalão da Interplan que estava presente disse de modo enérgico:

– É melhor que ele não fique chateado demais ao ficar sabendo, se não deseja levar um tiro.

– Diferente da fantasia de querer ser um agente secreto da Interplan – continuou o psiquiatra –, a qual, sendo um produto da maturidade, falando de forma relativa, tinha certo grau de plausibilidade, este sonho é uma produção grotesca de sua infância. Não admira que não consiga recordar. Sua fantasia é a seguinte: você tem 9 anos de idade, está andando sozinho por uma estrada rústica. Uma variedade desconhecida de veículo espacial de outro sistema estelar aterrissa bem na sua frente. Ninguém na Terra vê isso a não ser o senhor, senhor Quail. As criaturas no interior da nave são muito pequenas e indefesas, aproximadamente semelhantes a camundongos do campo, embora estejam tentando invadir a Terra. Dezenas de milhares de outras naves logo estarão a caminho, quando esses batedores derem o sinal para seguirem em frente.

– E imagino que eu os detenha – disse Quail, sentindo uma mistura de divertimento e aversão. – Eu os destruo sozinho. Provavelmente pisando neles.

– Não – disse o psiquiatra com paciência. – O senhor impede a invasão, mas não os destruindo. Em vez disso, demonstra gentileza e compaixão, ainda que, por telepatia, o modo de comunicação deles, o senhor saiba por que vieram. Eles nunca viram tais traços humanos serem exibidos por qualquer organismo senciente e, para demonstrarem gratidão, fazem um pacto com o senhor.

Quail disse:

– Não invadirão a Terra enquanto eu estiver vivo.

– Exatamente. – Ao oficial da Interplan, o psiquiatra disse: – Pode perceber que isso se encaixa com a personalidade dele, apesar do desdém dissimulado.

– Então, simplesmente por existir – disse Quail, sentindo um prazer cada vez maior –, somente pelo fato de estar vivo, mantenho a Terra livre do domínio alienígena. Sou, de fato, a pessoa mais importante da Terra. Sem precisar erguer um dedo.

– Sim, de fato, senhor – disse o psiquiatra. – E isso é algo fundamental em sua psique. É uma fantasia de infância que dura a vida inteira. A qual, sem aprofundamento e terapia com base em drogas, jamais teria recordado. Mas sempre existiu no senhor. Ficou no subconsciente, mas nunca deixou de existir.

A McClane, que ouvia com atenção sentado, o policial superior disse:

– Pode implantar um padrão de memória extrafactual tão extremo assim nele?

– Recebemos todo tipo possível de fantasia existente – disse McClane. – Para ser franco, já ouvi coisas muito piores. Podemos cuidar disso, com certeza. Daqui a vinte e quatro horas, ele não apenas desejará ter salvado a Terra, mas acreditará com toda a convicção que isso realmente aconteceu.

O oficial superior disse:

– Pode começar o trabalho, então. Em preparação, já apagamos mais uma vez a memória de sua viagem a Marte.

Quail perguntou:

– Que viagem a Marte?

Ninguém respondeu, então, relutante, ele arquivou a pergunta. E, de todo modo, um veículo da polícia havia se apresentado. Ele, McClane e o policial superior embarcaram e logo estavam a caminho de Chicago e da Rekordar S.A.

– É melhor não cometer nenhum erro desta vez – disse o policial ao corpulento e apreensivo McClane.

– Não vejo o que poderia dar errado – murmurou McClane, transpirando. – Isso não tem nada a ver com Marte ou com a Interplan. Impedir sozinho uma invasão à Terra originada em outro sistema estelar. – Balançou a cabeça. – Uau, o que sonha uma criança. E por uma virtude nobre, ainda por cima, não à força. É um tanto curioso – Limpou a testa com um grande lenço de linho do bolso.

Ninguém disse nada.

– Na verdade – disse McClane –, é comovente.

– Mas arrogante – disse o policial, com dureza. – Considerando que, quando ele morrer, a invasão prosseguirá. Não admira que ele não se recorde. É a fantasia mais ostentosa de que já tive conhecimento. – Encarou Quail com reprovação. – E pensar que colocamos esse homem em nossa folha de pagamento.

Quando chegaram à Rekordar S.A., a recepcionista, Shirley, encontrou-os ofegante na antessala.

– Bem-vindo de volta, senhor Quail – estava inquieta, os seios em forma de melão, hoje pintados de um laranja incandescente, balançando com a agitação. – Sinto muito que tudo tenha dado tão errado antes. Tenho certeza de que será melhor desta vez.

Ainda limpando a testa brilhante sem parar com o lenço de linho irlandês bem dobrado, McClane disse:

– É bom que seja. – Rapidamente, cercou Lowe e Keeler, encaminhando-os, junto a Douglas Quail, à área de trabalho, e depois, com Shirley e o policial superior, voltou ao escritório familiar. Para aguardar.

– Temos um pacote criado para isto, senhor McClane? – perguntou Shirley, trombando contra ele em sua agitação, e corando com recato.

– Acho que temos. – Ele tentou recordar, depois desistiu e consultou o quadro formal. – Uma combinação – concluiu em voz alta – dos pacotes Oitenta e um, do Vinte e do Seis. – Do cofre da câmara atrás de sua mesa, ele retirou os pacotes apropriados e levou-os à mesa para inspeção. – Do Oitenta e um – explicou –, uma varinha mágica de cura dada a ele, o cliente em questão, neste caso, o senhor Quail, pela raça de seres de outro sistema. Um símbolo de sua gratidão.

– Funciona? – perguntou o policial com curiosidade.

– Já funcionou – explicou McClane. – Mas o senhor Quail, hum, sabe, gastou tudo anos atrás, curando a torto e a direito. Agora é apenas uma recordação. Mas ele se lembra dela funcionando de modo espetacular. – Deu uma risadinha, depois abriu o pacote Vinte. – Documento do Secretário Geral da ONU, agradecendo-o por salvar a Terra. Este não é precisamente adequado, porque parte da fantasia de Quail é que ninguém saiba da invasão a não ser ele mesmo, mas em nome da verossimilhança, incluiremos. – Examinou o pacote Seis. O que tinha nesse? Não conseguia recordar. Franzindo a testa, enfiou a mão no saco plástico, enquanto Shirley e o policial da Interplan observavam atentamente.

– Um texto – disse Shirley. – Numa linguagem esquisita.

– Isto conta quem eles eram – disse McClane – e de onde vieram. Incluindo um mapa estelar detalhado com o registro do voo deles até aqui e do sistema de origem. É claro que está no alfabeto deles, então ele não pode ler. Mas ele se lembra de ouvi-los lendo na língua dele. – Colocou os três artefatos no centro da mesa. – Devem ser levados ao condapto de Quail – disse ao policial. – Para que os encontre quando chegar em casa. E isso confirmará sua fantasia. POP, procedimento operacional padrão. – Deu uma risadinha apreensiva, perguntando-se como estariam indo as coisas com Lowe e Keeler.

O interfone tocou.

– Senhor McClane, desculpe incomodá-lo. – Era a voz de Lowe. Ele ficou paralisado ao reconhecê-la, paralisado e mudo.

– Mas aconteceu algo. Talvez fosse melhor o senhor vir aqui para supervisionar. Como antes, Quail reagiu bem à narkidrina; está inconsciente, relaxado e receptivo, mas... – McClane correu para a área de trabalho.

Douglas Quail estava deitado no leito esterilizado, com a respiração lenta e regular, olhos semicerrados, notando vagamente a presença dos que estavam à sua volta.

– Começamos a interrogá-lo – disse Lowe, pálido. – para descobrirmos exatamente quando inserir a memória de fantasia em que ele salvou a Terra sozinho. E, por estranho que pareça...

– Eles me disseram para não contar – murmurou Douglas Quail, com uma voz embotada, impregnada de drogas. – Esse foi o acordo. Eu nem sequer deveria lembrar. Mas como poderia me esquecer de um acontecimento como aquele?

Acho que seria difícil, refletiu McClane. *Mas conseguiu... até agora.*

– Eles até me deram um rolo de papel – murmurou Quail – de agradecimento. Eu o escondi em meu condapto. Mostrarei a vocês.

Ao oficial da Interplan que o seguira, McClane disse:

– Bem, minha sugestão é que não o matem. Se o fizerem, eles voltarão.

– Também me deram uma varinha mágica invisível e destruidora – murmurou Quail, de olhos totalmente fechados agora. – Foi com ela que matei aquele homem em Marte que vocês me enviaram para liquidar. Está em minha gaveta, junto com a caixa de vermes marcianos e plantas ressecadas.

Sem dizer nada, o policial da Interplan virou-se e saiu da área de trabalho.

Acho que posso guardar aqueles pacotes de artefatos de prova, disse McClane a si mesmo, com resignação. Voltou lentamente ao escritório. *Inclusive a condecoração do Secretário Geral da* ONU. *Afinal...*

A original provavelmente não demoraria a chegar.

Segunda variedade

Lançado em 1995, o filme **Screamers – Assassinos Cibernéticos** (*Screamers*) foi baseado no conto *Segunda variedade* (*Second variety*), escrito por Philip K. Dick em 1953. Dirigido pelo canadense Christian Duguay (*A Cilada*), o longa-metragem teve o roteiro adaptado por Dan O'Bannon – que também coassina os roteiros de *Alien, o Oitavo Passageiro* e da primeira versão de *O Vingador do Futuro* – e Miguel Tejada-Flores. Conhecido por ter interpretado o policial biônico de *RoboCop – O Policial do Futuro* e *RoboCop 2*, o ator norte-americano Peter Weller também protagonizou *Screamers*.

O soldado russo subia a encosta acidentada da colina, tenso, com a arma pronta para atirar. Olhou de relance à sua volta, umedecendo os lábios ressecados, compenetrado. De vez em quando erguia a mão enluvada para limpar a transpiração do pescoço, empurrando a gola do casaco para baixo.

Eric voltou-se para o cabo Leone e perguntou:

– Você o quer? Ou posso pegá-lo? – Ajustou o foco do visor para que as feições do russo ficassem centralizadas na mira, com as linhas sobrepostas ao rosto rígido e carrancudo.

Leone ponderou. O russo estava perto, andando rápido, quase correndo.

– Não atire. Espere – Leone ficou tenso. – Acho que não seremos necessários.

O russo acelerou o passo, chutando cinzas e pilhas de escombros no caminho. Chegou ao topo da colina e parou, ofegante, olhando atentamente ao redor. O céu estava carregado; nuvens de partículas cinzentas se deslocavam. Troncos de árvores sem folhas sobressaíam, dispersos; o solo era plano e sem vegetação, coberto de entulho, com ruínas de construções projetadas aqui e ali feito crânios amarelados.

O russo estava inquieto. Sabia que algo estava errado. Olhou para o pé da colina. Ele estava agora a apenas alguns passos da casamata. Eric estava ficando ansioso. Brincou com a pistola, olhando de relance para Leone.

– Não se preocupe – disse Leone. – Não chegará aqui. Elas darão um jeito nele.

– Tem certeza? Ele avançou demais.

– Elas costumam ficar perto da casamata. Ele está se dirigindo para a parte ruim. Prepare-se!

O russo começou a acelerar, deslizando colina abaixo, afundando as botas nos montes de cinza, tentando manter a arma elevada. Parou por um instante, colocando o binóculo diante do rosto.

– Está olhando diretamente para nós – disse Eric.

O russo avançou. Eles viam seus olhos, como duas pedras azuis. A boca estava entreaberta. Precisava fazer a barba, os pelos começavam a aparecer no queixo. De um lado do rosto magro havia um pedaço de esparadrapo, com marcas azuladas aparecendo nos cantos. Uma mancha fungiforme. O casaco estava enlameado e rasgado. Estava sem uma luva. À medida que corria, o contador no cinto pulava e batia contra ele.

Leone tocou o braço de Eric.

– Aí vem.

Algo pequeno e metálico percorria o solo, cintilando à luz fraca do meio-dia. Uma esfera de metal. Ela correu colina acima, atrás do russo, com a superfície de rolamento tremendo. Era pequena, um filhote. As garras estavam expostas, duas lâminas salientes, girando, formando um borrão branco de aço. O russo a ouviu. Virou-se de imediato, atirando. A esfera se desfez em partículas. Mas uma segunda esfera já emergira e seguia a primeira. O soldado atirou novamente.

Uma terceira esfera saltou na perna do russo, emitindo estalos e zumbidos. Pulou para o ombro. As lâminas giratórias afundaram em sua garganta.

Eric relaxou.

– Pronto. Nossa, essas danadas me dão arrepios. Às vezes penso que estávamos melhor sem elas.

– Se não as tivéssemos inventado, eles teriam. – Leone acendeu um cigarro com as mãos trêmulas. – Por que será que um russo viria até aqui sozinho? Não vi ninguém dando cobertura.

O tenente Scott deslizou pelo túnel e entrou na casamata.

– O que aconteceu? Alguma coisa entrou na tela.

– Um Ivan.

– Só um?

Eric virou o visor. Scott examinou. Agora havia inúmeras esferas de metal rastejando sobre o corpo prostrado, globos de metal opaco estalando e zumbindo, serrando o russo em pequenas partes a serem carregadas.

– Quanta garra – murmurou Scott.

– Elas infestam feito moscas. Não estão mais de brincadeira.

Scott empurrou o visor com repugnância.

– Feito moscas. Por que será que ele estava lá? Eles sabem que temos garras por toda parte.

Um robô maior havia se juntado às esferas menores. Estava dirigindo as operações, um tubo longo e rígido com pedúnculos oculares protuberantes. Não restara muito do soldado. O que sobrara estava sendo levado colina abaixo pelo bando de garras.

– Senhor – disse Leone. – Se não houver problemas, gostaria de ir lá e dar uma olhada nele.

– Por quê?

– Talvez ele tenha vindo com alguma coisa.

Scott refletiu. Deu de ombros.

– Está bem. Mas tenha cuidado.

– Estou com minha identificação. – Leone bateu no bracelete de metal no pulso. – Estarei fora de alcance.

Ele pegou o fuzil e subiu com cautela à boca da casamata, passando entre blocos de concreto e vigas de aço curvadas e retorcidas. O ar estava frio lá em cima. Percorreu o terreno na direção dos restos mortais do soldado, caminhando sobre a cinza macia. Um vento soprou ao seu redor, fazendo as partículas cinzentas rodopiarem, subindo ao seu rosto. Ele apertou os olhos e seguiu em frente.

As garras recuaram quando Leone se aproximou, algumas se enrijeceram até a imobilidade. Ele tocou a identificação. O Ivan teria dado tudo por uma dessas! Uma radiação curta e intensa foi emitida pelo bracelete e neutralizou as garras, deixando-as inativas. Até mesmo o robô grande com os dois pedúnculos oculares ondulantes retraiu-se respeitosamente quando se aproximou.

Leone se curvou sobre os restos do soldado. A mão enluvada estava firmemente fechada. Havia algo dentro dela. Ele puxou os dedos à força. Um recipiente lacrado, de alumínio. Ainda reluzente.

Colocou o objeto no bolso e voltou à casamata. Atrás dele, as garras ganharam vida, retomando a operação. A procissão prosseguiu, as esferas de metal atravessando as cinzas com suas cargas. Ele ouviu suas superfícies raspando o chão e estremeceu.

Scott observou atentamente quando ele retirou o tubo reluzente do bolso.

– Ele estava com isso?

– Na mão. – Leone abriu a tampa. – Talvez o senhor deva olhar.

Scott pegou o tubo. Despejou o conteúdo na palma da mão. Um pedaço de papel de seda, dobrado com cuidado. Sentou-se perto da luz e desdobrou-o.

– O que está escrito, senhor? – perguntou Eric. Alguns oficiais chegaram pelo túnel. O major Hendricks apareceu.

– Major – disse Scott. – Veja isto.

Hendricks leu a tira de papel.

– Acabou de chegar?

– Um mensageiro sozinho. Agora mesmo.

– Onde ele está? – perguntou Hendricks de modo incisivo.

– As garras o pegaram.

O major Hendricks soltou um grunhido.

– Vejam. – Passou o papel aos companheiros. – Acho que isto é o que estávamos esperando. Com certeza não tiveram pressa.

– Então eles querem discutir as condições – disse Scott.
– Vamos aceitar?
– Não nos cabe decidir. – Hendricks sentou-se. – Onde está o oficial de comunicações? Quero a Base Lunar.

Leone refletiu enquanto o oficial de comunicações erguia a antena externa com cautela, examinando o céu acima da casamata em busca de qualquer sinal de naves russas em vigia.

– Senhor – Scott disse a Hendricks. – É muito estranho que tenham aparecido de repente. Estamos usando as garras há quase um ano. Agora, do nada, começam a ceder.

– Talvez as garras tenham começado a penetrar suas casamatas.

– Uma das grandes, com pedúnculos, entrou na casamata dos Ivans na semana passada – disse Eric. – Acabou com um pelotão inteiro antes que eles fechassem a cobertura.

– Como sabe?

– Um colega me contou. A coisa saiu com... com restos.

– Base Lunar, senhor – disse o oficial de comunicações.

O rosto do monitorador lunar apareceu na tela. Seu uniforme impecável contrastava com os uniformes da casamata. E estava com a barba bem-feita.

– Base lunar.

– Quem fala é o comando avançado Apito-L. Da Terra. Passe-me para o general Thompson.

O monitorador desapareceu. As feições pesadas do general Thompson logo entraram em foco.

– O que foi, major?

– Nossas garras pegaram um mensageiro solitário russo com uma mensagem. Não sabemos se devemos agir com base nela... houve truques como este no passado.

– Qual é a mensagem?

– Os russos querem que enviemos um único oficial de alta patente para as suas linhas. Para uma conferência. Não declaram de que natureza. Dizem que questões de... – consultou o papel –

questões de grave urgência tornam aconselhável a abertura de discussão com um representante das forças da ONU.

Hendricks colocou a mensagem diante da tela para que o general olhasse. Thompson moveu os olhos.

– O que devemos fazer? – perguntou o major.

– Enviem um homem.

– O senhor acha que é uma armadilha?

– Pode ser. Mas a localização do comando avançado informada por eles é correta. De qualquer modo, vale a pena tentar.

– Enviarei um oficial. E informarei os resultados ao senhor assim que ele retornar.

– Está bem, major. – Thompson interrompeu a conexão. A tela se apagou. Lá fora, a antena desceu lentamente.

Hendricks enrolou o papel, pensativo.

– Eu vou – disse Leone.

– Eles querem alguém de alta patente. – Hendricks esfregou o maxilar. – Alta patente. Eu não saio há meses. Talvez esteja precisando tomar um pouco de ar.

– Não acha arriscado?

Hendricks ergueu a mira do visor e observou. Os restos mortais do russo não estavam mais lá. Somente uma única garra era visível. Estava voltando a se fechar, desaparecendo nas cinzas, feito um caranguejo. Como um repugnante caranguejo de metal...

– Essa é a única coisa que me perturba. – Hendricks esfregou o pulso. – Sei que estou seguro enquanto tiver isto comigo. Mas há algo nelas... Odeio essas malditas. Queria que não as tivéssemos inventado. Há algo de errado com elas. Coisinhas diabólicas...

– Se não as tivéssemos inventado, os Ivans teriam.

Hendricks empurrou o visor.

– Seja como for, elas parecem estar vencendo a guerra. Acho que isso é bom.

– Você parece estar ficando apreensivo como os Ivans.

Hendricks consultou o relógio de pulso.

– Acho que é melhor eu sair, se quiser chegar lá antes de escurecer.

Ele respirou fundo e saiu para o terreno cinzento, coberto de escombros. Um minuto depois, acendeu um cigarro e parou para olhar à sua volta. A paisagem estava imóvel. Nada se mexia. Podia ver a quilômetros, cinzas e escória intermináveis, ruínas de construções. Algumas árvores sem folhas nem galhos, somente troncos. Acima dele, a eterna passagem de nuvens acinzentadas deslocando-se entre a Terra e o Sol.

O major Hendricks prosseguiu. Algo correu à sua direita, redondo e metálico. Uma garra, perseguindo algo a toda velocidade. Provavelmente um animal pequeno, um rato. Elas capturavam ratos também. Como uma espécie de bico.

Ele chegou ao topo da pequena colina e ergueu o binóculo. As linhas russas estavam a alguns quilômetros. Tinham um posto de comando avançado ali, de onde o mensageiro saíra.

Um robô atarracado com braços ondulantes passou por ele, balançando os braços de modo inquiridor. E prosseguiu, desaparecendo sobre alguns escombros. Hendricks observou seu afastamento. Nunca vira esse modelo antes. Estava começando a haver cada vez mais espécimes que ele nunca vira, novas variedades e tamanhos saídos das fábricas subterrâneas.

Hendricks apagou o cigarro e se apressou. Era interessante o uso de formas artificiais nas operações de guerra. Como haviam começado? Necessidade. A União Soviética obtivera grande sucesso inicial, como é comum acontecer ao lado que começava a guerra. A maior parte da América do Norte havia desaparecido do mapa. A retaliação chegou rápido, claro. O céu estava repleto de discos-bombardeiros muito antes do início da guerra, estavam lá no alto há anos. Os discos começaram a navegar sobre toda a Rússia horas depois de ter sido dominada por Washington.

Mas isso não ajudara Washington.

Os governos do bloco americano se mudaram para a Base Lunar no primeiro ano. Não havia muita opção. A Europa fora exterminada, um amontoado de escória com ervas daninhas escuras crescendo das cinzas e dos ossos. A maior parte da América do Norte estava imprestável; nada podia ser plantado, ninguém podia viver ali. Alguns milhões de pessoas continuaram subindo ao Canadá e descendo à América do Sul. Mas durante o segundo ano, paraquedistas soviéticos começaram a aterrissar, alguns poucos no começo, depois um número cada vez maior. Usavam o primeiro equipamento antirradiação realmente eficaz; o que restou da produção americana foi transferido para a Lua junto com os governos.

Tudo menos as tropas. As tropas que permaneceram se acomodaram da melhor maneira possível, alguns milhares aqui, um pelotão lá. Ninguém sabia com exatidão onde estavam; ficavam onde podiam, deslocando-se à noite, escondendo-se em ruínas, esgotos, porões, com ratos e cobras. Parecia que a União Soviética estava com a guerra praticamente ganha. A não ser por um punhado de projéteis lançados da Lua diariamente, quase não havia armas em uso contra eles. Os soviéticos iam e vinham à vontade. A guerra, para todos os propósitos práticos, havia acabado. Não havia nada de efetivo contra eles.

Então as primeiras garras surgiram. E, da noite para o dia, a natureza da guerra mudou.

As garras eram desajeitadas, no início. Lentas. Os Ivans as destruíam assim que elas se arrastavam para fora dos túneis subterrâneos. Depois, porém, elas foram aprimoradas, ficaram mais rápidas e mais astutas. Eram produzidas em fábricas, todas na Terra. Fábricas em níveis subterrâneos muito profundos, atrás das linhas soviéticas; fábricas que um dia haviam feito projéteis atômicos, agora quase esquecidos.

As garras ficaram mais rápidas e maiores. Novos modelos surgiram, alguns com tentáculos, outros que voavam. Havia alguns tipos que pulavam. Os melhores técnicos na Lua trabalhavam em projetos para torná-las cada vez mais elaboradas, mais flexíveis. Elas viraram uma ameaça sinistra; os Ivans tiveram muitos problemas com elas. Algumas das garrinhas aprendiam a se esconder, escavando a cinza, permanecendo à espreita.

Depois começaram a entrar nas casamatas russas, furtivamente, quando as tampas estavam levantadas para a entrada de ar e para observações. Uma garra dentro de uma casamata, uma esfera turbulenta de lâminas e metal, era o suficiente. Quando uma entrava, as outras iam atrás. Com uma arma assim, a guerra não poderia continuar por muito tempo.

Talvez já tivesse acabado.

Talvez ele fosse receber a notícia. Talvez o Politburo tivesse decidido jogar a toalha. Pena que havia demorado tanto. Seis anos. Muito tempo para uma guerra como essa, do modo que a haviam travado. Com os discos de retaliação automática descendo aos giros por toda a Rússia, centenas de milhares deles. Cristais de bactéria. Os mísseis teleguiados soviéticos zunindo pelo ar. As bombas em cadeia. E agora isso, os robôs, as garras...

As garras não eram como as outras armas. Eram vivas, a partir de qualquer ponto de vista prático, quer o governo admitisse ou não. Não eram máquinas. Eram artefatos vivos, que giravam, arrastavam-se, saíam de repente das cinzas sacudindo-se e disparando na direção de um homem, escalando-o e correndo para a sua garganta. E tinham sido projetadas para isso. Era seu trabalho.

Faziam bem o seu trabalho. Especialmente nos últimos tempos, com os novos projetos. Agora consertavam a si próprias. Tornaram-se independentes. Identificações radioativas protegiam as tropas da ONU, mas se um homem perdesse a etiqueta, era presa fácil das garras, sem importar o uniforme que usasse. Abaixo da superfície, equipamentos automáticos as moldavam. Seres humanos ficavam a distância. Era arriscado demais; ninguém queria estar próximo a elas. Ficavam soltas. E pareciam estar se virando bem. Os novos modelos eram mais rápidos, mais complexos. Mais eficientes.

Parecia que tinham vencido a guerra.

O major Hendricks acendeu mais um cigarro. A paisagem o deprimia. Nada além de cinzas e ruínas. Parecia estar sozinho, a única coisa viva no mundo todo. À direita, via as ruínas de uma cidade, alguns muros e montes de escombros. Jogou o fósforo apagado e apertou o passo. Parou de repente, levantando a arma de modo brusco, o corpo tenso. Por um minuto, parecia que...

De trás da estrutura de um prédio em ruínas saiu um vulto, andando lentamente em sua direção, hesitante. Hendricks assustou-se.

– Pare!

O garoto parou. Hendricks baixou a arma. O garoto ficou em silêncio, olhando para ele. Era pequeno, muito novo. Talvez 8 anos. Porém, era difícil saber. A maioria das crianças que permaneceu era atrofiada. Usava um suéter azul desbotado, sujo de terra, e calça curta. O cabelo era longo e emaranhado. Castanho. Caía sobre o rosto e em volta das orelhas. Segurava algo nos braços.

– O que tem aí? – disse Hendricks, incisivo.

O garoto mostrou. Era um brinquedo, um urso. Um urso de pelúcia. Os olhos do menino eram grandes, mas inexpressivos.

Hendricks relaxou.

– Não quero, fique com ele.

O garoto voltou a abraçar o urso.

– Onde mora? – disse Hendricks.

– Lá dentro.

– Das ruínas?

– Sim.

– Abaixo do solo?
– Sim.
– Quantos são?
– Quantos... quantos?
– Quantas pessoas com você. Qual o tamanho do povoado?
O garoto não respondeu.
Hendricks franziu a testa.
– Não está totalmente sozinho, está?
O garoto fez que sim.
– Como sobrevive?
– Tem comida.
– Que tipo de comida?
– Diferente.
Hendricks examinou-o.
– Quantos anos tem?
– Treze.
Não era possível. Ou era? O garoto era magro, atrofiado. E provavelmente estéril. Exposto à radiação, anos a fio. Não admirava que fosse tão pequeno. Os braços e as pernas eram como desentupidores de cano, magros e ossudos. Hendricks tocou o braço do garoto. A pele era ressecada e áspera; pele de radiação. Ele se curvou e olhou nos olhos do menino. Não havia expressão alguma. Olhos grandes, grandes e escuros.
– Você é cego? – perguntou Hendricks.
– Não. Enxergo algumas coisas.
– Como foge das garras?
– Garras?
– As coisas redondas. Que correm e cavam.
– Não estou entendendo.
Talvez não houvesse garras por ali. Muitas áreas estavam livres delas. Agrupavam-se mais em torno de casamatas, onde havia gente. As garras tinham sido projetadas para detectar calor, o calor de seres vivos.

– Tem sorte. – Hendricks levantou-se. – E então? Para onde está indo? De volta... de volta para lá?
– Posso ir com você?
– *Comigo?* – Hendricks cruzou os braços. – Estou indo para longe. Quilômetros. Tenho que ir rápido. – Olhou para o relógio. – Tenho que chegar lá antes de anoitecer.
– Quero ir.
Hendricks procurou algo na mochila.
– Não vale a pena. Tome. – Jogou no chão as latas de comida que tinha. – Pegue isso e volte. Está bem?
O menino não disse nada.
– Voltarei por este caminho. Amanhã ou depois. Se estiver por aqui quando eu voltar, pode ir comigo. Está bem?
– Quero ir com você agora.
– É uma longa caminhada.
– Posso andar.
Hendricks remexeu-se, desconfortável. Seria um alvo chamativo demais, duas pessoas caminhando. E teria de ir mais devagar por causa do garoto. Mas poderia não voltar por ali. E se, de fato, o menino estivesse totalmente sozinho...
– O.k. Venha.
O garoto se colocou ao lado dele. Hendricks seguiu a passos largos. O garoto caminhou em silêncio, agarrado ao urso de pelúcia.
– Qual o seu nome? – perguntou Hendricks, após algum tempo.
– David Edward Derring.
– David? O que... o que aconteceu com sua mãe e seu pai?
– Morreram.
– Como?
– Na explosão.
– Há quanto tempo?
– Seis anos.
Hendricks reduziu o passo.
– Está sozinho há seis anos?
– Não. Tinha outras pessoas por um tempo. Foram embora.

– E está sozinho desde então?

– Sim.

Hendricks olhou de relance para baixo. O menino era estranho, falava muito pouco. Retraído. Mas elas eram assim, as crianças que haviam sobrevivido. Quietas. Impassíveis. Eram tomadas por um tipo estranho de fatalismo. Nada as surpreendia. Aceitavam tudo o que ocorresse. Não havia mais um transcorrer natural, *normal*, das coisas, moral ou físico, que pudessem esperar. Costumes, hábitos, todas as forças determinantes do aprendizado não existiam; restava apenas a experiência bruta.

– Estou andando rápido demais? – perguntou Hendricks.

– Não.

– Como conseguiu me ver?

– Estava esperando.

– Esperando? – Hendricks ficou perplexo. – Esperando o quê?

– Para catar coisas.

– Que coisas?

– Coisas de comer.

– Ah. – Hendricks apertou os lábios com aversão. Um menino de 13 anos, alimentando-se de ratos, esquilos e comida enlatada em decomposição. Num buraco sob as ruínas de uma cidade. Com focos de radiação, garras e minas-mergulhadoras russas ao alto, deslizando pelo céu.

– Para onde estamos indo? – perguntou David.

– Para as linhas russas.

– Russas?

– O inimigo. O povo que começou a guerra. Eles lançaram as primeiras bombas de radiação. Começaram tudo isso.

O garoto acenou com a cabeça. O rosto não revelava expressão alguma.

– Sou americano – disse Hendricks.

Não houve comentário. Os dois prosseguiram, Hendricks andando um pouco à frente, David arrastando-se atrás, abraçando o urso sujo contra o peito.

Por volta das quatro da tarde, pararam para comer. Hendricks fez uma fogueira numa cavidade entre duas lajes de concreto. Retirou as ervas daninhas e empilhou pedaços de madeira. As linhas russas não estavam muito longe. Em torno dele se espalhava o que um dia fora um longo vale, acres de árvores frutíferas e vinhas. Nada restara agora além de alguns tocos sombrios e as montanhas que se estendiam do outro lado do horizonte, no limite extremo. E as nuvens de cinzas ondulantes que passavam e deslizavam com o vento, baixando sobre as ervas daninhas, restos de prédios, muros esparsos e, de vez em quando, sobre o que um dia fora uma estrada.

Hendricks fez café e esquentou carne de carneiro cozida e pão.

– Tome.

Deu pão e carne a David. David agachou-se próximo à fogueira, os joelhos salientes e brancos. Examinou a comida e devolveu, balançando a cabeça.

– Não.

– Não? Não quer nada?

– Não.

Hendricks deu de ombros. Talvez o menino fosse mutante, acostumado a uma comida especial. Não importava. Quando sentisse fome, encontraria algo para comer. O garoto era estranho. Mas havia muitas mudanças estranhas acontecendo no mundo. A vida não era mais a mesma. Nunca mais seria. A raça humana teria de perceber isso.

– Como quiser – disse Hendricks. Comeu o carneiro e o pão sozinho, arrematando com o café. Comeu devagar, achando a comida difícil de digerir. Quando terminou, levantou-se e apagou a fogueira.

David levantou-se devagar, observando-o com um olhar velho-jovem.

– Estamos indo – disse Hendricks.

– Está bem.

Hendricks seguiu caminhando com a arma nos braços. Estavam perto; ele, tenso, pronto para qualquer coisa. Os russos deviam estar esperando um mensageiro, uma resposta ao portador deles, mas eram traiçoeiros. Havia sempre uma possibilidade de descuido. Ele examinou a paisagem ao redor. Nada além de escória e cinza, algumas colinas, árvores carbonizadas. Muros de concreto. No entanto, em algum ponto adiante estava a primeira casamata das linhas russas. Abaixo do solo, enterrada no fundo, com apenas um periscópio à mostra e alguns canos de armas. Quem sabe uma antena.

– Vamos chegar logo? – perguntou David.
– Sim. Está ficando cansado?
– Não.
– Por quê, então?

David não respondeu. Seguiu atrás com dificuldade, abrindo caminho sobre as cinzas com cuidado. Suas pernas e sapatos estavam acinzentados de poeira. O rosto macilento era marcado por linhas de poeira cinzenta em filetes sobre a pele pálida. Não havia cor no rosto. Típico das novas crianças que cresciam em porões, esgotos e abrigos subterrâneos.

Hendricks diminuiu o passo. Ergueu o binóculo e analisou o solo adiante. Eles estariam ali, em algum lugar, esperando por ele? Observando-o, do mesmo modo que seus homens haviam observado o mensageiro russo? Um calafrio subiu-lhe a espinha. Talvez estivessem aprontando as armas, preparando-se para atirar, assim como seus homens haviam feito antes, em prontidão para matar. Hendricks parou, limpando a transpiração do rosto.

– Droga. – Ficou perturbado, mas sua chegada não seria uma surpresa. Eles o aguardavam. A situação era diferente.

Caminhou a passos largos sobre as cinzas, segurando firme a arma com as duas mãos. Atrás dele vinha David. Hendricks espiou ao redor, contraindo os lábios. Poderia acontecer a qualquer segundo. Uma explosão de luz branca, uma rajada, mirada cuidadosamente de dentro de uma profunda casamata de concreto.

Ele ergueu o braço e agitou-o em volta num círculo.

Nada se moveu. À direita estendia-se uma longa cadeia de montanhas, coberta de troncos mortos. Algumas vinhas silvestres haviam crescido entre as árvores, vestígios de caramanchões. E as eternas ervas daninhas escuras. Hendricks observou as montanhas. Havia algo lá em cima? Lugar perfeito para vigilância. Ele se aproximou com cautela, David seguiu-o em silêncio. Se fosse o comandante, deixaria uma sentinela ali no alto, atento às tropas que tentassem se infiltrar na área de controle. É claro que se o comando fosse dele, haveria garras na área para proteção total.

Ele parou, pés afastados, mãos nos quadris.

– Já chegamos? – perguntou David.

– Quase.

– Por que paramos?

– Não quero correr riscos.

Hendricks avançou lentamente. Agora as montanhas estavam logo ao lado, à sua direita. Acima dele. Sua inquietação aumentou. Se houvesse um Ivan lá no alto, ele não teria chances. Acenou com o braço novamente. Deviam estar aguardando alguém com o uniforme da ONU, em resposta à mensagem encapsulada. A não ser que a coisa toda fosse uma emboscada.

– Não se afaste de mim. – Ele se voltou para David. – Não fique para trás.

– Para trás?

– Fique ao meu lado. Estamos perto. Não podemos correr nenhum risco. Venha.

– Vou ficar bem – David permaneceu atrás dele, na retaguarda, a alguns passos de distância, ainda abraçando o urso de pelúcia.

– Faça como quiser.

Hendricks ergueu o binóculo de novo, com uma tensão súbita. Por um momento... algo havia se movido? Ele observou as montanhas com atenção. Tudo estava em silêncio. Morto. Sem vida lá no alto, somente troncos de árvores e cinzas. Talvez alguns ratos. As ratazanas pretas que sobreviviam às garras. Mutantes – construíam seus próprios abrigos com saliva e cinzas. Uma espécie de gesso. Adaptação. Ele seguiu adiante.

Um vulto alto surgiu no topo de uma das montanhas acima dele, com uma capa esvoaçante, verde-acinzentada. Um russo. Atrás dele, um segundo soldado apareceu, também russo. Ambos ergueram a arma, mirando.

Hendricks ficou paralisado. Abriu a boca. Os soldados estavam de joelhos, apontando para a encosta da montanha. Um terceiro vulto juntou-se a eles, uma figura menor, de verde-acinzentado. Uma mulher. Permaneceu ao lado dos outros dois.

Hendricks encontrou a voz.

– Parem! – Acenou para eles desesperadamente – Sou...

Os dois russos atiraram. Houve um estalido fraco atrás de Hendricks. Ondas de calor bateram nele, atirando-o no chão. As cinzas avançaram sobre seu rosto, entrando nos olhos e nariz. Sufocado, ele se pôs de joelhos. Era tudo uma emboscada. Era o seu fim. Ele fora até lá para ser abatido, como um novilho. Os soldados e a mulher desciam a encosta da montanha em sua direção, deslizando pela cinza macia. Hendricks estava entorpecido. Sua cabeça latejava. Desajeitado, ergueu o fuzil e mirou. Pesava mil toneladas, ele mal conseguia segurá-lo. O nariz e o rosto ardiam. O ar estava carregado do cheiro da explosão, um fedor acre e amargo.

– Não atire – disse o primeiro russo, num inglês com sotaque carregado.

Os três se aproximaram de Hendricks e o cercaram.

– Largue o fuzil, ianque – disse o outro.

Hendricks estava confuso. Tudo acontecera tão rápido. Ele fora capturado. E eles tinham fulminado o garoto. Virou a cabeça. David se fora. O que restara dele estava espalhado pelo chão.

Os três russos o examinaram com curiosidade. Hendricks sentou-se, limpando o sangue do nariz, tirando fragmentos de cinza. Balançou a cabeça, tentando pensar.

– Por que fizeram isso? – balbuciou com a voz rouca. – O menino...

– Por quê? – De modo brusco, um dos soldados colocou-o de pé. Virou Hendricks para o outro lado. – Veja.

Hendricks fechou os olhos.

– Veja. – Os dois russos o empurraram para a frente. – Veja. Anda. Não temos tempo, ianque!

Hendricks olhou. E levou um susto.

– Está vendo? Entendeu agora?

Uma engrenagem de metal rolou dos restos de David. Relés, metal reluzente. Peças, fios. Um dos russos chutou o amontoado de resíduos. Peças saíam e rolavam, rodas, molas e hastes. Uma placa de plástico afundou, meio carbonizada. Hendricks curvou-se, trêmulo. A face havia se soltado. Ele pôde ver o cérebro intricado, fios e transmissores, tubos e interruptores minúsculos, milhares de pinos diminutos...

– Um robô – disse o soldado que segurava seu braço. – Nós vimos quando ele o seguiu.

– Me seguiu?

– É assim que fazem. Eles o seguem. Até a casamata. É assim que entram.

Hendricks hesitou, confuso.

– Mas...

– Venha. – Eles o levaram na direção das montanhas. – Não podemos ficar aqui. Não é seguro. Deve haver centenas deles por toda parte.

Os três o conduziram até o pé da montanha, deslizando e escorregando nas cinzas. A mulher chegou ao topo e ficou esperando por eles.

– O comando avançado – murmurou Hendricks. – Eu vim negociar com os sovié...

– Não existe mais comando avançado. *Elas* entraram. Explicaremos. – Chegaram ao topo da montanha. – Nós somos tudo o que restou. Nós três. Os outros estavam dentro da casamata.

– Por aqui. Desça por aqui. – A mulher desatarraxou um tampo cinza no chão, uma cobertura de bueiro. – Entre.

Hendricks desceu. Os dois soldados e a mulher foram atrás, seguindo-o pela escada. A mulher fechou o tampo, prendendo-o com firmeza.

– Ainda bem que vimos você – murmurou um dos soldados. – Ele o seguiu quase até o destino final dele.

– Me dê um cigarro – disse a mulher. – Não fumo um cigarro americano há semanas.

Hendricks entregou-lhe o maço. Ela pegou um cigarro e passou o maço aos soldados. Na extremidade da pequena sala, a lâmpada emitia uma chama bruxuleante. A sala era apertada, com teto baixo. Os quatro se sentaram em torno de uma pequena mesa de madeira. Alguns pratos sujos estavam empilhados no canto. Atrás de uma cortina esfarrapada, um segundo cômodo era parcialmente visível. Hendricks viu a ponta de uma cama, alguns cobertores e roupas num cabideiro.

– Estávamos aqui – disse o soldado ao lado dele. Tirou o capacete, puxando o cabelo loiro para trás. – Sou o cabo Rudi Maxer. Polonês. Recrutado à força pelo exército soviético há dois anos. – Estendeu a mão.

Hendricks hesitou e depois o cumprimentou.

– Major Joseph Hendricks.

– Klaus Epstein. – O outro soldado apertou sua mão, um homem pequeno e moreno de cabelo ralo. Epstein puxou a orelha com nervosismo. – Austríaco. Recrutado à força Deus sabe quando. Não me lembro. Nós três estávamos aqui, Rudi e eu, com Tasso. – Apontou para a mulher. – Foi assim que escapamos. Todos os outros estavam lá embaixo, na casamata.

– E... e *elas* entraram?

Epstein acendeu um cigarro.

– Primeiro, só uma delas. Do tipo que o seguiu. Depois deixou as outras entrarem.

Hendricks ficou alerta.

– Do *tipo*? Existe mais de um tipo?
– O menino. David. David segurando o ursinho. Essa é a Variedade Três. A mais eficaz.
– Quais são os outros tipos?
Epstein enfiou a mão no casaco
– Toma. – Jogou sobre a mesa um pacote de fotografias, amarrado com barbante. – Veja você mesmo.
Hendricks desamarrou o barbante.
– Sabe – disse Rudi Maxer –, é por isso que quisemos discutir as condições. Quer dizer, os russos. Descobrimos há cerca de uma semana. Descobrimos que suas garras estavam começando a criar novos modelos sozinhas. Novos tipos delas mesmas. Tipos melhores. Nas suas fábricas subterrâneas, atrás das suas linhas. Vocês as deixaram modelar a si mesmas, consertar a si mesmas. Tornaram-nas cada vez mais complexas. Isso aconteceu por culpa de vocês.

Hendricks examinou as fotos. Tinham sido tiradas às pressas, estavam desfocadas, sem nitidez. As primeiras eram de David. David andando por uma estrada, sozinho. David e outro David. Três Davids. Todos exatamente iguais. Cada um com um urso de pelúcia esfarrapado.

Todos patéticos.

– Veja as outras – disse Tasso.

A foto seguinte, tirada a grande distância, mostrava um soldado muito alto ferido, sentado à beira de um caminho, com o braço numa tipoia, o toco de uma perna estendido, uma muleta rústica no colo. E dois soldados feridos, iguais, em pé, lado a lado.

– Essa é a Variedade Um. O Soldado Ferido. – Klaus pegou as fotos. – As garras foram projetadas para atingir seres humanos. Para encontrá-los. Cada novo tipo supera o anterior. Elas foram avançando, chegando perto e ultrapassaram a maior parte de nossas defesas, alcançando nossas linhas de combate. Mas enquanto eram meras *máquinas*, esferas de metal com garras e chifres, antenas, podiam ser alvejadas como qualquer outro objeto.

Podiam ser detectadas como robôs letais assim que eram avistadas. Uma vez localizadas...

– A Variedade Um acabou com toda a nossa ala norte – disse Rudi. – Demorou um longo tempo até que alguém percebesse. Aí, já era tarde demais. Elas chegaram, eram soldados feridos, bateram à porta e imploraram para entrar. Então as deixamos entrar. E assim que entraram, assumiram o controle. Estávamos nos precavendo contra máquinas...

– Na época, acreditava-se haver apenas um tipo – disse Klaus Epstein. – Ninguém suspeitava haver outros. Recebemos as fotos, mas quando o mensageiro foi enviado a vocês, conhecíamos apenas um tipo. Variedade Um. O Soldado Ferido. Achávamos que fosse só isso.

– Sua linha de combate foi atacada por...

– Pela Variedade Três. David e o urso. Essa era ainda mais eficaz. – Klaus deu um sorriso amargo. – Soldados ficam sensibilizados com crianças. Nós as trouxemos e tentamos lhes dar comida. Descobrimos da pior maneira possível o que elas buscavam. Quem estava na casamata, pelo menos.

– Nós três tivemos sorte – disse Rudi. – Klaus e eu estávamos... visitando Tasso quando aconteceu. Aqui é a casa dela. – Ele fez um gesto com a mão grande, indicando o local. – Este pequeno porão. Nós... terminamos... e subimos a escada para voltar. Do alto da cadeia de montanhas, nós vimos. Eles estavam lá, em volta da casamata. Ainda estavam lutando. David e o urso. Centenas deles. Klaus tirou as fotos.

Klaus amarrou as fotos com o barbante.

– E está acontecendo por toda a sua linha de combate? – perguntou Hendricks.

– Sim.

– E quanto às *nossas* linhas? – Sem pensar, ele tocou a identificação no braço. – Elas podem...

– Não se incomodam com suas identificações radioativas. Não faz diferença para elas, russos, americanos, poloneses, alemães. É tudo a mesma coisa. Estão fazendo o que foram projetadas para fazer. Pondo em prática a ideia original. Perseguem vidas, onde quer que as encontrem.

– Seguem o calor – disse Klaus. – Foi assim que vocês as construíram desde o início. É claro que as que foram projetadas por vocês eram repelidas por suas identificações radioativas. Agora superaram isso. As novas variedades são revestidas de chumbo.

– Qual é a outra variedade? – perguntou Hendricks. – David, o Soldado Ferido... qual é a outra?

– Não sabemos. – Klaus apontou para a parede. Havia duas placas de metal, irregulares nas pontas. Hendricks levantou-se para analisá-las. Estavam tortas e amassadas.

– A da esquerda saiu de um Soldado Ferido – disse Rudi. – Pegamos um deles. Estava indo na direção de nossa antiga casamata. Nós o atacamos das montanhas, da mesma forma que percebemos o David que seguia você.

A placa tinha uma marca: *I-V*. Hendricks tocou a outra.

– E esta saiu de um tipo David?

– Sim.

A placa tinha a marca: *III-V*.

Klaus olhou para elas, inclinando-se acima do ombro largo de Hendricks.

– Você pode perceber o que estamos prestes a enfrentar. Existe um outro tipo. Talvez tenha sido abandonado. Talvez não tenha funcionado. Mas deve haver uma Segunda Variedade. Existe a Um e a Três.

– Você teve sorte. O David seguiu-o até aqui e não o tocou nenhuma vez. Deve ter achado que você entraria numa casamata, em algum lugar.

– Quando um entra, está tudo acabado – disse Klaus. – Eles são rápidos. Um permite a entrada de todos os outros. São infle-

xíveis. Máquinas com um único propósito. Foram construídos para uma coisa apenas. – Limpou o suor do lábio. – Nós vimos. Ficaram em silêncio.
– Me dê outro cigarro, ianque – disse Tasso. – São bons. Quase esqueci como eram.

Era noite, o céu estava negro. Nenhuma estrela era visível através das nuvens ondulantes de cinza. Klaus ergueu o tampo com cautela para que Hendricks pudesse olhar para fora.
Rudi apontou para a escuridão.
– Naquela direção estão as casamatas. Onde nós ficávamos. Menos de um quilômetro daqui. Foi puro acaso Klaus e eu não estarmos lá quando aconteceu. Fraqueza. Salvos pela luxúria.
– Todos os outros devem estar mortos – disse Klaus em voz baixa. – Veio rápido. Hoje de manhã o Politburo chegou a uma decisão. Eles nos notificaram... o comando avançado. Nosso mensageiro foi enviado de imediato. Nós o vimos partir na direção de suas linhas. Demos cobertura até ele sair de nosso campo de visão.
– Alex Radrivsky. Nós dois o conhecíamos. Desapareceu por volta das seis horas. O sol acabara de nascer. Por volta do meio-dia, Klaus e eu tivemos um descanso de uma hora. Saímos disfarçadamente, para longe das casamatas. Ninguém estava vendo. Viemos para cá. Havia uma cidade aqui antes, algumas casas, uma rua. Este porão era parte de uma grande casa de fazenda. Sabíamos que Tasso estaria aqui, escondida no cantinho dela. Já tínhamos vindo antes. Outros das casamatas vinham aqui. Aconteceu de ser a nossa vez hoje.
– Por isso fomos salvos – disse Klaus. – Acaso. Poderiam ter sido outros. Nós... nós terminamos, e depois subimos à superfície e começamos a voltar pelas montanhas. Foi quando os vimos, os Davids. Entendemos de imediato. Tínhamos visto as fotos da Primeira Variedade, o Soldado Ferido. Nosso *commissar* entregou-as a

nós com uma explicação. Se tivéssemos dado mais um passo, eles nos teriam visto. Do jeito que foi, tivemos que explodir dois Davids antes de voltarmos. Havia centenas deles, por toda parte. Como formigas. Tiramos fotos, corremos de volta para cá e trancamos o tampo.

– Eles não são tão perigosos quando são pegos sozinhos. Fomos mais rápidos que eles. Mas são inexoráveis. Não são como seres vivos. Vieram direto para nós. E acabamos com eles.

O major Hendricks apoiou-se no canto do tampo, ajustando a vista à escuridão.

– É seguro abrir o tampo mesmo por pouco tempo?

– Se tomarmos cuidado. Senão, como poderá usar seu transmissor?

Lentamente, Hendricks ergueu o pequeno transmissor do cinto. Pressionou-o contra a orelha. O metal estava gelado e úmido. Soprou no microfone, erguendo a antena curta. Um zumbido fraco soou em seu ouvido.

– Acho que tem razão. – Mas ainda hesitou.

– Nós o puxaremos de volta se acontecer alguma coisa – disse Klaus.

– Obrigado. – Hendricks aguardou por um momento, apoiando o transmissor no ombro. – Interessante, não?

– O quê?

– Isso, os novos tipos. As novas variedades de garras. Estamos completamente à mercê delas, não? A esta altura devem ter chegado às linhas da ONU também. Isso me faz pensar que estamos vendo o começo de uma nova espécie. *A nova espécie*. A evolução. A raça que virá depois do homem.

Rudi resmungou.

– Não existe nenhuma raça depois do homem.

– Não? Por que não? Talvez seja o que estamos presenciando, o fim da espécie humana, o início de uma nova sociedade.

– Não são uma raça. São assassinos mecânicos. Vocês os criaram para destruir. É só o que elas sabem fazer. São máquinas executando um trabalho.

– É o que parece agora. Mas, e depois?, quando a guerra acabar? Talvez, quando não houver mais humanos a serem destruídos, suas potencialidades verdadeiras comecem a se revelar.

– Você fala como se fossem vivas!

– E não são?

Ficaram em silêncio.

– São máquinas – disse Rudi. – Parecem pessoas, mas são máquinas.

– Use seu transmissor, major – disse Klaus. – Não podemos ficar aqui fora para sempre.

Segurando firme o transmissor, Hendricks ligou para o número da casamata de comando. Esperou, atento. Nenhuma resposta. Apenas silêncio. Verificou os condutores com cuidado. Estava tudo no lugar.

– Scott! – disse ao microfone. – Está me ouvindo?

Silêncio. Hendricks ergueu a antena por completo e tentou novamente. Apenas estática.

– Não estou recebendo nenhum sinal. Pode ser que estejam me ouvindo, mas talvez não queiram responder.

– Diga que é uma emergência.

– Vão pensar que estou sendo forçado a ligar. Por ordem de vocês. – Tentou mais uma vez, passando um resumo das informações que recebera. O telefone permaneceu em silêncio, a não ser por uma leve estática.

– Os focos de radiação acabam com grande parte das transmissões – disse Klaus, após algum tempo. – Talvez seja isso.

Hendricks desligou o transmissor.

– Não adianta. Sem resposta. Focos de radiação? Talvez. Ou me ouviram e não querem responder. Para ser franco, é o que eu faria se um mensageiro tentasse ligar das linhas soviéticas. Eles não têm motivos para acreditar nessa história. Podem ouvir tudo o que eu disser...

– Ou talvez seja tarde demais.

Hendricks concordou.

– É melhor baixarmos o tampo – disse Rudi, com nervosismo. – Não devemos correr riscos desnecessários.

Desceram o túnel devagar. Klaus travou o tampo com cuidado. Foram todos até a cozinha. O ar estava pesado e abafado em torno deles.

– Elas poderiam agir tão rápido? – disse Hendricks. – Deixei a casamata hoje ao meio-dia. Dez horas atrás. Como poderiam andar tão depressa?

– Elas não demoram. Não depois que a primeira entra. A coisa fica feia. Você sabe o que as garrinhas são capazes de fazer. Mesmo *uma* delas é algo inacreditável. Navalhas, em todos os dedos. Insano.

– Está bem – Hendricks afastou-se, impaciente. Ficou de costas para eles.

– Qual é o problema? – disse Rudi.

– A Base Lunar. Meu Deus, se elas tiverem chegado lá...

– A Base Lunar?

Hendricks virou-se.

– Não poderiam ter chegado à Base Lunar. Como chegariam lá? Não é possível. Não acredito.

– O que é essa Base Lunar? Ouvimos rumores, mas nada concreto. Qual é a verdadeira situação? Você parece preocupado.

– Nossos suprimentos vêm da Lua. Os governos estão lá, sob a superfície lunar. Todas as pessoas e indústrias. São eles que nos mantêm. Se encontrassem um meio de sair da Terra e chegar à Lua...

– Só é preciso uma delas. Quando a primeira entra, dá passagem às outras. Centenas delas, todas iguais. Você devia ter visto. Idênticas. Como formigas.

– Socialismo perfeito – disse Tasso. – O ideal do Estado comunista. Todos os cidadãos intercambiáveis.

Klaus esbravejou:

– Chega. E agora? O que fazer?

Hendricks andou de um lado para o outro da pequena sala. O ar estava carregado de odores de comida e transpiração. Os outros o observavam. De repente, Tasso empurrou a cortina e entrou no outro cômodo.

– Vou tirar um cochilo.

A cortina se fechou. Rudi e Klaus sentaram-se à mesa, ainda observando Hendricks.

– Você decide – disse Klaus. – Não sabemos a sua situação.

Hendricks concordou com um aceno.

– É um problema. – Rudi encheu uma xícara com o café de um bule enferrujado e tomou. – Estamos seguros aqui por algum tempo, mas não podemos permanecer para sempre. Sem comida ou provisões suficientes.

– Mas se sairmos...

– Se sairmos, elas nos pegam. Ou é provável que nos peguem. Não poderíamos ir muito longe. Qual a distância até a sua casamata de comando, major?

– Cinco ou seis quilômetros.

– Talvez seja possível. Nós quatro. Os quatro juntos, podemos vigiar todos os lados. Não poderiam nos surpreender por trás, nem começar a nos seguir. Temos três fuzis, três fuzis de explosão. Tasso pode ficar com a minha pistola. – Rudi bateu no cinto. – No exército russo nem sempre tínhamos sapatos, mas não faltavam armas. Se nós quatro partirmos armados, pelo menos um deve chegar à sua casamata. De preferência o senhor, major.

– E se elas já estiverem lá? – disse Klaus.

Rudi deu de ombros.

– Bem, aí voltamos para cá.

Hendricks parou de andar.

– Quais vocês acham que são as chances de já estarem nas linhas americanas?

– Difícil dizer. Razoavelmente altas. Elas são organizadas. Sabem exatamente o que estão fazendo. Basta começarem que seguem feito um bando de gafanhotos. Têm que se manter em movimento, e rápido. Dependem da discrição e da velocidade. Do elemento surpresa. Forçam sua entrada antes que qualquer um desconfie.

– Entendi – murmurou Hendricks.

No outro cômodo, Tasso remexeu-se.

– Major?

Hendricks empurrou a cortina.

– O quê?

Tasso olhou para ele da cama com ar de preguiça.

– Ainda tem algum cigarro americano?

Hendricks entrou no quarto e sentou-se diante dela, num banco de madeira. Apalpou os bolsos.

– Não. Acabaram.

– Que pena.

– Qual é a sua nacionalidade? – perguntou Hendricks após algum tempo.

– Russa.

– Como veio parar aqui?

– Aqui?

– Aqui era a França. Era parte da Normandia. Chegou com o exército soviético?

– Por quê?

– Só curiosidade. – Ele a olhou com atenção. Ela havia tirado o casaco e pendurado na ponta da cama. Era jovem, por volta de 20 anos. O cabelo longo se estendia sobre o travesseiro. Ela o observava em silêncio, com os olhos escuros e grandes.

– Em que está pensando? – questionou Tasso.

– Nada. Quantos anos tem?

– Dezoito. – Ela continuou observando, imperturbável, com os braços atrás da cabeça. Estava com a calça e a camisa do exército russo. Verde-acinzentado. Cinto de couro largo com contador e cartuchos. Kit de remédios.

– Você é do exército soviético?

– Não.

– Onde conseguiu o uniforme?

Ela deu de ombros.
- Alguém me deu.
- Quantos... quantos anos tinha quando veio para cá?
- Dezesseis.
- Tão jovem?
Ela semicerrou os olhos.
- O que quer dizer?
Hendricks esfregou o maxilar.
- Sua vida teria sido muito diferente se não houvesse a guerra. Dezesseis. Veio para cá aos dezesseis. Para viver desta maneira.
- Tinha que sobreviver.
- Não estou moralizando.
- Sua vida teria sido diferente também - murmurou Tasso. Estendeu a mão e desafivelou uma bota. Jogou-a no chão. - Major, pode ir para o outro cômodo? Estou com sono.
- Vai ser um problema, nós quatro aqui. Vai ser difícil viver neste alojamento. São apenas dois cômodos?
- Sim.
- Qual era o tamanho original do porão? Era maior que isto? Há outros quartos cheios de escombros? Talvez seja possível liberarmos um deles.
- Talvez. Mas não sei mesmo. - Tasso afrouxou o cinto. Ficou à vontade na cama, desabotoando a camisa. - Tem certeza de que não tem mais cigarro?
- Só tinha um maço.
- Que pena. Talvez se formos à sua casamata, encontraremos alguns. - A outra bota caiu. Tasso estendeu a mão para puxar o fio da lâmpada. - Boa noite.
- Vai dormir?
- Isso mesmo.

O quarto mergulhou na escuridão. Hendricks levantou-se e passou pela cortina, entrando na cozinha. E parou, rígido.

Rudi estava de pé contra a parede, o rosto branco e reluzente. Abria e fechava a boca, mas não emitia som. Klaus estava na frente dele, com a boca da pistola no estômago de Rudi. Nenhum dos dois se movia. Klaus, com a mão firme na arma e a expressão dura. Rudi, pálido e calado, braços e pernas estendidos contra a parede.

– O quê... – Hendricks balbuciou, mas Klaus interrompeu.
– Fique quieto, major. Venha aqui. Sua arma. Pegue sua arma.
Hendricks sacou sua pistola.
– O que é isto?
– Olho nele. – Klaus gesticulou. – Do meu lado. Rápido!

Rudi mexeu-se um pouco, baixando os braços. Voltou-se para Hendricks, umedecendo os lábios. O branco dos olhos brilhava de forma extraordinária. O suor pingava da testa para o rosto. Fixou o olhar em Hendricks.

– Major, ele enlouqueceu. Faça-o parar. – A voz de Rudi estava fraca e rouca, quase inaudível.
– O que está acontecendo? – Hendricks perguntou com urgência.

Sem baixar a pistola, Klaus respondeu.
– Major, lembra-se de nossa conversa? As três variedades? Sabíamos da Um e da Três. Mas não sabíamos da Dois. Pelo menos não sabíamos antes.

Os dedos de Klaus comprimiram a coronha da arma.
– Não sabíamos, mas agora sabemos.

Apertou o gatilho. Uma explosão incandescente rolou da arma, envolvendo Rudi.
– Major, esta é a Segunda Variedade.

Tasso puxou a cortina.
– Klaus! O que você fez?

Klaus desviou o olhar da forma carbonizada que deslizava pela parede até o chão.
– A Segunda Variedade, Tasso. Agora sabemos. Os três tipos foram identificados. O perigo é menor. Eu...

Tasso olhou fixamente para os restos mortais de Rudi, para os fragmentos fumegantes e enegrecidos, e pedaços de pano.

– Você matou ele.

– Ele? *Aquilo*, você quer dizer. Eu vinha observando. Tive um pressentimento, mas não tinha certeza. Ou melhor, não tinha certeza antes, mas esta noite a dúvida acabou. – Klaus esfregou a coronha da pistola, agitado. – Tivemos sorte. Não está vendo? Mais uma hora e ela poderia...

– Você tinha *certeza*?

Tasso passou por ele e curvou-se acima dos restos fumegantes no chão. Seu rosto enrijeceu.

– Major, veja você mesmo. Ossos. Carne.

Hendricks curvou-se ao lado dela. Os restos eram humanos. Carne queimada, fragmentos de ossos carbonizados, parte de um crânio. Tendões, vísceras, sangue. Sangue formando uma poça junto à parede.

– Nenhuma engrenagem – disse Tasso calmamente. Levantou-se. – Nenhuma engrenagem, nem peça, nem relé. Não era uma garra. Não era a Segunda Variedade. – Cruzou os braços. – Terá que ser capaz de explicar isso.

Klaus sentou-se à mesa, sem nenhuma cor no rosto. Pôs a cabeça entre as mãos e balançou para a frente e para trás.

– Pare com isso. – Tasso segurou o ombro dele. – Por que atirou? Por que o matou?

– Ele estava assustado – disse Hendricks. – Com tudo isso, a coisa toda se agravando à nossa volta.

– Talvez.

– O que foi, então? O que você acha?

– Acho que ele pode ter tido uma razão para matar Rudi. Uma boa razão.

– Que razão?

– Talvez Rudi tenha descoberto algo.

Hendricks examinou a expressão sombria dela.

– Em relação a quê? – perguntou ele.

– A ele. A Klaus.

Klaus ergueu o rosto rapidamente.

– Entendeu o que ela está tentando dizer? Ela acha que eu sou a Segunda Variedade. Não está vendo, major? Agora ela quer que o senhor acredite que eu o matei de propósito. Que eu sou...

– Por que o matou, então? – disse Tasso.

– Já disse. – Klaus balançou a cabeça, esgotado. – Achei que ele fosse uma garra. Achei que estivesse certo.

– Por quê?

– Eu o vinha observando. Estava desconfiado.

– Por quê?

– Pensei ter visto algo. Ouvido algo. Pensei...

Ele parou.

– Prossiga.

– Estávamos à mesa. Jogando cartas. Vocês dois estavam no outro cômodo. Tudo estava silencioso. Pensei ter escutado um zumbido sair dele...

Houve um momento de silêncio.

– Acredita nisso? – Tasso perguntou a Hendricks.

– Sim. Acredito no que ele diz.

– Eu não. Acho que ele matou Rudi por um bom motivo. – Tasso tocou o fuzil que estava apoiado no canto da sala. – Major...

– Não. – Hendricks balançou a cabeça. – Vamos parar com isso agora. Já basta um. Estamos com medo, como ele estava. Se o matarmos estaremos fazendo com ele o mesmo que ele fez com Rudi.

Klaus olhou para ele com gratidão.

– Obrigado. Eu estava com medo. Você entende, não é? Agora ela está com medo, como eu estava. Ela quer me matar.

– Ninguém vai matar mais ninguém. – Hendricks foi até a escada. – Vou subir para tentar usar o transmissor mais uma vez. Se não conseguir, seguiremos para as minhas linhas amanhã de manhã.

Klaus levantou-se rapidamente.

– Vou com você para ajudar.

* * *

O ar noturno estava frio. A terra estava esfriando. Klaus respirou fundo, enchendo os pulmões. Ele e Hendricks pisaram o solo na saída do túnel. Klaus plantou os pés bem separados, fuzil para cima, atento para ver e ouvir. Hendricks agachou-se ao lado da entrada do túnel, ligando o pequeno transmissor.

– Teve sorte? – Klaus logo perguntou.

– Ainda não.

– Continue tentando. Conte a eles o que aconteceu.

Hendricks continuou tentando. Sem sucesso. Por fim, baixou a antena.

– Não adianta. Não estão me ouvindo. Ou estão e não querem responder. Ou...

– Ou não existem.

– Vou tentar mais uma vez. – Hendricks ergueu a antena. – Scott, está me ouvindo? Responda!

Ficou escutando. Apenas estática. Depois, muito baixo:

– Scott falando.

Ele apertou o rádio.

– Scott! É você?

– Scott falando.

Klaus agachou-se.

– É o seu comando?

– Scott, ouça. Está entendendo? Sobre elas, as garras. Pegou minha mensagem? Você me ouviu?

– Sim. – Baixo. Quase inaudível. Mal era possível compreender.

– Pegou minha mensagem? Está tudo bem na casamata? Não entrou nenhuma delas?

– Está tudo bem.

– Elas tentaram entrar?

A voz ficou mais fraca.

– Não.

Hendricks voltou-se para Klaus.

– Eles estão bem.

– Foram atacados?

– Não. – Hendricks apertou o fone contra o ouvido com mais força. – Scott, mal consigo escutá-lo. Vocês avisaram a Base Lunar? Eles estão sabendo? Estão alertas?

Nenhuma resposta.

– Scott! Está me ouvindo?

Silêncio.

Hendricks relaxou, curvando-se.

– Sumiu. Devem ser os focos de radiação.

Hendricks e Klaus entreolharam-se. Nenhum dos dois disse nada. Após algum tempo, Klaus perguntou:

– Parecia ser um de seus homens? Conseguiu identificar a voz?

– Estava baixo demais.

– Não deu para ter certeza?

– Não.

– Então pode ter sido...

– Não sei. Não tenho certeza. Vamos voltar e fechar o tampo.

Desceram de volta pela escada até o porão quente. Klaus travou o tampo. Tasso esperava por eles, impassível.

– Teve sorte? – perguntou ela.

Nenhum dos dois respondeu.

– E então? – disse Klaus por fim. – O que o senhor acha, major? Era o seu oficial ou era uma *delas*?

– Não sei.

– Então estamos no mesmo ponto de antes.

Hendricks olhava para o chão, com uma expressão determinada.

– Teremos que ir. Para termos certeza.

– Seja como for, só temos comida aqui para algumas semanas. Teríamos que sair depois disso, de qualquer modo.

– Parece que sim.

– Qual é o problema? – interpelou Tasso. – Entrou em contato com a sua casamata? Qual é o problema?

– Pode ter sido um de meus homens – disse Hendricks devagar. – Ou pode ter sido uma *delas*. Mas nunca saberemos ficando parados aqui. – Consultou o relógio. – Vamos para a cama, dormir um pouco. Precisamos acordar cedo amanhã.

– Cedo?

– Nossa melhor chance de passar pelas garras deve ser de manhã cedo – disse Hendricks.

A manhã estava fresca e clara. O major Hendricks analisou o campo com seu binóculo.

– Vê alguma coisa? – disse Klaus.

– Não.

– Consegue localizar nossas casamatas?

– Em que direção?

– Com licença. – Klaus pegou o binóculo e ajustou. – Sei onde procurar. – Olhou por um longo tempo, em silêncio.

Tasso chegou ao topo do túnel e pisou no solo.

– Alguma coisa?

– Não. – Klaus devolveu o binóculo a Hendricks. – Não estão no campo de visão. Andem. Não vamos ficar aqui.

Os três desceram a encosta da montanha, deslizando pela cinza macia. Um lagarto passou correndo por uma rocha plana. Pararam de súbito, rígidos.

– O que foi isso? – murmurou Klaus.

– Um lagarto.

O lagarto seguiu correndo, disparando pelas cinzas. Tinha exatamente a mesma cor delas.

– Adaptação perfeita – disse Klaus. – Prova de que estávamos certos. Quer dizer, Lysenko estava.

Chegaram à base da montanha e pararam, permanecendo próximos, olhando ao redor.

– Vamos. – Hendricks saiu andando. – É uma boa caminhada.

Klaus posicionou-se ao lado dele. Tasso ficou atrás, segurando a pistola com atenção.

– Major, queria fazer uma pergunta – disse Klaus. – Como se deparou com o David? Aquele que o estava seguindo.

– Encontrei-o no caminho. Em meio a ruínas.

– O que ele disse?

– Quase nada. Que estava sozinho. Sem mais ninguém.

– Não notou que era uma máquina? Falava como uma pessoa viva? Não desconfiou em momento algum?

– Não falou muito. Não notei nada fora do comum.

– É estranho, máquinas tão parecidas com pessoas que podem nos enganar. Quase vivas. Onde será que isso vai dar?

– Estão fazendo o que vocês, ianques, as projetaram para fazer – disse Tasso. – Foram criadas para encontrar vida e destruí-la. Vida humana. Onde quer que a encontrassem.

Hendricks observava Klaus com atenção.

– Por que perguntou? Em que está pensando?

– Nada – respondeu Klaus.

– Klaus acha que você é a Segunda Variedade – disse Tasso calmamente, atrás deles. – Está de olho em você agora.

Klaus corou.

– Por que não? Enviamos um mensageiro às linhas ianques, e quem retorna é *ele*. Talvez tenha pensado que ia encontrar uma boa presa aqui.

Hendricks deu uma risada rouca.

– Vim das casamatas da ONU. Havia humanos por toda parte ali.

– Talvez tenha visto uma oportunidade de entrar nas linhas soviéticas. Talvez tenha visto a sua chance. Talvez você...

– As linhas soviéticas já tinham sido tomadas. Suas linhas foram invadidas antes de minha saída da casamata de comando. Não se esqueça disso.

Tasso colocou-se ao lado dele.

– Isso não prova absolutamente nada, major.

– Por que não?

– Parece haver pouca comunicação entre as variedades. São produzidas em fábricas diferentes. Não parecem trabalhar juntas.

Você pode ter partido para as linhas soviéticas sem saber nada a respeito do trabalho das outras variedades. Até mesmo sem saber como elas eram.

– Como sabe tanto sobre as garras? – disse Hendricks.

– Eu as vi, observei. Vi quando tomaram as casamatas soviéticas.

– Sabe muita coisa – disse Klaus. – Na verdade, viu muito pouco. Estranho que seja uma observadora tão perspicaz.

Tasso riu.

– Está desconfiado de mim agora?

– Esqueçam isso – disse Hendricks. Seguiram caminhando em silêncio.

– Vamos fazer todo o trajeto a pé? – disse Tasso, após algum tempo. – Não estou acostumada a andar. – Olhou para a planície de cinzas à sua volta, estendendo-se em todas as direções até onde a vista alcançava. – Como é deprimente.

– É assim o caminho todo – disse Klaus.

– De certa maneira, queria que você estivesse na sua casamata quando aconteceu o ataque.

– Outra pessoa estaria com você, no meu lugar – resmungou Klaus.

Tasso riu, colocando as mãos no bolso.

– Acho que sim.

Seguiram andando, mantendo o olhar na vasta planície de cinzas silenciosas que os cercava.

O sol estava se pondo. Hendricks avançava devagar, e acenou para Tasso e Klaus, que vinham atrás. Klaus agachou-se, apoiando a coronha da arma no chão. Tasso encontrou uma laje de concreto e sentou-se com um suspiro.

– É bom descansar.

– Silêncio – disse Klaus, alerta.

Hendricks subiu com dificuldade até o topo de uma colina à frente deles. A mesma colina que o mensageiro subira, um dia antes. Hendricks debruçou-se, estendido no solo, espiando pelo binóculo o que havia adiante.

Nada era visível. Apenas as cinzas e uma ou outra árvore. Porém, a menos de 50 metros ficava a entrada da casamata de comando. A casamata de onde ele viera. Hendricks observou em silêncio. Nenhum movimento. Nenhum sinal de vida. Nada se movia.

Klaus rastejou até ele.

– Onde fica?

– Lá embaixo. – Hendricks passou-lhe o binóculo. Nuvens de cinza passavam pelo céu do fim da tarde. O mundo escurecia. Restavam-lhes duas horas de luz, no máximo. Provavelmente, nem isso.

– Não estou vendo nada – disse Klaus.

– Aquela árvore ali. O toco. Ao lado da pilha de tijolos. A entrada está à direita dos tijolos.

– Terei que acreditar em você.

– Você e Tasso, me deem cobertura daqui. Poderão observar todo o caminho até a entrada da casamata.

– Vai descer sozinho?

– Com a identificação de pulso estarei seguro. O solo em volta da casamata é um campo repleto de garras. Elas se concentram debaixo das cinzas. Feito siris. Sem a identificação vocês não teriam chances.

– Acho que está certo.

– Andarei devagar até lá. Assim que tiver certeza...

– Se elas estiverem lá dentro da casamata, você não conseguirá subir de volta. São rápidas. Você não entendeu ainda.

– O que você sugere?

Klaus parou para pensar.

– Não sei. Faça com que subam à superfície. Para que você possa conferir.

Hendricks tirou o transmissor do cinto e ergueu a antena.

– Vamos começar.

Klaus fez um sinal para Tasso. Ela rastejou com destreza pela encosta da colina até onde eles estavam.

– Ele vai descer sozinho – disse Klaus. – Daremos cobertura daqui. Assim que o vir voltando, atire atrás dele de imediato. Elas chegam rapidamente.

– Você não está muito otimista – disse Tasso.

– Não, não estou.

Hendricks abriu a parte de trás da arma e verificou com cuidado.

– Talvez esteja tudo bem.

– Você não as viu. Centenas delas. Todas iguais. Fervilhando feito formigas.

– Devo descobrir indo lá embaixo. – Hendricks travou a arma, segurando-a firme, com o transmissor na outra mão. – Bom, desejem-me sorte.

Klaus ergueu a mão.

– Não desça até ter certeza. Fale com eles daqui de cima. Peça para aparecerem.

Hendricks levantou-se. Desceu a encosta da colina.

No instante seguinte, caminhava lentamente na direção da pilha de tijolos e escombros ao lado da árvore morta. Na direção da entrada da casamata de comando.

Nada se movia. Ele ergueu o transmissor e ligou.

– Scott? Está me ouvindo?

Silêncio.

– Scott! É Hendricks. Está me ouvindo? Estou do lado de fora da casamata. Deve conseguir me ver pelo periscópio.

Ficou atento, segurando firme o transmissor. Nenhum som. Somente estática. Seguiu adiante. Uma garra saiu das cinzas e correu na direção dele. Ela se deteve a alguns metros de distância e depois fugiu sorrateira. Outra garra apareceu, das grandes com antenas. Partiu na direção dele, examinou-o com atenção e depois permaneceu alguns passos atrás, acompanhando-o com respeito.

No instante seguinte uma terceira garra grande juntou-se à última. Em silêncio, as garras o seguiram à medida que ele andava lentamente na direção da casamata.

Hendricks parou e, atrás dele, as garras também pararam. Ele estava perto agora. Quase na entrada da casamata.

– Scott! Está me ouvindo? Estou bem acima de você. Do lado de fora. Na superfície. Vai me atender?

Aguardou, segurando a arma junto à lateral do corpo, o transmissor colado ao ouvido. O tempo passou. Ele se esforçava para escutar alguma coisa, mas havia apenas silêncio. Silêncio, e uma leve estática.

Então, um som distante e metálico:

– Scott falando.

A voz era neutra. Fria. Ele não conseguia identificá-la, mas o fone de ouvido era pequeno demais.

– Scott, ouça. Estou bem acima de você. Estou na superfície, olhando para a entrada da casamata.

– Sim.

– Está me vendo?

– Sim.

– Pelo periscópio? Está com a mira voltada para mim?

– Sim.

Hendricks ponderou. Um círculo de garras aguardava silenciosamente de todos os lados.

– Está tudo bem na casamata? Não aconteceu nada fora do comum?

– Está tudo bem.

– Você pode vir à superfície? Quero vê-lo um instante. – Hendricks respirou fundo. – Venha aqui. Quero falar com você.

– Desça.

– Estou lhe dando uma ordem.

Silêncio.

– Vai vir? – Hendricks esperou. Não houve resposta. – Ordeno que venha à superfície.

– Desça.

Hendricks manteve-se firme.

– Quero falar com Leone.

Houve uma longa pausa. Ele escutou a estática. Depois veio uma voz, inflexível, fraca, metálica. A mesma de antes.

– Leone falando.

– Hendricks. Estou na superfície. Na entrada da casamata. Quero que um de vocês venha até aqui.

– Desça.

– Por que descer? Estou lhe dando uma ordem!

Silêncio. Hendricks baixou o transmissor. Olhou com atenção à sua volta. A entrada estava logo em frente. Quase a seus pés. Baixou a antena e prendeu o transmissor ao cinto. Com cuidado, segurou a arma com as duas mãos. Seguiu em frente, um passo de cada vez. Se os homens podiam vê-lo, sabiam que estava indo na direção da entrada. Fechou os olhos por um momento.

Então pisou no primeiro degrau do túnel que descia. Dois Davids aproximaram-se dele, com rostos idênticos e inexpressivos. Ele os explodiu em partículas. Outros foram subindo, rápida e silenciosamente, um bando deles. Todos exatamente iguais.

Hendricks se virou e voltou correndo, para longe da casamata, de volta à colina.

Do alto da colina, Tasso e Klaus atiravam para baixo. As garras pequenas já avançavam na direção deles, esferas de metal reluzentes disparando, correndo freneticamente pelas cinzas. Mas ele não tinha tempo para pensar nisso.

Ele se ajoelhou, mirando a entrada da casamata, arma contra o rosto. Os Davids saíam em grupos, abraçando seus ursos de pelúcia, as pernas ossudas subindo e descendo à medida que corriam pelos degraus até a superfície. Hendricks atirou no grupo maior. Eles explodiram, engrenagens e molas voando em todas as direções. Atirou mais uma vez, através da névoa de partículas.

Um vulto enorme e desajeitado surgiu na entrada da casamata, alto e vacilante. Hendricks parou, impressionado. Um homem, um soldado. Sem uma perna, apoiando-se numa muleta.

– Major! – era a voz de Tasso. Mais tiros. O vulto enorme avançou, cercado de Davids por todos os lados. Hendricks saiu do estado de choque. A Primeira Variedade. O Soldado Ferido. Mirou e atirou. O soldado explodiu em pedaços, peças e relés voaram. Agora havia muitos Davids no solo plano, longe da casamata. Ele atirou várias vezes, afastando-se aos poucos, meio agachado e mirando.

Da colina, Klaus atirava para baixo. A encosta estava repleta de garras que subiam. Hendricks recuou na direção da colina, correndo e se agachando. Tasso deixara Klaus e dava a volta lentamente para a direita, afastando-se da colina.

Um David deslizou para cima de Hendricks, o pequeno rosto pálido e inexpressivo, cabelos castanhos caindo sobre os olhos. Curvou-se de repente, abrindo os braços. O urso de pelúcia foi arremessado e bateu no chão, pulando na direção de Hendricks, que atirou. O urso e o David foram dissolvidos. Ele abriu um sorriso, apertando os olhos. Era como um sonho.

– Aqui em cima – a voz de Tasso. Hendricks seguiu na direção dela. Ela estava perto de colunas de concreto, paredes de um prédio em ruínas. Ela atirava para trás dele, com a pistola que Klaus lhe dera.

– Obrigado. – Ele se juntou a ela, retomando o fôlego. Ela puxou-o para trás do concreto, mexendo no cinto.

– Feche os olhos! – Ela tirou um globo da cintura. Rapidamente, desatarraxou a tampa e armou o dispositivo. – Feche os olhos e abaixe.

Ela jogou a bomba, que se deslocou formando um arco perfeito, depois rolando e quicando até a entrada da casamata. Dois Soldados Feridos estavam hesitantes ao lado da pilha de tijolos. Outros Davids saíram de trás deles, espalhando-se pela planície.

Um dos Soldados Feridos foi na direção da bomba, inclinando-se desajeitado para catá-la.

A bomba explodiu. O impacto fez Hendricks girar, caindo de cara no chão. Um vento quente passou acima dele. Avistou Tasso vagamente atrás das colunas, atirando de forma lenta e metódica nos Davids que saíam das imensas nuvens de fogo incandescente.

Mais adiante, na colina, Klaus lutava contra um círculo de garras que o cercava. Ele recuou, atirando nelas e andando para trás, tentando atravessar o círculo. Hendricks ficou de pé com dificuldade. A cabeça doía. Ele mal conseguia enxergar. Tudo o atingia, girando furiosamente. Seu braço direito não se mexia.

Tasso se voltou na direção dele.

– Anda, vamos.

– Klaus... ele ainda está lá em cima.

– Anda! – Tasso arrastou Hendricks para trás, para fora das colunas. Hendricks balançou a cabeça, tentando pensar com clareza. Tasso levou-o para longe rapidamente, com um olhar intenso e brilhante, atenta para garras que tivessem escapado da explosão.

Um David saiu das nuvens de chamas. Tasso explodiu-o. Não apareceu mais nenhum.

– Mas Klaus. E ele? – Hendricks parou, sem equilíbrio. – Ele...

– Vamos!

Eles recuaram, afastando-se cada vez mais da casamata. Algumas garras pequenas os seguiram por pouco tempo e depois desistiram, virando-se e indo embora.

Por fim, Tasso parou.

– Podemos parar aqui e retomar o fôlego.

Hendricks sentou-se num amontoado de escombros. Limpou o pescoço, ofegante.

– Deixamos Klaus lá.

Tasso não disse nada. Abriu a arma e enfiou um novo cartucho de explosivos.

Hendricks ficou olhando para ela, atordoado.

– Você o deixou lá de propósito.

Tasso fechou a arma. Examinou friamente os montes de entulho em torno deles. Como se estivesse se precavendo contra algo.
– O que é? – perguntou Hendricks com urgência. – O que está procurando? Algo está para acontecer? – Balançou a cabeça, tentando entender. O que ela estava fazendo? O que estava esperando? Ele não via nada. Havia cinzas por todos os lados, cinzas e ruínas. Um ou outro tronco de árvore, sem folhas nem galhos. – O que...

Tasso interrompeu-o.

– Fique parado. – Ela apertou os olhos. De repente, ergueu a arma. Hendricks virou-se, acompanhando o olhar dela.

Na direção de onde tinham vindo, um vulto surgiu e cambaleou na direção deles. Suas roupas estavam rasgadas. Ele mancava, andando muito devagar e com cautela. Parando de vez em quando, descansando e recobrando a força. Quase caiu uma vez. Ficou parado por um momento, tentando se firmar. Depois prosseguiu.

Klaus.

Hendricks exclamou:

– Klaus! – Precipitou-se na direção dele. – Por que diabos você...

Tasso atirou. Hendricks recuou. Ela atirou de novo, a explosão passou por ele, uma linha de calor intenso. O raio atingiu o peito de Klaus. Ele explodiu, engrenagens e rodas voaram. Por um momento, ele continuou a andar. Depois oscilou para a frente e para trás. Desabou no chão, os braços estirados. Mais algumas engrenagens rolaram.

Silêncio.

Tasso virou-se para Hendricks.

– Agora você entende por que ele matou Rudi.

Hendricks voltou a se sentar lentamente. Balançou a cabeça. Estava entorpecido. Não conseguia raciocinar.

– Está vendo? – disse Tasso. – Entendeu?

Hendricks não disse nada. Tudo lhe escapava, cada vez mais rápido. Uma escuridão avançava, tragando-o.

Fechou os olhos.

* * *

Hendricks abriu os olhos devagar. Seu corpo estava todo dolorido. Tentou endireitar-se, mas pontadas de dor atravessavam o braço e o ombro. Soltou um gemido.

– Não tente se levantar – disse Tasso. Ela se abaixou e pôs a mão fria na testa dele.

Era noite. Algumas estrelas piscavam, brilhando através das nuvens de cinzas. Hendricks deitou-se, os dentes cerrados. Tasso observou-o, impassível. Ela havia feito uma fogueira com madeira e ervas daninhas. O fogo estava fraco, sibilando na xícara de metal acima. Tudo estava silencioso. A escuridão imóvel além da fogueira.

– Então ele era a Segunda Variedade – murmurou Hendricks.

– Sempre achei que fosse.

– Por que não o destruiu antes? – quis saber.

– Você me impediu. – Tasso aproximou-se da fogueira para olhar dentro da xícara de metal. – Café. Vai estar pronto daqui a pouco.

Ela voltou e sentou-se ao lado dele. No mesmo instante, abriu a pistola e começou a desmontar o mecanismo, examinando-o com atenção.

– É uma bela arma – disse Tasso, pensando em voz alta. – A construção é sofisticada.

– E quanto a elas? As garras.

– A explosão da bomba deixou a maioria fora de ação. São delicadas. Altamente complexas, suponho.

– Os Davids também?

– Sim.

– Como você conseguiu uma bomba como aquela?
Tasso deu de ombros.

– Nós a projetamos. Você não deveria subestimar nossa tecnologia, major. Sem essa bomba, você e eu não existiríamos mais.

– Muito útil.

Tasso esticou as pernas, aquecendo os pés no calor do fogo.

– Fiquei surpresa por você não perceber, depois que ele matou Rudi. Por que achou que ele...

– Eu disse. Achei que ele estivesse com medo.

– Sério? Sabe, major, por um instante suspeitei de você. Porque não quis me deixar matá-lo. Achei que poderia estar protegendo-o. – Ela riu.

– Estamos seguros aqui? – Hendricks perguntou de imediato.

– Por algum tempo. Até que elas consigam reforços de outra área. – Tasso começou a limpar o interior da arma com um pedaço de pano. Ao terminar, encaixou de volta o mecanismo. Fechou a arma e passou o dedo ao longo do cano.

– Tivemos sorte – murmurou Hendricks.

– Sim. Muita sorte.

– Obrigado por me tirar de lá.

Tasso não respondeu. Olhou para ele, os olhos brilhando à luz da fogueira. Hendricks examinou o braço. Não conseguia mover os dedos. Parecia paralisado de um lado. Por dentro, sentia uma dor moderada e persistente.

– Como se sente? – perguntou Tasso.

– Meu braço está ferido.

– Mais alguma coisa?

– Lesões internas.

– Não se abaixou quando a bomba detonou.

Hendricks não disse nada. Viu Tasso despejar o café da xícara para um recipiente raso de metal. Ela levou o café para ele.

– Obrigado. – Ele se esforçou para beber. Era difícil engolir. Sentiu as entranhas se revirarem e afastou o recipiente. – Só consigo beber isso.

Tasso bebeu o resto. O tempo passou. As nuvens de cinzas deslizavam pelo céu escuro acima deles. Hendricks descansou, com a mente vazia. Após alguns instantes, percebeu que Tasso estava de pé acima dele, observando-o.

– O que foi? – ele murmurou.

– Está se sentindo melhor?
– Um pouco.
– Sabe, major, se eu não o tivesse arrastado para cá, elas o teriam apanhado. Você estaria morto. Como Rudi.
– Eu sei.
– Quer saber por que o tirei de lá? Poderia ter te deixado. Poderia ter te deixado lá.
– Por que me tirou de lá?
– Porque temos que fugir daqui. – Tasso mexeu no fogo com um graveto, olhando calmamente para as chamas. – Nenhum ser humano pode viver aqui. Quando o reforço delas chegar, não teremos chance. Refleti a respeito enquanto você estava inconsciente. Temos, talvez, três horas até que elas voltem.
– E espera que eu nos tire daqui?
– Isso mesmo. Espero que você nos tire daqui.
– Por que eu?
– Porque não conheço nenhum modo. – Os olhos dela brilhavam para ele à meia-luz, um brilho intenso e constante. – Se você não conseguir nos tirar daqui, elas nos matarão em menos de três horas. Não vejo outra possibilidade. E então, major? O que vai fazer? Esperei a noite toda. Enquanto estava inconsciente, fiquei aqui sentada, à espera, alerta. Está quase amanhecendo. A noite está quase acabando.

Hendricks ponderou.

– É curioso – disse, por fim.
– Curioso?
– Você pensar que eu possa nos tirar daqui. Queria saber o que você acha que posso fazer.
– Pode nos levar à Base Lunar?
– À Base Lunar? Como?
– Deve haver uma maneira.

Hendricks balançou a cabeça.

– Não. Não que eu saiba.

Tasso não disse nada. Por um momento, o olhar firme dela vacilou. Abaixou a cabeça e desviou o olhar de modo abrupto. Levantou-se às pressas.

– Mais café?

– Não.

– Como quiser. – Tasso bebeu em silêncio. Ele não podia ver seu rosto. Ficou deitado com as costas no chão, perdido em pensamentos, tentando se concentrar. Era difícil raciocinar. A cabeça ainda doía e o estado de torpor ainda pairava sobre ele.

– Pode haver um jeito – ele disse de repente.

– Ah é?

– Quanto tempo falta para amanhecer?

– Duas horas. O sol logo vai começar a aparecer.

– Supostamente, há uma nave aqui perto. Nunca a vi. Mas sei que existe.

– Que tipo de nave? – O tom dela era incisivo.

– Um foguete-cruzador.

– Pode nos levar daqui? Para a Base Lunar?

– Teoricamente. Em caso de emergência. – Ele esfregou a testa.

– Qual o problema?

– Minha cabeça. Difícil pensar, mal consigo... me concentrar. A bomba.

– A nave está perto daqui? – Tasso passou para o lado dele, sentando-se sobre os calcanhares. – É rápida? Onde está?

– Estou tentando pensar.

Ela fincou os dedos no braço dele.

– Por perto? – Sua voz era como ferro. – Onde estaria? Guardada no subterrâneo? Escondida no subterrâneo?

– Sim. Num local de armazenamento.

– Como a encontraremos? Tem uma marcação? Há marcação codificada para identificá-la?

Hendricks concentrou-se.

– Não. Nenhuma marcação. Nenhum símbolo codificado.

– O que, então?
– Uma indicação.
– Que tipo de indicação?
Hendricks não respondeu. À luz bruxuleante, seu olhar estava vidrado, duas órbitas cegas. Tasso fincou os dedos em seu braço.
– Que tipo de indicação? O quê?
– Não consigo pensar. Me deixe descansar.
– Está bem. – Ela desistiu e se levantou. Hendricks ficou deitado no solo. Olhos fechados. Tasso afastou-se dele, com as mãos no bolso. Chutou uma pedra do caminho e ficou olhando para o céu. O breu da noite começava a ficar acinzentado. A manhã estava chegando.

Tasso pegou a pistola e andou em volta da fogueira, de um lado para o outro. No chão, o major Hendricks jazia, olhos fechados, imóvel. O tom acinzentado tomou conta do céu aos poucos. A paisagem tornou-se visível, campos de cinzas estendendo-se em todas as direções. Cinzas e ruínas, uma parede aqui e ali, montes de concreto, um tronco de árvore nu.

O ar estava frio e cortante. Em algum lugar ao longe, um pássaro emitia sons lúgubres.

Hendricks moveu-se. Abriu os olhos.

– Amanheceu? Já?
– Sim.

Hendricks sentou-se um pouco.

– Você queria saber algo. Ia me perguntar.
– Lembra agora?
– Sim.
– O que é? – Ela ficou tensa. – O quê? – repetiu com insistência.
– Um poço. Um poço em ruínas. Está num compartimento abaixo de um poço.
– Um poço. – Tasso relaxou. – Então vamos encontrar um poço. – Ela olhou para o relógio. – Temos cerca de uma hora, major. Acha que conseguiremos encontrá-lo em uma hora?
– Me ajude a levantar – pediu Hendricks.

Tasso guardou a pistola e o ajudou a ficar de pé.

– Isso vai ser difícil.

– É, vai. – Hendricks apertou os lábios com força. – Acho que não vamos chegar muito longe.

Começaram a andar. A luz da alvorada lançava um pouco de calor sobre eles. A terra era plana e estéril, permanecendo cinza e sem vida até onde a vista alcançava. Algumas aves passavam em silêncio, muito acima deles, circulando lentamente.

– Vê alguma coisa? – disse Hendricks. – Alguma garra?

– Não. Ainda não.

Passaram entre ruínas, concreto erguido e tijolos. Um alicerce de cimento. Ratos fugiram correndo. Tasso pulou para trás, receosa.

– Aqui era uma cidade – disse Hendricks. – Uma aldeia. Vilarejo provinciano. Tudo isso foi uma vinícola um dia. Onde estamos agora.

Chegaram a uma rua destruída, entrecortada por ervas daninhas e rachaduras. À direita, havia uma chaminé de pedra enfiada no solo.

– Cuidado – alertou ele.

Um buraco escancarava-se, um porão aberto. Canos arrebentados projetavam-se, deformados e curvos. Passaram por parte de uma casa, uma banheira virada de lado. Uma cadeira quebrada. Colheres e cacos de porcelana. No centro da rua o chão havia afundado. A depressão estava cheia de ervas daninhas, escombros e ossos.

– Aqui – murmurou Hendricks.

– Por aqui?

– À direita.

Passaram pelos restos de um tanque pesado. O contador do cinto de Hendricks estalou num sinal de mau agouro. O veículo tinha sido atingido por explosão radioativa. A poucos metros do tanque, um corpo mumificado jazia esparramado, com a boca aberta. Além da estrada havia um campo. Pedras, ervas daninhas e cacos de vidro.

– Ali – disse Hendricks.

Um poço de pedra projetava-se do solo, inclinado e caindo aos pedaços. Algumas tábuas tinham sido colocadas sobre ele. A maior parte do poço estava afundada, rodeada pelos escombros. Hendricks cambaleou na direção dele, com Tasso ao lado.

– Tem certeza disso? – perguntou Tasso. – Não parece ser nada.

– Tenho certeza. – Hendricks sentou-se na beira do poço, dentes cerrados. Sua respiração estava acelerada. Limpou a transpiração do rosto. – Isso foi providenciado para que o oficial superior de comando pudesse escapar. Caso acontecesse algo. Se a casamata fosse tomada.

– Esse seria você?

– Sim.

– Onde está a nave? Está aqui?

– Estamos sobre ela. – Hendricks passou as mãos pela superfície de pedra. – A trava identifica a minha íris, de mais ninguém. É a minha nave. Ou deveria ser. – Ouviram um clique agudo. No mesmo instante, um rangido grave veio de baixo deles.

– Afaste-se – disse Hendricks. Ele e Tasso recuaram.

Uma parte do chão deslizou. Uma estrutura de metal subiu lentamente, empurrando as cinzas, tirando tijolos e ervas daninhas do caminho. O movimento foi cessando à medida que a ponta da nave surgia.

– Aí está – disse Hendricks.

Era pequena. Permaneceu imóvel, suspensa dentro da armação metálica, como uma agulha rombuda. Uma chuva de cinzas foi tragada para dentro da cavidade escura de onde a nave subira. Hendricks foi até ela. Subiu na armação, destravou a porta e empurrou-a para trás. O painel de controle e o assento de pressão eram visíveis.

Tasso aproximou-se e ficou ao lado dele, observando o interior da nave.

– Não estou acostumada a pilotar foguetes – disse ela, após algum tempo.

Hendricks encarou-a.

– Eu piloto.

– Você? Há apenas um assento, major. Estou vendo que foi construída para levar uma única pessoa.

A respiração de Hendricks mudou. Ele analisou o interior da nave com atenção. Tasso estava certa. Havia apenas um assento. A nave fora projetada para levar apenas uma pessoa.

– Entendo – ele disse devagar. – E essa pessoa é você.

Ela fez que sim.

– É claro.

– Por quê?

– *Você* não pode ir embora. Pode não sobreviver à viagem. Está ferido. Provavelmente não chegaria lá.

– Argumento interessante. Mas, veja, sei onde fica a Base Lunar, e você, não. Pode ficar vagando por meses sem encontrá-la. Ela está bem escondida. Sem saber o que procurar...

– Terei que arriscar. Talvez não a encontre. Não sozinha. Mas acho que você vai me dar toda a informação necessária. Sua vida depende disso.

– Como?

– Se eu encontrar a Base Lunar a tempo, talvez consiga fazer com que enviem uma nave para buscá-lo. *Se* encontrar a Base a tempo. Caso contrário, você não tem chance. Imagino que a nave tenha suprimentos. Vão durar o suficiente...

O movimento de Hendricks foi rápido, mas o braço ferido o traiu. Tasso abaixou-se, deslizando com flexibilidade para o lado. Ergueu a mão, veloz como um relâmpago. Hendricks viu a coronha da arma crescer. Tentou aparar o golpe, mas ela foi rápida demais. A base de metal atingiu a lateral da cabeça, logo acima da orelha. Ele foi tomado por uma dor estonteante. Dor e nuvens ondulantes de escuridão. Ele se prostrou, deslizando para o chão.

Percebeu vagamente Tasso acima dele, chutando-o com a ponta da bota.

– Major! Acorde.

Ele abriu os olhos, gemendo.

– Preste atenção. – Ela se curvou, a arma apontada para o rosto dele. Tenho que ser rápida. Não há muito tempo. A nave está pronta, mas você tem que me passar a informação antes que eu parta.

Hendricks balançou a cabeça, tentando pensar.

– Anda logo! Onde fica a Base Lunar? Como a encontro? O que devo procurar?

Hendricks não disse nada.

– Responda!

– Sinto muito.

– Major, a nave está abastecida. Posso rodar por semanas. Acabarei encontrando a Base. E em meia hora você estará morto. Sua única chance de sobrevivência... – Ela parou de repente.

Mais adiante, numa encosta, perto de ruínas, algo se moveu. Algo em meio às cinzas. Tasso virou-se rapidamente, mirando. Atirou. Uma rajada de chamas subiu. Algo correu, rolando pelas cinzas. Ela atirou mais uma vez. A garra explodiu, lançando engrenagens pelos ares.

– Está vendo? – disse Tasso. – Uma sentinela. Não temos tempo.

– Vai trazê-los de volta para me buscarem?

– Sim. O mais rápido possível.

Hendricks olhou para ela. Examinou-a atentamente.

– Está dizendo a verdade? – Seu rosto assumira uma expressão estranha, uma avidez. – Vai voltar para me salvar? Vai me levar à Base Lunar?

– Vou levá-lo à Base Lunar. Mas me diga onde fica! Resta muito pouco tempo.

– Está bem. – Hendricks pegou um pedaço de rocha, buscando apoio para se sentar. – Veja. – Começou a fazer um esboço nas cinzas. Tasso ficou ao seu lado, observando o movimento da pedra. Hendricks desenhava um mapa lunar rudimentar.

– Estes são os Montes Apeninos. Aqui é a Cratera de Arquimedes. A Base Lunar fica depois dos montes, cerca de 300 quilômetros. Não sei exatamente onde. Ninguém na Terra sabe. Mas, quando estiver acima dos Apeninos, sinalize uma vez com a luz vermelha e uma com a verde, depois duas vermelhas em sequência rápida. O monitorador da Base registrará o sinal. Ela fica sob a superfície, é claro. Eles darão a orientação para a sua descida com controles magnéticos.

– E os controles? Vou conseguir operá-los?

– Os controles são praticamente automáticos. Você só tem que dar o sinal certo no momento certo.

– Darei.

– O assento absorve a maior parte do impacto de decolagem. O ar e a temperatura são controlados. A nave deixará a Terra e passará ao espaço livre. Vai se alinhar com a Lua, entrando em órbita à sua volta, cerca de 160 quilômetros acima da superfície. A órbita a levará até a Base. Quando estiver na região dos Apeninos, libere os sinalizadores.

Tasso entrou na nave e desceu ao assento de pressão. As travas de braço fecharam-se automaticamente. Ela manuseou os controles.

– É uma pena que você não esteja indo, major. Tudo isto deixado aqui para você, e não pode fazer a viagem.

– Deixe a pistola comigo.

Tasso puxou a pistola do cinto. Segurou-a na mão, sentindo seu peso pensativamente.

– Não se afaste muito deste local. Senão, será difícil encontrá-lo.

– Não. Ficarei aqui, ao lado do poço.

Tasso segurou a chave de decolagem e passou os dedos pelo metal liso.

– Bela nave, major. Bem construída. Admiro a habilidade de vocês. Sempre fazem um bom trabalho. Constroem coisas belas. Seus trabalhos, suas criações, são suas maiores conquistas.

– Me dê a pistola – disse Hendricks, impaciente, estendendo a mão. Esforçou-se para ficar de pé.

– Tchau, major. – Tasso jogou a pistola para Hendricks. A pistola caiu com um ruído e saiu rolando. Hendricks foi atrás o mais rápido que pôde. Abaixou-se e a pegou.

A escotilha da nave se fechou com um clangor. As travas foram acionadas. Hendricks retrocedeu. A porta interna estava sendo vedada. Ele ergueu a pistola sem firmeza.

Houve um estrondo de algo se rompendo. A nave estourou a armação de metal, fundindo a grade que ficou para trás. Hendricks encolheu-se, recuando. A nave disparou para as nuvens ondulantes de cinzas e desapareceu no céu.

Hendricks ficou olhando por um longo tempo, até o último vestígio se dissipar. Nada se movia. O ar da manhã era frio e silencioso. Ele começou a andar sem objetivo pelo caminho de onde vieram. Melhor manter-se em movimento. Demoraria muito para chegar auxílio – se é que chegaria. Procurou nos bolsos até encontrar um maço de cigarros. Acendeu um, desconsolado. Todos lhe pediam cigarros. Mas cigarros eram raros.

Um lagarto passou por ele, arrastando-se pelas cinzas. Ele parou, rígido. O lagarto desapareceu. O sol estava mais alto. Moscas pousaram numa rocha plana ao lado dele. Hendricks chutou-as.

Estava ficando quente. O suor corria pelo rosto, para dentro da gola. A boca estava seca.

Ele logo parou de andar e se sentou sobre escombros. Desatou o kit de medicamentos e engoliu algumas cápsulas de narcótico. Olhou à sua volta. Onde estava?

Havia algo adiante. Estendido no chão. Silencioso e imóvel.

Hendricks sacou a arma rapidamente. Parecia um homem. Então ele se lembrou. Era o que restara de Klaus. A Segunda Variedade. Onde Tasso o destruíra. Engrenagens, relés e peças de metal eram visíveis, espalhadas sobre as cinzas. Cintilando à luz do sol.

Hendricks levantou-se e foi até lá. Cutucou a forma inerte com o pé, virando-a um pouco. Viu o casco de metal, as costelas e os suportes de alumínio. Outros fios despencaram. Feito vísceras. Amontoados de fios, comutadores e relés. Motores e eixos infindáveis.

Ele se curvou. A caixa craniana tinha sido esmagada na queda. O cérebro artificial estava visível. Hendricks observou. Um labirinto de circuitos. Tubos em miniatura. Fios delgados como cabelos. Ele tocou a caixa craniana. Ela se deslocou. A placa de identificação ficou visível. Hendricks examinou a placa.

E empalideceu.

IV-V

Ficou olhando por muito tempo. Quarta Variedade. Não Segunda. Eles estavam enganados. Havia outros modelos. Não apenas três. Muitos outros talvez. Pelo menos quatro. E Klaus não era a Segunda Variedade.

De repente, ele ficou tenso. Algo se aproximava, andando pelas cinzas além da colina. O que era? Ele se esforçou para enxergar. Vultos. Vultos se aproximando lentamente, caminhando sobre as cinzas.

Indo na direção dele.

Hendricks agachou-se rápido, erguendo a arma. O suor escorreu nos olhos. Ele tentou controlar o pânico que crescia à medida que os vultos se aproximavam.

O primeiro era um David. O David avistou-o e apertou o passo. Os outros também aceleraram. Um segundo David. Um terceiro. Três Davids, todos iguais, avançando silenciosamente na direção dele, sem expressão, as pernas magras subindo e descendo. Abraçados aos ursos de pelúcia.

Ele mirou e atirou. Os dois primeiros Davids dissolveram-se em partículas. O terceiro prosseguiu. E o vulto atrás dele. Subindo silenciosamente na direção de Hendricks pelo solo cinzento. Um Soldado Ferido, agigantando-se acima do David. E...

E atrás do Soldado Ferido vinham duas Tassos, andando lado a lado. Cinto carregado, calça do exército russo, camisa, cabelos longos. A figura familiar, do mesmo jeito que ele vira pouco antes, no assento de pressão da nave. Duas figuras esbeltas e silenciosas, idênticas.

Estavam muito perto. O David abaixou-se de repente e largou o urso de pelúcia. O urso correu pelo chão. Automaticamente, os dedos de Hendricks apertaram o gatilho. O urso se foi, dissolvido em forma de névoa. Os dois Tipos Tasso prosseguiram, impassíveis, andando lado a lado pelas cinzas.

Quando estavam quase chegando a ele, Hendricks ergueu a pistola na altura da cintura e atirou.

As duas Tassos se dissolveram. Porém, um novo grupo começava a subir a colina, cinco ou seis Tassos, todas idênticas, uma fila delas seguindo rapidamente na direção dele.

E Hendricks lhe dera a nave e a sequência de sinais. Por causa dele, ela estava a caminho da Lua, da Base Lunar. Tornara isso possível.

Ele estava certo quanto à bomba, afinal. Ela fora projetada com o conhecimento dos outros tipos, o David e o Soldado Ferido. E do Tipo Klaus. Não por seres humanos. Tinha sido projetada por uma das fábricas subterrâneas, sem nenhum contato humano.

A fileira de Tassos se aproximou dele. Hendricks preparou-se, observando-as calmamente. O rosto familiar, o cinto, a camisa grossa, a bomba no lugar certo.

A bomba...

Quando as Tassos estenderam os braços para pegá-lo, um último pensamento irônico passou pela cabeça de Hendricks. Sentiu-se um pouco melhor ao pensar nisso. A bomba. Criada pela Segunda Variedade para destruir as outras. Feita com esse único propósito.

Elas já começavam a criar armas para serem usadas umas contra as outras.

Impostor

Lançado em 2001, o filme **Impostor** (*Impostor*) foi inspirado no conto homônimo, publicado em 1953. O roteiro do longa-metragem, dirigido pelo norte-americano Gary Fleder (*O Júri, Beijos que Matam*), foi adaptado por Scott Rosemberg (*60 Segundos, Alta Fidelidade*), Ehren Kruger (*O Chamado, A Chave Mestra*), David Twohy (*O Fugitivo, A Batalha de Riddick*) e Caroline Case. Os atores Gary Sinise e Madeleine Stowe vivem o casal Ollham nas telas.

– Um dia desses vou tirar uma folga no trabalho – disse Spence Ollham no café da manhã. Olhou para a esposa. – Acho que mereço um descanso. Dez anos é muito tempo.
– E o Projeto?
– Vencerão a guerra sem mim. Esta nossa bola de terra não corre tanto perigo assim. – Ollham sentou-se à mesa e acendeu um cigarro. – As máquinas-de-notícia alteram os relatos oficiais para dar a impressão de que estamos sob o controle dos Extraespaciais. Sabe o que eu gostaria de fazer nas férias? Acampar naquelas montanhas fora da cidade, onde fomos uma vez. Lembra? Fiquei com urticária e você quase pisou numa cobra-touro.
– Sutton Wood? – Mary começou a tirar a mesa. – A floresta pegou fogo há algumas semanas. Achei que soubesse. Parece que foi um incêndio em nuvem.
Ollham desanimou.
– E nem tentaram descobrir a causa? – Ele apertou os lábios. – Ninguém está nem aí. Só se pensa na guerra. – Cerrou os dentes enquanto visualizava a cena, os Extraespaciais, a guerra, as naves-agulha.
– E é possível pensar em outra coisa?
Ollham balançou a cabeça, concordando. Ela tinha razão, claro. As navezinhas escuras saídas de Alfa Centauri haviam desviado dos cruzadores da Terra com facilidade, deixando-os para trás

como tartarugas indefesas. Todos os confrontos tinham sido desiguais, até chegarem à Terra.

Até chegarem à Terra, e os Laboratórios Westinghouse demonstrarem o funcionamento da bolha de proteção. Lançada sobre as principais cidades terrenas e, por fim, sobre o planeta como um todo, a bolha foi a primeira defesa de verdade, a primeira resposta legítima aos Extraespaciais – como haviam sido apelidados pelas máquinas-de-notícia.

Para que ganhassem a guerra, no entanto, ainda faltava algo. Todos os laboratórios e todos os projetos trabalhavam dia e noite, sem parar, para descobrirem uma única coisa: uma arma para combate definitivo. O próprio projeto de Ollham, por exemplo. Dias inteiros, ano após ano.

Ele se levantou e apagou o cigarro.

– É como a Espada de Dâmocles. Sempre suspensa acima de nós. Estou cansado. Só quero relaxar por um bom tempo. Mas acho que todo mundo está se sentindo assim.

Ollham pegou o casaco no armário e saiu para a varanda. O bug chegaria a qualquer momento, a navezinha veloz que o levaria ao Projeto.

– Espero que Nelson não se atrase. – Ele consultou o relógio.
– São quase sete.

– Lá vem o bug – disse Mary, olhando entre as fileiras de casas. O sol brilhava atrás dos telhados, refletindo nas pesadas chapas de chumbo. O povoado estava calmo; apenas algumas pessoas transitavam. – Até mais. Tente não trabalhar após o seu turno, Spence.

Ollham abriu a porta do carro e entrou, recostando-se no banco com um suspiro. Havia um homem mais velho com Nelson.

– E então? – disse Ollham, quando o bug decolou. – Soube de alguma notícia interessante?

– O de sempre – disse Nelson. – Algumas naves do Espaço Exterior atingidas, mais um asteroide abandonado por razões estratégicas.

– Será ótimo quando chegarmos ao estágio final do Projeto. Talvez não passe de propaganda das máquinas-de-notícia, mas no mês passado fiquei farto de tudo isso. Tudo parece tão sério e sombrio, falta um colorido na vida.

– Você acha que a guerra é em vão? – disse o homem mais velho, de repente. – Você é parte essencial dela.

– Este é o Major Peters – disse Nelson. Ollham e Peters se cumprimentaram com um aperto de mãos. Ollham observou o homem mais velho.

– O que o traz aqui tão cedo? – perguntou Ollham. – Não me lembro de tê-lo visto no Projeto antes.

– Não, não estou no Projeto – disse Peters –, mas sei de algo a respeito de suas atividades. Meu trabalho é completamente diferente.

Ele e Nelson trocaram um olhar. Ollham notou e franziu o cenho. O bug acelerava, disparando pelo solo árido e sem vida, na direção das instalações distantes do Projeto.

– Qual é a sua área? – quis saber Ollham. – Ou não tem permissão para falar a respeito?

– Trabalho para o governo – disse Peters. – Na AFS, o órgão de segurança.

– Ah, é? – Ollham ergueu uma sobrancelha. – Há alguma infiltração inimiga nesta região?

– Na verdade, estou aqui para falar com o senhor, senhor Ollham.

Ollham ficou confuso. Considerou as palavras de Peters, mas não conseguiu concluir nada.

– Para falar comigo? Por quê?

– Estou aqui para prendê-lo por ser um espião extraespacial. Por isso levantei tão cedo hoje. *Agarre-o, Nelson...*

Uma arma foi pressionada contra as costelas de Ollham. As mãos de Nelson tremiam com a descarga emocional, e ele estava pálido. Respirou fundo e soltou o ar.

– Vamos matá-lo agora? – sussurrou para Peters. – Acho que devemos matá-lo agora. Não podemos esperar.

Ollham encarou o amigo. Abriu a boca para falar, mas as palavras não saíram. Os dois homens olhavam-no fixamente, tensos e assustados. Ollham sentiu-se tonto. Sua cabeça doía e girava.

– Não entendo – murmurou.

Nesse instante, o veículo propulsor deixou o solo e subiu acelerado, em direção ao espaço. Abaixo deles, o Projeto ficou distante, cada vez menor, desaparecendo. Ollham fechou a boca.

– Podemos esperar um pouco – disse Peters. – Quero fazer algumas perguntas a ele antes.

Ollham mantinha o olhar vidrado e embotado à frente, enquanto o bug acelerava pelo espaço.

– A prisão foi feita sem problemas – disse Peters diante da vidtela, quando o rosto do chefe da segurança surgiu. – Será um alívio para todos.

– Alguma complicação?

– Nenhuma. Entrou no bug sem desconfiança. Não pareceu estranhar demais minha presença.

– Onde estão agora?

– Saindo, acabamos de entrar na bolha de proteção. Estamos seguindo em velocidade máxima. Podemos considerar que o período crítico passou. Ainda bem que os jatos de decolagem desta nave estavam em boas condições. Se tivesse havido qualquer falha àquela altura...

– Quero vê-lo – disse o chefe da segurança. Olhou diretamente para Ollham, sentado com as mãos no colo, encarando o espaço à frente.

– Então, esse é o homem. – Observou Ollham por algum tempo. Ollham não disse nada. Por fim, o chefe acenou para Peters. – Está bem. Chega. – Contorceu levemente o rosto numa expressão de repulsa. – Já vi o que queria. Você fez algo que será lembrado por muito tempo. Estão preparando algum tipo de menção honrosa para vocês dois.

– Não é necessário – disse Peters.

– Que perigo existe agora? Ainda há muitas chances de...

– Há alguma chance, mas não muita. Pelo que entendo, uma frase-chave é necessária. Seja como for, teremos de correr o risco.

– Notificarei a base da Lua sobre a chegada de vocês.

– Não. – Peters balançou a cabeça. – Aterrissarei do lado de fora, além da base. Não quero colocá-la em risco.

– Como quiser. – Os olhos do chefe brilharam quando viu Ollham novamente. Em seguida, sua imagem desapareceu. A tela ficou em branco.

Ollham passou a olhar para a janela. A nave já atravessava a bolha de proteção, voando a uma velocidade cada vez maior. Peters estava com pressa; abaixo dele, retumbando sob o assoalho, os jatos funcionavam totalmente abertos. Estavam com medo, avançando de modo frenético, por causa dele.

Sentado ao seu lado, Nelson remexia-se com desconforto.

– Acho que deveríamos fazê-lo agora. Daria qualquer coisa para acabarmos logo com isso.

– Calma – disse Peters. – Quero que pilote a nave um pouco para que eu possa falar com ele.

Peters passou para o lado de Ollham, encarando-o. No mesmo instante, estendeu a mão e o tocou com cautela, no braço e depois no rosto.

Ollham não disse nada. *Se eu pudesse avisar Mary,* pensou mais uma vez. *Se pudesse encontrar um modo de avisá-la.* Examinou o interior da nave. Como? A vidtela? Nelson estava ao lado do painel, arma na mão. Não havia nada que ele pudesse fazer. Estava preso, encurralado.

Mas por quê?

– Ouça – disse Peters –, quero fazer algumas perguntas. Sabe para onde estamos indo. Estamos no sentido Lua. Daqui a uma hora pousaremos do outro lado, no lado deserto. Assim que aterrissarmos, você será imediatamente entregue à equipe de homens que o está aguardando. Seu corpo será destruído de imediato. Entende isso? – Consultou seu relógio de pulso. – Em menos de duas horas, seus restos serão dispersados sobre a paisagem. Não sobrará nada de você.

Ollham esforçou-se para sair do estado de letargia.

– Não pode me dizer...

– Claro, vou lhe dizer. – Peters fez que sim com a cabeça. – Dois dias atrás recebemos um informe de que uma nave extraespacial penetrara a bolha de proteção. A nave ejetou um espião em forma de robô humanoide. O robô deveria destruir um ser humano em particular, e tomar o lugar dele.

Peters observou Ollham calmamente.

– No interior do robô havia uma Bomba-U. Nosso agente não sabia como ela seria detonada, mas supôs que poderia ser por meio de uma frase específica, certo grupo de palavras. O robô viveria a vida da pessoa que matou, passando a realizar suas atividades habituais, no trabalho e na vida social. Ele fora construído para se parecer com essa pessoa. Ninguém notaria a diferença.

O rosto de Ollham adquiriu uma palidez doentia.

– A pessoa que o robô deveria personificar era Spence Ollham, um oficial de alta patente vinculado a um dos Projetos de pesquisa. Porque esse Projeto específico estava se aproximando de um estágio crucial, a presença de uma bomba animada, movendo-se na direção do centro do Projeto...

Ollham fitou as próprias mãos.

Mas eu sou Ollham.

– Uma vez que o robô localizou e matou Ollham, foi uma simples questão de assumir sua vida. O robô foi liberado da nave há oito dias. A substituição provavelmente foi executada durante a última semana, quando Ollham saiu para uma breve caminhada nas colinas.

– Mas eu sou Ollham. – Ele se virou para Nelson, que estava sentado diante dos controles. – Você não me reconhece? Nos conhecemos há 20 anos. Não lembra que fizemos faculdade juntos? – Ele se levantou. – Frequentamos a mesma universidade. Dividíamos o quarto. – Aproximou-se de Nelson.

– Fique longe de mim! – rosnou Nelson.

– Ouça. Lembra-se do nosso segundo ano? Lembra daquela garota? Como era o nome dela... – Ele esfregou a testa. – A de cabelos castanhos, que conhecemos na casa do Ted.

– Pare! – Nelson agitou a arma desesperadamente. – Não quero ouvir mais nada. Você o matou! Você é uma... máquina.

Ollham encarou Nelson.

– Você está enganado. Não sei o que aconteceu, mas o robô não chegou a me pegar. Algo deve ter dado errado. Talvez a nave tenha caído. – Ele se virou para Peters. – Sou Ollham. Sei disso. Não houve transferência. Sou o mesmo de sempre.

Ele se tocou, passando a mão pelo corpo.

– Deve haver uma forma de provar. Levem-me de volta à Terra. Façam um exame de raios X, uma análise neurológica, qualquer coisa do tipo pode lhes mostrar. Ou talvez possamos encontrar a nave caída.

Nem Peters nem Nelson falaram.

– Sou Ollham – repetiu. – Sei que sou. Mas não tenho como provar.

– O robô – disse Peters – não teria consciência de não ser o verdadeiro Spence Ollham. Ele se tornaria Ollham na mente e no corpo. Recebeu um sistema de memória artificial, lembranças falsas. Teria a aparência dele, teria suas recordações, pensamentos e interesses, realizaria seu trabalho...

– Mas haveria uma diferença – prosseguiu Peters. – Dentro do robô há uma Bomba-U, pronta para explodir mediante a frase de acionamento – afastou-se um pouco. – Essa é a única diferença. É por isso que o estamos levando à Lua. Você será desmontado e a bomba será removida. Talvez ela exploda, mas não fará diferença, não lá.

Ollham sentou-se devagar.

– Estamos quase chegando – disse Nelson.

Ele se recostou, pensando de modo frenético, enquanto a nave descia aos poucos. Abaixo deles, a superfície lunar repleta de crateras, a vastidão de ruínas sem fim. O que ele poderia fazer? O que o salvaria?

– Prepare-se – disse Peters.

Em alguns minutos, estaria morto. Avistou, lá embaixo, um ponto minúsculo, uma espécie de edifício. Nele havia homens, a equipe de demolição, esperando para destroçá-lo. Eles o abririam, arrancariam seus braços e suas pernas, deixando-o em pedaços. Ao não encontrarem bomba alguma, ficariam surpresos; saberiam a verdade, mas seria tarde demais.

Ollham observou a pequena cabine. Nelson ainda segurava a arma. Não havia chance ali. Se ele pudesse chegar a um médico, para ser examinado... Essa era a única forma. Mary poderia ajudá-lo. Raciocinou desesperadamente, o mais rápido que pôde. Restavam somente alguns minutos, muito pouco tempo. Se ele pudesse entrar em contato com ela, enviar alguma mensagem.

– Calma – disse Peters. A nave desceu devagar, até bater no solo acidentado. Tudo estava silencioso.

– Ouça – disse Ollham rapidamente. – Posso provar que sou Spence Ollham. Chame um médico. Traga-o aqui...

– Lá está a equipe – Nelson apontou. – Estão vindo. – Ele olhou de relance para Ollham. – Espero que nada aconteça.

– Iremos embora antes de começarem o trabalho – disse Peters. – Sairemos daqui num instante. – Vestiu o traje pressurizado. Ao terminar, pegou a arma de Nelson. – Eu o vigiarei por enquanto.

Nelson vestiu o traje pressurizado, às pressas e desajeitado.

– E quanto a ele? – apontou para Ollham. – Vai precisar de um?

– Não. – Peters balançou a cabeça. – Robôs não precisam de oxigênio.

O grupo de homens estava quase chegando à nave. Pararam, aguardando. Peters gesticulou para eles.

– Venham! – Acenou com a mão, e os homens se aproximaram com cautela; figuras rígidas e grotescas em trajes inflados.

– Se você abrir a porta – disse Ollham –, será a minha morte. Será assassinato.

– Abram a porta – disse Nelson. Ele estendeu a mão para a maçaneta.

Ollham observou. Viu a mão de Nelson se fechar em torno do cabo de metal. Num instante, a porta se abriria, o ar da nave sairia com ímpeto. Ele morreria, e eles perceberiam de imediato o engano. Talvez em outro momento, em que não houvesse guerra, os homens não agiriam dessa forma, apressando a morte de alguém por medo. Todos estavam assustados, todos estavam dispostos a sacrificar um homem em nome do medo coletivo.

Ele estava sendo assassinado porque não queriam esperar para ter certeza de sua culpa. Não havia tempo suficiente.

Ele olhou para Nelson. Nelson fora seu amigo durante anos. Tinham sido colegas de escola. Ele foi seu padrinho de casamento. E agora ia matá-lo. Nelson, porém, não era mau; a culpa não era dele. Eram as circunstâncias. Talvez o mesmo tivesse ocorrido durante a peste. Quando aparecia uma mancha em alguém, a pessoa provavelmente também era morta, sem um instante de hesitação, sem provas, com base apenas na suspeita. Em tempos de perigo não havia alternativa.

Ele não os culpava. Mas tinha que viver. Sua vida era preciosa demais para ser sacrificada. Ollham pensou rápido. O que poderia fazer? Havia alguma coisa? Olhou à sua volta.

– Lá vai – disse Nelson.

– Vocês estão certos – disse Ollham. O som de sua própria voz o surpreendeu. Era a força gerada pelo desespero. – Não tenho nenhuma necessidade de ar. Abram a porta.

Eles pararam, olhando para ele, alarmados pela curiosidade.

– Vão em frente. Abram. Não faz diferença alguma. – A mão de Ollham desapareceu dentro do casaco. – Será que vocês conseguem correr para bem longe?

– Correr?

– Vocês têm quinze segundos de vida. – Dentro do casaco, retorceu os dedos, e o braço enrijeceu de repente. Relaxou, com um breve sorriso. – Estavam enganados quanto à frase de acionamento. Estavam enganados quanto a isso. Catorze segundos agora.

De dentro dos trajes pressurizados, duas expressões chocadas fixaram-se nele. Em seguida, ambos se agitavam, correndo, empurrando a porta com força. O ar saiu com um guincho, derramando-se no vácuo. Peters e Nelson dispararam para fora da nave. Ollham foi atrás deles. Agarrou a porta e a arrastou até fechar. O sistema de pressão automática estrepitou furiosamente, restaurando o ar. Ollham soltou a respiração com um tremor.

Mais um segundo...

Do outro lado da janela, os dois homens haviam se juntado ao grupo que aguardava. O grupo se dispersou, correndo em todas as direções. Um por um, jogaram-se de bruços no chão. Ollham sentou-se diante do painel de controle. Posicionou os dispositivos dos mostradores. Quando a nave subiu no ar, os homens se levantaram desajeitadamente e olharam para cima, boquiabertos.

– Sinto muito – murmurou Ollham –, mas tenho que voltar para a Terra. – Direcionou a nave para o sentido de onde viera.

Era noite. Por todo lado, em torno da nave, grilos cantavam, perturbando a escuridão gelada. Ollham inclinou-se diante da vidtela. A imagem se formou aos poucos; a ligação havia sido completada sem problemas. Ele deu um suspiro aliviado.

– Mary. – A mulher olhou fixamente para ele. Ela respirou fundo.

– Spence! Onde você está? O que aconteceu?

– Não posso lhe contar. Ouça, tenho que falar rápido. Podem cortar a ligação a qualquer minuto. Vá até o Projeto e procure o doutor Chamberlain. Se ele não estiver, chame qualquer médico. Leve-o para casa e convença-o a ficar lá. Mande-o levar equipamentos, raios X, fluoroscópio, tudo.

– Mas...

– Faça o que estou dizendo. Rápido. Peça a ele para deixar tudo pronto em uma hora. – Ollham aproximou-se da tela. – Está tudo bem? Está sozinha?

– Sozinha?

– Tem alguém com você? Nelson... ou qualquer outra pessoa entrou em contato?

– Não. Spence, não estou entendendo.

– Está bem. Nos vemos em casa daqui a uma hora. E não conte nada a ninguém. Use qualquer pretexto para levar Chamberlain. Diga que está muito doente.

Ele desconectou e consultou o relógio de pulso. Minutos depois, deixou a nave, descendo para a escuridão. Tinha um quilômetro pela frente.

Começou a andar.

Uma luz era visível na janela, a luz do escritório. Ele ficou observando, ajoelhado diante da cerca. Não havia sons, nem qualquer tipo de movimento. Ergueu o relógio e consultou-o à luz das estrelas. Quase uma hora havia se passado.

Um bug apontou na estrada e seguiu adiante.

Ollham olhou para a casa. O médico já deveria ter chegado. Deveria estar lá dentro, esperando, com Mary. Uma ideia lhe ocorreu. Ela conseguira sair de casa? Talvez tivesse sido detida. Talvez ele estivesse prestes a cair numa armadilha.

Mas o que mais ele poderia fazer?

Com os prontuários de um médico, fotografias e relatórios, havia uma chance, uma chance de provar. Se ele pudesse ser examinado, se pudesse permanecer vivo por tempo suficiente para ser analisado...

Ele poderia provar desse modo. Era, certamente, o único modo. Sua única esperança estava dentro daquela casa. O doutor Chamberlain era um homem respeitado. Era o médico de plantão do Projeto. Ele daria uma resposta, sua palavra nessa questão teria peso. Ele poderia superar a histeria, a loucura deles, com fatos.

Loucura... era isso. Se ao menos esperassem, agissem com calma, não se apressassem. Mas não podiam esperar. Ele tinha de morrer, morrer de imediato, sem provas, sem qualquer tipo de julgamento ou exame. O teste mais simples poderia dar uma resposta, mas eles não tinham tempo para o teste mais simples. Só conseguiam pensar no perigo. Perigo, nada mais.

Ele se levantou e seguiu na direção da casa. Chegou à varanda. Parou diante da porta, atento aos sons. Ainda não ouvia nada. A casa estava absolutamente quieta.

Quieta demais.

Ollham permaneceu na varanda, imóvel. Tentavam fazer silêncio lá dentro. Por quê? Era uma casa pequena; Mary e o doutor Chamberlain deveriam estar a apenas alguns metros além da porta. Ainda assim, ele não ouvia nada, nenhum som de vozes, absolutamente nada. Ele olhou para a porta. Era a porta que ele abrira e fechara milhares de vezes, todas as manhãs e todas as noites.

Ele pôs a mão na maçaneta. Então, de repente, decidiu tocar a campainha. A campainha soou em algum lugar nos fundos da casa. Ollham sorriu. Pôde ouvir movimentos.

Mary abriu a porta. Assim que a viu, ele sabia.

Ele correu, atirando-se nos arbustos. Um oficial da segurança empurrou Mary e passou correndo. Os arbustos explodiram. Ollham arrastou-se pela lateral da casa. Levantou-se num pulo e correu, disparando freneticamente na escuridão. Um holofote foi aceso, um feixe de luz passou por ele em círculos.

Ele atravessou a rua e subiu uma cerca. Desceu com um pulo e atravessou um quintal. Atrás dele vinham homens, oficiais da segurança, gritando uns com os outros enquanto se aproximavam. Ollham estava ofegante, o peito subindo e descendo.

O rosto dela... ele soube de imediato. Os lábios rígidos, o olhar aterrorizado, desesperado. Imagine se ele tivesse seguido em frente, empurrado a porta e entrado! Eles haviam grampeado a ligação e seguido para lá no mesmo instante, assim que ele desligara. Ela provavelmente acreditou na história deles. Sem dúvida, ela também pensava que ele era o robô.

Ollham correu sem parar. Estava despistando os oficiais, deixando-os para trás. Parecia não serem bons de corrida. Ele subiu uma colina e desceu do outro lado. Num instante, estaria de volta à nave. Mas para onde iria desta vez? Foi reduzindo a velocidade até parar. Podia ver a nave adiante, a silhueta com o céu ao fundo, onde ele a deixara. O povoado estava atrás dele; ele estava nos limites da imensidão que separava os lugares habitados, onde começavam a floresta e a desolação. Atravessou um campo deserto e desapareceu entre as árvores.

Enquanto ele se aproximava da nave, a porta se abriu.

Peters desceu, emoldurado pela luz. Em seus braços havia uma pesada arma Boris. Ollham se deteve, rígido. Peters olhou ao seu redor, na escuridão.

– Sei que está aí, em algum lugar – disse. – Venha para cá, Ollham. Há homens da segurança à sua volta, por todo lado.

Ollham não se moveu.

– Ouça. Vamos apanhá-lo muito rápido. Parece que você ainda não acredita ser o robô. Sua ligação para a mulher indica que ainda está sob a ilusão criada por sua memória artificial...

... Mas você é o robô. Você é o robô, e dentro de você está a bomba. A qualquer momento a frase de acionamento pode ser dita, por você, por outra pessoa, por qualquer um. Quando isso acontecer a bomba destruirá tudo num raio de quilômetros. O Projeto, a mulher, todos nós seremos mortos. Está entendendo?

Ollham não disse nada. Estava ouvindo. Os homens se aproximavam, atravessando a floresta.

– Se não sair, iremos pegá-lo. Será apenas uma questão de tempo. Não planejamos mais removê-lo para a base da Lua. Será destruído de imediato, e teremos de correr o risco de detonar a bomba. Já ordenei a todos os oficiais da segurança disponíveis que viessem para cá. Estão fazendo buscas em todo o condado, centímetro por centímetro. Não há para onde ir. Em volta desta floresta há um cordão de homens armados. Faltam seis horas para que o último centímetro seja vasculhado.

Ollham afastou-se. Peters continuou falando; ele não chegara a ver o outro. Estava escuro demais para ver qualquer pessoa. Mas Peters estava certo. Não havia nenhum lugar para ir. Ele estava fora do povoado, nos arrabaldes, onde começava a floresta. Ele poderia se esconder por algum tempo, mas acabaria sendo pego.

Era só uma questão de tempo.

Ollham caminhou em silêncio pela mata. Cada quilômetro do condado estava sendo percorrido, exposto, vasculhado, analisado, examinado. O cordão estava fechando o cerco a cada instante, espremendo-o num espaço cada vez menor.

O que lhe restara? Ele perdera a nave, única esperança de escapar. Eles estavam em sua casa; sua esposa estava com eles, acreditando, sem dúvida, que o verdadeiro Ollham estava morto. Ele retesou os punhos. Em algum lugar estariam os destroços de uma nave-agulha do Espaço Exterior, e neles, os restos do robô. Em algum ponto próximo ao local em que a nave bateu e quebrou.

E o robô estava no meio, destruído.

Ele sentiu uma leve esperança. E se pudesse encontrar esses restos? Se pudesse mostrar-lhes os destroços, o que restara da nave, do robô...

Mas onde? Onde estariam?

Ele seguiu andando, perdido em pensamentos. Em algum lugar, provavelmente não muito longe. A nave teria aterrissado perto do Projeto; o robô estaria preparado para percorrer o restante do caminho a pé. Ele subiu a encosta da colina, olhou ao redor. A nave colidiu e se incinerou. Haveria alguma pista, alguma dica? Ele teria lido algo, ouvido algo? Algum lugar próximo, numa distância que pudesse ser percorrida a pé. Um lugar desabitado, um ponto isolado em que não haveria ninguém.

De repente, Ollham sorriu. Colidiu e se incinerou...
Sutton Wood.
Ele acelerou o passo.

Era de manhã. A luz do sol passava entre galhos quebrados, incidindo sobre o homem agachado na entrada da clareira. Ollham olhava para cima de vez em quando, atento aos sons. Eles não estavam muito longe, apenas alguns minutos dali. Ele sorriu.

Abaixo dele, esparramada na clareira e entre os tocos carbonizados que um dia haviam sido Sutton Wood, estava uma massa emaranhada de destroços. Cintilava um pouco à luz do sol, com um brilho escuro. Não fora muito difícil encontrar. Sutton Wood era um lugar que ele conhecia bem; subira até lá muitas vezes na vida, quando mais jovem. Ollham soubera onde encontrar os destroços. Havia um pico de montanha que se projetava de súbito, sem aviso.

Uma nave que descesse sem conhecer a floresta tinha poucas chances de não acertá-lo. E agora ele estava agachado, olhando para a nave abaixo, ou o que restara dela.

Ollham levantou-se. Era possível ouvi-los, a uma curta distância, chegando juntos, falando baixo. Ele se preparou. Tudo dependia de quem o visse primeiro. Se fosse Nelson, ele não tinha chances. Nelson atiraria de imediato. Ele estaria morto antes que vissem a nave. Mas se ele tivesse tempo de gritar, de detê-los por um momento – era tudo o que precisava. Uma vez que vissem a nave, ele estaria a salvo.

Mas se atirassem primeiro...

Um galho carbonizado estalou. Um vulto surgiu, adiantando-se de modo incerto. Ollham respirou fundo. Restavam apenas poucos segundos, talvez os últimos de sua vida. Ele ergueu os braços, olhando atentamente.

Era Peters.

– Peters! – Ollham acenou com os braços. Peters ergueu a arma e apontou. – Não atire! – sua voz tremeu. – Espere um minuto. Olhe atrás de mim, do outro lado da clareira.

– Eu o encontrei – gritou Peters. Os homens da segurança saíram aos bandos por trás dele, vindo da mata incendiada.

– Não atire. *Olhe* atrás de mim. A nave, a nave-agulha. A nave extraespacial. Olhe!

Peters hesitou. A arma oscilou.

– Está ali embaixo – Ollham disse, rapidamente. – Eu sabia que a encontraria aqui. Na floresta incendiada. Agora vocês acreditarão em mim. Encontrarão os restos do robô dentro da nave. Podem olhar, por favor?

– Tem algo lá embaixo – um dos homens disse com nervosismo.

– Atirem nele! – alguém disse. Era Nelson.

– Esperem. – Peters virou bruscamente. – Estou no comando. Ninguém atira. Talvez ele esteja dizendo a verdade.

– Atirem nele – disse Nelson. – Ele matou Ollham. A qualquer instante pode matar a todos nós. Se a bomba for detonada...

– Cale-se. – Peters avançou na direção da encosta. Olhou para baixo. – Vejam aquilo. – Acenou para dois homens se aproximarem. – Desçam lá e vejam do que se trata.

Os homens desceram o declive correndo, até o outro lado da clareira. Curvaram-se, remexendo nas ruínas da nave.

– E então? – gritou Peters.

Ollham prendeu a respiração. Deu um breve sorriso. Tem de estar lá; ele não tivera tempo de olhar, ver por si mesmo, mas tinha de estar lá. Foi tomado por uma dúvida súbita. E se o robô tivesse sobrevivido por tempo suficiente para sair andando? E se o corpo tivesse sido completamente destruído, transformado em cinzas no incêndio?

Ele umedeceu os lábios. O suor começou a brotar na testa. Nelson o encarava, o rosto ainda lívido. Seu peito arfava.

– Matem-no – disse Nelson. – Antes que ele nos mate.

Os dois homens se levantaram.

– O que encontraram? – indagou Peters. Segurou a arma com firmeza. – Há alguma coisa aí?

– Parece que sim. É mesmo uma nave-agulha. Tem algo ao lado dela.

– Vou checar. – Peters passou por Ollham a passos largos. Ollham observou-o descendo a encosta e aproximando-se dos homens. Os outros o seguiram, olhando com atenção.

– É uma espécie de corpo – disse Peters. – Vejam!

Ollham juntou-se a eles. Formaram uma roda, olhando para baixo.

No solo, dobrada e retorcida de modo estranho, estava uma forma grotesca. Parecia humana, talvez; a não ser pelo fato de estar dobrada de maneira tão incomum, braços e pernas lançados em todas as direções. A boca estava aberta, os olhos vidrados.

– Como uma máquina que parou de funcionar – murmurou Peters.

Ollham sorriu levemente.

– E então?

Peters olhou para ele.

– É incrível. Você estava dizendo a verdade o tempo todo.

– O robô nunca chegou a mim – disse Ollham. Pegou um cigarro e acendeu. – Foi destruído quando a nave bateu. Vocês estavam todos ocupados demais com a guerra para se perguntarem por que uma floresta isolada pegaria fogo de repente e seria destruída num incêndio. Agora sabem.

Ele continuou fumando, observando os homens. Eles arrastavam os restos grotescos para fora da nave. O corpo estava rígido, com braços e pernas duros.

– Encontrarão a bomba agora – disse Ollham.

Os homens colocaram o corpo no chão. Peters curvou-se.

– Acho que estou vendo parte dela. – Estendeu a mão e tocou o corpo.

O peito do cadáver estava aberto. Do outro lado do rasgo, algo cintilava, metálico. Os homens ficaram olhando para o metal sem dizer nada.

– Isso teria nos destruído a todos, caso ele tivesse sobrevivido – disse Peters. – Essa caixa de metal aí.

Houve silêncio.

– Acho que lhe devemos algo – disse Peters a Ollham. – Deve ter sido um pesadelo para você. Se não tivesse escapado, nós o teríamos... – ele parou de falar.

Ollham apagou o cigarro.

– É claro que eu sabia que o robô não havia me encontrado, mas não tinha como provar. Às vezes não é possível provar algo de imediato. Esse era o problema. Não havia como demonstrar que eu era eu mesmo.

– Que tal umas férias? – disse Peters. – Acho que podemos lhe arranjar um mês de férias. Você poderia dar um tempo, relaxar.

– Acho que, neste exato momento, quero ir para casa – disse Ollham.

– Está bem, então – disse Peters. – Como quiser.

Nelson estava agachado ao lado do cadáver. Estendeu a mão na direção do brilho do metal visível dentro do peito.

– Não toque – disse Ollham. – Ainda pode explodir. É melhor deixarmos que a equipe de demolição cuide disso mais tarde.

Nelson não disse nada. De repente, ele agarrou o metal, dentro do peito. Puxou.

– O que está fazendo? – gritou Ollham.

Nelson levantou-se. Estava segurando o objeto de metal. Seu rosto estava branco de terror. Era uma faca de metal, uma faca-agulha extraespacial, coberta de sangue.

– Isto o matou – sussurrou Nelson. – Meu amigo foi morto com isto. – Ele encarou Ollham. – Você o matou com isto e o deixou ao lado da nave.

Ollham tremia. Batia os dentes. Olhou da faca para o corpo.

– Esse não pode ser Ollham. – Sua mente girava, tudo rodopiava. – Eu me enganei?
Ele ficou boquiaberto.
– Mas, se esse é Ollham, eu devo ser...
Ele não completou a frase, somente a primeira parte. A explosão foi visível até de Alfa Centauri.

O relatório minoritário

Inspirado no conto *O relatório minoritário* (*The minority report*), de 1956, **Minority Report – A Nova Lei** (*Minority Report*) foi lançado em 2002 e tornou-se uma das mais bem-sucedidas adaptações da obra de Philip K. Dick para o cinema. Roteirizado por Scott Frank (*O Nome do Jogo, Marley & Eu*) e Jon Cohen, o filme, estrelado por Tom Cruise, traz a assinatura do diretor Steven Spielberg (*Guerra dos Mundos, Indiana Jones*).

I

O primeiro pensamento de Anderton ao ver o rapaz foi: *Estou ficando careca. Careca, gordo e velho.* Mas não o disse em voz alta. Em vez disso, empurrou a cadeira para trás, levantou-se e foi até a lateral da mesa com determinação, a mão direita estendida com rigidez. Sorrindo com uma cordialidade forçada, cumprimentou o rapaz com um aperto de mão.

– Witwer? – conseguiu fazer a pergunta num tom agradável.

– Isso mesmo – disse o rapaz. – Mas para você é Ed. Isto é, se compartilha minha aversão pela formalidade desnecessária. – A expressão no rosto loiro e excessivamente seguro mostrava que, para ele, a questão estava resolvida. Seria Ed e John. Tudo seria agradável e cooperativo desde o início.

– Foi muito difícil encontrar o prédio? – Anderton perguntou com cautela, ignorando o excesso de intimidade da apresentação. *Por Deus, ele precisava sentir que não estava perdendo tudo.* Sentiu uma pontada de medo e começou a suar. Witwer andava pelo escritório como se já fosse o dono do lugar... como se avaliasse o tamanho. Não poderia esperar alguns dias... um intervalo decente?

– Nem um pouco – respondeu Witwer, despreocupado, mãos no bolso. Animado, examinou os arquivos volumosos que encobriam a parede. – Sabe que não estou vindo para sua agência às cegas. Tenho minha própria opinião sobre o modo como a Divisão Pré-Crime é administrada.

Trêmulo, Anderton acendeu o cachimbo.

– Como ela é administrada? Eu gostaria de saber.

– Nada mal – disse Witwer. – Muito bem, na verdade.

Anderton olhou para ele com firmeza.

– Essa é a sua opinião pessoal? Ou é conversa fiada?

Witwer encarou-o sem malícia.

– Pessoal e pública. O senado está satisfeito com seu trabalho. Na verdade, estão entusiasmados. – Acrescentou: – Entusiasmados na medida do possível para homens muito idosos.

Anderton contraiu-se, mas por fora permaneceu impassível. Foi preciso um esforço, no entanto. Perguntou-se o que Witwer *realmente* pensava. O que se passava de fato dentro daquele crânio com cabelos bem aparados. Os olhos do jovem eram azuis, vivos... e de uma sagacidade perturbadora. Witwer não era nenhum tolo. Era óbvio que tinha uma ambição enorme.

– Pelo que entendo – disse Anderton, com muito cuidado –, você será meu assistente até eu me aposentar.

– É o que entendi também – reagiu o outro, sem um instante de hesitação.

– O que pode acontecer este ano ou ano que vem... ou daqui a 10 anos. – O cachimbo tremia na mão de Anderton. – Não há imposição alguma para que eu me aposente. Fundei a Divisão Pré-Crime e posso continuar aqui por quanto tempo quiser. Depende apenas da *minha* decisão.

Witwer concordou, com a mesma franqueza de antes.

– É claro.

Com esforço, Anderton acalmou-se um pouco.

– Eu só queria que as coisas ficassem claras.

– Desde o início – concordou Witwer. – Você é o chefe. Vale o que você disser. – Com todos os indícios de sinceridade, perguntou: – Se importa de me mostrar o departamento? Gostaria de me familiarizar com a rotina geral assim que possível.

Quando passavam pela fileira de escritórios movimentados sob a luz amarela, Anderton disse:

– Já está familiarizado com a teoria do pré-crime, é claro. Suponho que seja ponto pacífico.

– Tenho as informações disponíveis ao público – respondeu Witwer. – Com o auxílio de seus mutantes precognitivos, você aboliu com ousadia e êxito o sistema punitivo pós-crime, baseado em presídios e penalidades. Como todos sabemos, a punição nunca foi muito dissuasiva, e servia de pouco consolo a uma vítima já morta.

Chegaram ao elevador. Enquanto desciam rapidamente, Anderton disse:

– Você já deve ter notado o inconveniente legal básico da metodologia do pré-crime. Estamos prendendo indivíduos que não infringiram lei alguma.

– Mas com certeza vão infringir – Witwer afirmou com convicção.

– Felizmente *não* infringem... porque os capturamos primeiro, antes que possam cometer um ato de violência. Portanto, a execução do crime em si é absolutamente metafísica. Afirmamos que são condenáveis. Eles, por outro lado, afirmam eternamente que são inocentes. E, em certo sentido, *são* inocentes.

O elevador os liberou, e eles voltaram a caminhar por um corredor amarelo.

– Em nossa sociedade, não temos qualquer crime grave – prosseguiu Anderton –, mas temos, sim, um campo de detenção cheio de supostos criminosos.

Portas se abriam e fechavam, e eles chegaram à ala analítica. À frente deles erguiam-se aparatos impressionantes de equipamentos – receptores de dados e os mecanismos de computação que analisavam e reestruturavam o material que chegava. E do outro lado das máquinas, estavam os três precogs, quase imperceptíveis no labirinto de fios.

– Lá estão – disse Anderton, friamente. – O que acha deles?

Na penumbra, os três dementes estavam sentados, balbuciando. Cada declaração incoerente, cada sílaba aleatória, era analisada, comparada, reorganizada em forma de símbolos visuais, transcrita em cartões perfurados convencionais e ejetada para dentro de diversas fendas codificadas. Durante todo o dia os dementes balbuciavam, aprisionados em suas cadeiras especiais de encosto alto, mantidos numa única posição rígida por tiras de metal, feixes de fios e grampos. Suas necessidades físicas eram atendidas automaticamente. Não tinham nenhuma necessidade espiritual. Vegetativos, murmuravam, cochilavam e existiam. Suas mentes eram embotadas, confusas, perdidas nas sombras.

Mas não nas sombras de hoje. As três criaturas gaguejantes, tartamudeantes, com cabeças inchadas e corpos debilitados, contemplavam o futuro. O maquinário analítico registrava suas profecias e, à medida que os três dementes precogs falavam, as máquinas ouviam com atenção.

Pela primeira vez, o rosto de Witwer perdeu a confiança jovial. Uma expressão de repugnância e pavor surgiu aos poucos em seus olhos, um misto de vergonha e choque moral.

– Não é... agradável – murmurou. – Não sabia que eram tão... – Buscou a palavra certa, gesticulando. – Tão... disformes.

– Disformes e retardados – concordou Anderton, de imediato. – Especialmente a garota, ali. Donna tem 45 anos. Mas parece ter uns 10. O talento absorve tudo. O lobo da percepção extrassensorial reduz o equilíbrio da área frontal. Mas o que isso nos importa? Temos suas profecias. Eles transmitem o que precisamos. Não entendem nada, mas *nós* entendemos.

Abatido, Witwer foi até o equipamento do outro lado da sala. Recolheu da fenda uma pilha de cartões.

– São nomes que foram mencionados?

– Obviamente. – Com o cenho franzido, Anderton tomou os cartões dele. – Não tive a chance de examiná-los ainda – explicou, disfarçando a perturbação com impaciência.

Fascinado, Witwer observou o equipamento lançar um novo cartão à fenda agora vazia. Foi seguido por um segundo... e um terceiro. Dos discos ruidosos saía um cartão após o outro.

– Os precogs devem ver um futuro bem distante – exclamou Witwer.

– Suas visões têm um alcance bastante limitado – informou Anderton. – Uma ou duas semanas adiante, no máximo. Muito de seus dados é inútil para nós... simplesmente irrelevante para nosso trabalho. Repassamos às agências adequadas. E elas, por sua vez, trocam dados conosco. Todos os departamentos importantes guardam *macacos* preciosos em seus porões.

– Macacos? – Witwer encarou-o, inquieto. – Ah, sim, entendi. Não veja o mal, não fale o mal etc. Muito interessante.

– Muito *apropriado*. – Anderton recolheu de modo automático os novos cartões que tinham sido virados pelas máquinas giratórias. – Alguns desses nomes serão totalmente descartados. E a maior parte do restante registra crimes triviais: roubos, sonegação de impostos, agressões, extorsões. Com certeza deve saber que a Pré-Crime reduziu 99,8 por cento dos crimes graves. Raramente temos assassinatos ou traições reais. Afinal, o culpado sabe que será confinado no campo de detenção uma semana antes de ter a chance de cometer o crime.

– Quando foi a última vez que um assassinato chegou a ser cometido? – perguntou Witwer.

– Há cinco anos – disse Anderton, com orgulho na voz.

– Como aconteceu?

– O criminoso escapou de nossas equipes. Tínhamos seu nome... na verdade, tínhamos todos os detalhes do crime, incluindo o nome da vítima. Sabíamos o momento exato, a localização do ato planejado de violência. No entanto, apesar de nossas ações, ele conseguiu consumar o crime. – Anderton deu de ombros. – Enfim, não conseguimos pegar todos. – Folheou os cartões. – Mas pegamos a maioria.

– Um assassinato em cinco anos – Witwer retomava a confiança. – Um recorde bastante impressionante... motivo de orgulho.

Com tranquilidade, Anderton disse:

– Eu *sinto* orgulho. Há 30 anos, desenvolvi a teoria... no tempo em que as mentes limitadas estavam preocupadas em evitar ataques-surpresa no mercado de ações. Vislumbrei algo legítimo... algo de enorme valor social.

Lançou o maço de cartões para Wally Page, seu subordinado, encarregado do bloco dos macacos.

– Veja qual deles queremos – disse a ele. – Faça seu próprio julgamento.

Quando Page desapareceu com os cartões, Witwer disse, pensativo:

– É uma grande responsabilidade.

– Sim, é – concordou Anderton. – Se deixarmos um criminoso escapar... como fizemos cinco anos atrás... teremos o peso de uma vida na consciência. Somos inteiramente responsáveis. Se cometermos um deslize, alguém morre. – Puxou com veemência três novos cartões da fenda. – A confiança dos cidadãos está em jogo.

– Já se sentiu tentado a... – Witwer hesitou. – Quer dizer, alguns dos homens que pega devem lhe oferecer muita coisa.

– Não adiantaria nada. Um arquivo duplicado dos cartões aparece no QG do Exército. É um sistema de fiscalização. Podem ficar de olho em nós sempre que desejarem. – Anderton olhou de relance para o cartão de cima. – Então, mesmo se quiséssemos aceitar uma...

Parou de falar, contraindo os lábios.

– Qual o problema? – perguntou Witwer com curiosidade.

Cauteloso, Anderton dobrou o cartão e colocou-o no bolso.

– Nada – murmurou. – Absolutamente nada.

O tom ríspido fez Witwer corar.

– Não gosta mesmo de mim – observou.

– Verdade – admitiu Anderton. – Não gosto, mas...

Não acreditava que pudesse sentir tanta aversão pelo jovem. Não parecia possível. *Não* era possível. Havia algo de errado. Confuso, tentou aliviar a perturbação mental.

No cartão, estava o seu nome. Linha um... assassino futuro já acusado! De acordo com os códigos perfurados, o comissário da Pré-Crime, John A. Anderton, ia matar um homem... e na semana seguinte.

Com uma certeza absoluta e inabalável, ele não acreditou.

II

Na antessala, conversando com Page, estava a esbelta e atraente esposa de Anderton, Lisa. Envolvida numa discussão animada e intensa sobre política, mal olhou quando Witwer e o marido entraram.

– Olá, querida – disse Anderton.

Witwer permaneceu em silêncio. Mas os olhos claros cintilaram levemente ao se voltarem para a mulher de cabelos castanhos e uniforme policial impecável. Lisa era agora oficial executiva da Pré-Crime, mas, Witwer sabia, um dia fora secretária de Anderton.

Ao notar o interesse no rosto de Witwer, Anderton parou para refletir. Forjar um cartão nas máquinas exigiria um cúmplice interno – alguém com relações próximas na Pré-Crime e acesso ao equipamento analítico. Lisa era um elemento improvável, mas a possibilidade não podia ser descartada.

É claro que a conspiração poderia ser complexa e de larga escala, envolvendo muito mais que a inserção de um cartão "manipulado" em algum lugar no processo. Os próprios dados originais poderiam ter sido adulterados. Na verdade, era impossível saber o ponto de partida da alteração. Sentiu uma pontada de pavor ao começar a imaginar as possibilidades. Seu impulso original – abrir as máquinas e remover todos os dados – era primitivo e inútil. Era provável que as fitas coincidissem com o cartão. Ele apenas se incriminaria ainda mais.

Ele tinha aproximadamente vinte e quatro horas. Depois disso, o pessoal do Exército verificaria os cartões e descobriria a discrepância. Encontraria uma duplicata do cartão que ele removera. Ele tinha apenas uma das duas cópias, o que significava que o cartão dobrado em seu bolso poderia muito bem estar sobre a mesa de Page, à vista de todos.

Do exterior do prédio chegava o ruído grave dos carros de polícia que partiam para realizar as apreensões. Quantas horas passariam até que um deles parasse em frente à *sua* casa?

– Qual o problema, querido? – perguntou Lisa, preocupada. – Parece que viu um fantasma. Está bem?

– Estou bem – tranquilizou-a.

De repente, Lisa pareceu notar que Ed Witwer a observava com admiração.

– O cavalheiro é seu novo colega de trabalho, querido?

Cauteloso, Anderton apresentou o novo assistente. Lisa cumprimentou-o com um sorriso amigável. Pareciam compartilhar algum segredo? Não poderia afirmar. Meu Deus, estava começando a desconfiar de todos... não apenas da esposa e de Witwer, mas de vários membros da equipe.

– É de Nova York? – perguntou Lisa.

– Não – respondeu Witwer. – Morei a maior parte da vida em Chicago. Estou num hotel, um daqueles hotéis grandes no centro. Espere... tenho um cartão com o nome aqui.

Enquanto ele procurava nos bolsos, constrangido, Lisa sugeriu:

– Talvez queira jantar conosco. Trabalharemos juntos, em colaboração, e acho mesmo que deveríamos nos conhecer melhor.

Perplexo, Anderton recuou. Quais seriam as chances de que a simpatia da mulher fosse inofensiva, casual? Witwer estaria presente até a noite, e agora teria uma desculpa para ir à sua residência particular. Profundamente perturbado, Anderton virou-se com impulsividade e dirigiu-se à porta.

– Para onde está indo? – perguntou Lisa, surpresa.

– De volta ao bloco dos macacos – disse a ela. – Quero verificar algumas fitas antes que o Exército as veja. – Já estava no corredor antes que ela pudesse pensar num motivo plausível para detê-lo.

Rapidamente, ele foi até o outro lado da rampa. Descia a escada externa a passos largos, em direção à calçada, quando Lisa apareceu ofegante atrás dele.

– Que diabos deu em você? – Segurando-o pelo braço, ela se colocou de imediato na frente dele. – Eu *sabia* que estava indo embora – exclamou, bloqueando a passagem. – O que há com você? Estão todos achando que está... – Ela se conteve. – Quer dizer, tem agido de modo tão errático.

Muitas pessoas passavam por eles – a multidão habitual do fim da tarde. Ignorando-os, Anderton tirou os dedos da esposa de seu braço.

– Vou sair daqui. Enquanto ainda há tempo.

– Mas... *por quê*?

– Estou sendo incriminado... de forma deliberada e maliciosa. Essa criatura está disposta a tomar meu cargo. O Senado está tentando me atingir *através* dele.

Lisa olhou para ele, atônita.

– Mas ele parece ser um rapaz tão gentil.

– Gentil como uma víbora.

O espanto de Lisa transformou-se em descrença.

– Não acredito. Querido, toda essa pressão que você tem sofrido... – Sorrindo com incerteza, vacilou: – Não é muito crível que Ed Witwer esteja tentando incriminá-lo. Como poderia, mesmo se quisesse? Com certeza, Ed não iria...

– Ed?

– É o nome dele, não?

Os olhos castanhos faiscaram, protestando com perplexidade e absoluta descrença.

– Meu Deus, você desconfia de todo mundo. Acredita mesmo que eu esteja envolvida nisso de alguma forma, não?

Ele refletiu.

– Não tenho certeza.

Ela se aproximou dele, com um olhar acusador.

– Não é verdade. Você acredita mesmo nisso. Talvez você devesse se afastar por algumas semanas. Está precisando descansar com urgência. Toda essa tensão e choque emocional, um homem mais jovem chegando. Está agindo de maneira paranoica. Não consegue perceber? Pessoas conspirando contra você. Diga, tem alguma prova real?

Anderton pegou a carteira e tirou o cartão dobrado.

– Examine com atenção – disse, passando o cartão.

Ela ficou pálida e deu um pequeno suspiro rouco.

– A armação é bastante óbvia – disse Anderton, no tom mais equilibrado possível. – Isso dará a Witwer um pretexto legal para me afastar de imediato. Não terá de esperar até que eu me aposente. – Com amargura, acrescentou: – Eles sabem que ainda tenho alguns anos.

– Mas...

– Isso acabará com o sistema de verificação e equilíbrio. A Pré-Crime não será mais uma divisão independente. O Senado controlará a polícia, e depois disso... – Apertou os lábios. – Irão incorporar o Exército também. Bem, a lógica é bastante óbvia. *É claro* que sinto hostilidade e ressentimento em relação a Witwer... é *claro* que tenho um motivo...

... Ninguém gosta de ser substituído por um homem mais jovem e se ver encostado num canto. É tudo realmente bastante plausível... a não ser pelo fato de que não tenho a mais remota intenção de matar Witwer. Mas não tenho como provar. Então, o que posso fazer?

Lisa, com o rosto muito pálido, balançou a cabeça em silêncio.

– Eu... eu não sei. Querido, se pelo menos...

– Neste exato momento – disse Anderton, bruscamente –, vou para casa para fazer as malas. É o máximo que consigo planejar.

– Vai realmente... tentar se esconder?

– Vou. Nos planetas da colônia centauriana, se necessário. Isso já foi feito com sucesso antes, e tenho uma vantagem de

24 horas. – Virou-se, determinado. – Volte lá para dentro. Não faz nenhum sentido vir comigo.

– Pensou que eu iria? – perguntou Lisa, a voz áspera.

Perplexo, Anderton encarou-a.

– Não viria? – Em seguida, murmurou com assombro: – Não, posso ver que não acredita em mim. Ainda pensa que estou imaginando tudo isso. – Bateu no cartão com agressividade. – Mesmo com esta evidência, ainda não está convencida.

– Não – concordou Lisa, rapidamente –, não estou. Você não leu com a devida atenção, querido. O nome de Ed Witwer não está aí.

Incrédulo, Anderton tomou dela o cartão.

– Ninguém disse que você vai matar Ed Witwer – continuou Lisa, falando rápido, com a voz fraca e fria. – O cartão *tem* de ser autêntico, entende? E não tem nada a ver com Ed. Ele não está tramando nada contra você, e ninguém mais está.

Confuso demais para responder, Anderton ficou examinando o cartão. Ela estava certa. Ed Witwer não estava registrado como vítima. Na linha cinco, a máquina imprimira claramente outro nome.

LEOPOLD KAPLAN

Entorpecido, ele pôs o cartão no bolso. Nunca ouvira falar no homem.

III

A casa estava fria e deserta, e, quase de imediato, Anderton começou a se preparar para a viagem. Enquanto fazia as malas, pensamentos frenéticos lhe passavam pela cabeça.

Era possível que estivesse enganado a respeito de Witwer. Mas como poderia ter certeza? Qualquer que fosse o caso, a conspiração contra ele era muito mais complexa do que havia imaginado. Witwer, no panorama geral, poderia ser mero fantoche insignificante movido por outra pessoa – por alguém distante, um vulto indistinto, apenas vagamente visível nos bastidores.

Fora um erro mostrar o cartão a Lisa. Sem dúvida, ela o descreveria em detalhes a Witwer. Ele nunca sairia da Terra, nunca teria uma oportunidade de descobrir como seria a vida num planeta da fronteira.

Enquanto se preocupava com isso, uma tábua rangeu atrás dele. Ele se virou da cama, segurando firme um casaco esportivo desbotado, e deu de cara com o cano de uma pistola A azul e cinza.

– Não demorou muito – disse ele, encarando com amargura o homem corpulento, de expressão determinada, que trajava um sobretudo marrom e segurava a arma com a mão enluvada. – Ela nem sequer hesitou?

O rosto do invasor não demonstrou nenhuma reação.

– Não sei do que está falando. Venha comigo.

Surpreso, Anderton largou o casaco esportivo.

– Não é da minha divisão? Não é policial?

Protestando, surpreso, foi empurrado para fora da casa, até uma limusine que os aguardava. De imediato, três homens com armas pesadas o cercaram por trás. A porta bateu e o carro saiu disparado pela rodovia, afastando-se da cidade. Impassíveis e indiferentes, os rostos ao seu redor balançavam com o movimento do veículo acelerado, enquanto campos abertos, escuros e sombrios, passavam velozes.

Anderton ainda tentava em vão compreender as implicações do que acontecera quando o carro entrou numa estrada de terra lateral e seguiu até uma garagem subterrânea escura. Alguém gritou uma ordem. A pesada trava de metal se fechou com um rangido e as luzes acenderam no alto. O motorista desligou o motor do carro.

– Vocês terão motivos para se arrepender disso – alertou Anderton com a voz áspera enquanto era arrastado para fora do carro.
– Sabem quem eu sou?
– Sabemos – disse o homem de sobretudo marrom.

Na mira do revólver, Anderton foi levado escada acima, do silêncio carregado de apreensão da garagem até um corredor de carpete alto. Ele parecia estar numa residência luxuosa, localizada na área rural devastada pela guerra. Do outro lado do corredor, uma sala era visível – um escritório rodeado de livros, mobiliado de forma simples, mas refinada. Sob o círculo de luz de uma luminária, o rosto parcialmente nas sombras, um homem que ele nunca vira estava sentado à sua espera.

Quando Anderton se aproximou, o homem colocou com nervosismo os óculos sem aro, fechou a caixa e umedeceu os lábios ressecados. Era idoso, 70 anos, talvez mais, e sob o braço havia uma fina bengala de prata. O corpo era magro, forte, a atitude curiosamente rígida. O pouco cabelo que tinha era castanho-acinzentado – cuidadosamente alisado e com um brilho de cor neutra acima do crânio pálido e saliente. Apenas os olhos pareciam muito alertas.

– Esse é Anderton? – indagou, ranzinza, virando-se para o homem de sobretudo marrom. – Onde o pegou?

– Na casa dele – respondeu o outro. – Estava fazendo as malas... como esperávamos.

O homem diante da mesa estremeceu de modo visível.

– Fazendo as malas. – Tirou os óculos e colocou-os de volta na caixa com um movimento brusco. – Olhe aqui – disse, sem rodeios, a Anderton –, qual é o seu problema? Enlouqueceu de vez? Como poderia matar um homem que nunca encontrou?

O velho, Anderton deu-se conta de repente, era Leopold Kaplan.

– Primeiro, eu lhe farei uma pergunta. – Anderton reagiu rapidamente. – Tem noção do que acabou de fazer? Sou o comissário da polícia. Posso mandá-lo preso por 20 anos.

Ia continuar, mas foi acometido por uma dúvida repentina.
— *Como descobriu?* — perguntou. Num gesto involuntário, levou a mão ao bolso, onde estava escondido o cartão dobrado. — Só acontecerá daqui...

— Não fui notificado por sua divisão — Kaplan interrompeu-o com uma impaciência raivosa. — O fato de nunca ter ouvido falar de mim não me surpreende muito. Leopold Kaplan, General do Exército da Aliança Federada do Bloco Ocidental. — Ressentido, acrescentou: — Aposentado, desde o fim da Guerra Anglo-Chinesa e da abolição do EAFBO.

Fazia sentido. Anderton suspeitara que o Exército processasse suas cópias de cartões imediatamente, para a própria proteção. Relaxando um pouco, perguntou:

— E então? Estou aqui. O que vem agora?

— Evidentemente — disse Kaplan —, não vou acabar com você, ou teria aparecido num daqueles cartõezinhos miseráveis. Estou curioso a seu respeito. Pareceu-me incrível que um homem de sua estatura pudesse considerar o assassinato a sangue-frio de um estranho. Deve haver algo mais aqui. Francamente, estou intrigado. Se isso representasse algum tipo de estratégia da Polícia... — Encolheu os ombros magros. — Com certeza, você não teria permitido que a cópia do cartão chegasse até nós.

— A menos que — sugeriu um de seus homens — seja uma adulteração intencional.

Kaplan ergueu os olhos brilhantes de passarinho e examinou Anderton.

— O que tem a dizer?

— É exatamente isso — disse Anderton, logo percebendo a vantagem de afirmar abertamente o que acreditava ser a pura verdade. — A previsão no cartão foi forjada de modo proposital por uma "panela" dentro da divisão de polícia. O cartão foi preparado, e eu fui pego. Minha autoridade está automaticamente suspensa. Meu assistente afirma ter evitado o assassinato com eficiência, à maneira habitual da Pré-Crime. Obviamente, não há assassinato nem a intenção de cometê-lo.

– Concordo com você que não haverá assassinato algum – afirmou Kaplan, carrancudo. – Será mantido sob custódia da polícia. Pretendo me assegurar disso.

Horrorizado, Anderton protestou:

– Vai me mandar de volta para lá? Se ficar sob custódia, nunca serei capaz de provar...

– Não me importa o que vai ou não provar – interrompeu Kaplan. – Só estou interessado em tirá-lo do caminho. – Com frieza, acrescentou: – Para minha própria proteção.

– Ele estava se preparando para ir embora – afirmou um dos capangas.

– Isso mesmo – disse Anderton, suando. – Assim que me apanharem, serei confinado no campo de detenção. Witwer assumirá o cargo... perfeito. – Sua expressão ficou sombria. – E minha esposa. Estão agindo em conjunto, ao que parece.

Por um momento, Kaplan pareceu hesitar.

– É possível – admitiu, observando Anderton com firmeza. Depois balançou a cabeça. – Não posso correr o risco. Se isso for um conluio contra você, sinto muito, mas simplesmente não é da minha conta. – Deu um leve sorriso. – No entanto, desejo-lhe sorte. – Ao capanga, disse: – Leve-o ao prédio da polícia e entregue-o à mais alta autoridade. – Mencionou o nome do comissário interino e esperou a reação de Anderton.

– Witwer! – ecoou Anderton, incrédulo.

Ainda sorrindo de leve, Kaplan virou-se e ligou o rádio de mesa do escritório.

– Witwer já assumiu o comando. É óbvio que ele fará um alarde em torno disso.

Houve um breve zumbido de estática e então, de modo abrupto, o rádio retumbou no ambiente – uma voz alta e profissional, lendo um anúncio oficial.

– ...todos os cidadãos estão alertados a não abrigar e, de modo algum, auxiliar esse perigoso marginal. A circunstância extraordinária de um criminoso foragido e em condições de cometer um ato de violência é única nos tempos modernos. A partir de agora, todos os cidadãos estão cientes de que estatutos legais ainda em vigor implicam toda e qualquer pessoa que deixe de cooperar completamente com a polícia na tarefa de apreender John Allison Anderton. Repetindo: A Divisão Pré-Crime do Governo Federal do Bloco Oeste está em processo de localização e neutralização de seu ex-comissário, John Allison Anderton, que, por meio da metodologia do sistema pré-crime, foi declarado, a partir deste momento, um assassino em potencial e, como tal, perde seu direito à liberdade e a todos os seus privilégios.

– Ele não demorou – murmurou Anderton, consternado.

Kaplan desligou o rádio e a voz desapareceu.

– Lisa deve ter ido falar diretamente com ele – especulou Anderton, com amargura.

– Por que ele deveria esperar? – perguntou Kaplan. – Você deixou claras as suas intenções.

Acenou para seus homens.

– Levem-no de volta à cidade. Sinto-me desconfortável com ele tão perto. Quanto a isso, concordo com o comissário Witwer. Quero que ele seja neutralizado o quanto antes.

IV

A chuva leve e fria batia na calçada enquanto o carro passava pelas ruas escuras da cidade de Nova York, rumo ao prédio da polícia.

– Você pode entender a atitude dele – disse um dos capangas a Anderton. – Se estivesse no lugar de Kaplan, agiria com a mesma determinação.

Carrancudo e ressentido, Anderton manteve o olhar firme adiante.

– Seja como for – continuou o homem –, você é apenas um entre muitos. Milhares de pessoas foram levadas para esse campo de detenção. Não se sentirá sozinho. Na verdade, pode ser que não queira sair.

Sentindo-se impotente, Anderton observava os pedestres seguindo às pressas pelas calçadas molhadas. Não sentia nenhuma emoção forte. Percebia apenas um cansaço arrebatador. Entorpecido, acompanhou a numeração da rua: estavam se aproximando do posto policial.

– Parece que esse tal de Witwer sabe tirar proveito de uma oportunidade – comentou um dos capangas, de modo casual. – Já se encontrou com ele?

– Brevemente – respondeu Anderton.

– Ele queria o seu emprego... por isso o incriminou. Tem certeza?

Anderton olhou-o com um esgar.

– Isso importa?

– Só fiquei curioso. – O homem o encarou com apatia. – Quer dizer que você é o ex-comissário da polícia. O pessoal da detenção vai ficar feliz em vê-lo. Eles se lembrarão de você.

– Sem dúvida – concordou Anderton.

– Witwer não perdeu tempo mesmo. Kaplan teve sorte... com um oficial assim no comando. – O homem olhou para Anderton quase suplicante. – Está realmente convencido de um conluio, hein?

– É claro.

– Não tocaria num fio de cabelo de Kaplan? Pela primeira vez na história, a Pré-Crime se engana? Um homem inocente é incriminado por um daqueles cartões. Talvez haja outras pessoas inocentes... certo?

– É bem possível – admitiu Anderton, com indiferença.

– Talvez o sistema todo possa desmoronar. Claro, você não vai cometer um assassinato... e talvez nenhum deles fosse. É por isso que disse a Kaplan que queria ficar livre? Tinha esperança de provar que o sistema falhou? Tenho a mente aberta, se quiser falar a respeito.

Outro homem se inclinou e perguntou:

– Cá entre nós, essa coisa de conspiração faz algum sentido? Está realmente sendo injustiçado?

Anderton suspirou. A essa altura nem ele tinha certeza. Talvez estivesse encurralado num círculo temporal fechado, sem significado, sem causa e sem começo. De fato, estava quase disposto a admitir que fora vítima de uma fantasia neurótica e desgastante. Estava pronto para se entregar sem resistência. O enorme peso da exaustão caiu sobre ele. Estava lutando contra o impossível... e todas as cartas estavam marcadas contra ele.

O estrondo agudo dos pneus o despertou. O motorista se esforçou desesperadamente para controlar o carro, puxando o volante e pisando no freio, enquanto um enorme caminhão de pão crescia, saindo da neblina e atravessando a pista logo em frente. Se, em vez disso, ele tivesse acelerado, talvez pudesse ter se salvado. Mas percebeu o erro tarde demais. O carro derrapou, guinou, oscilou por um breve instante e depois colidiu de frente com o caminhão de pão.

Por baixo de Anderton, o assento se ergueu e arremessou-o de frente para a porta. Uma dor, súbita, intolerável, pareceu explodir em seu cérebro enquanto ele arfava, tentando ficar de joelhos, sem forças. Em algum lugar os estalos do fogo ecoavam de modo deprimente, um ponto de brilho sibilante nos redemoinhos de neblina que entravam na carroceria retorcida do carro.

Mãos vindas de fora do carro alcançaram-no. Aos poucos, ele notou que estava sendo arrastado pelo vão que antes tinha sido a porta. Um estofado pesado foi empurrado bruscamente de lado, e de repente ele se viu de pé, apoiando todo o peso do corpo contra um vulto escuro e sendo guiado para as sombras de um beco perto do carro. Ao longe, as sirenes da polícia soaram.

– Vai sobreviver – uma voz rouca rangeu em seu ouvido, grave e urgente. Era uma voz que ele nunca ouvira, tão estranha e áspera quanto a chuva que batia em seu rosto. – Ouviu o que eu disse?

– Sim – confirmou Anderton. Ele puxava sem propósito a manga rasgada da camisa. Um corte no rosto começava a latejar. Confuso, tentou se situar. – Você não é...

– Pare de falar e ouça. – O homem era corpulento, quase gordo. Suas mãos grandes agora mantinham Anderton escorado contra a parede de tijolos molhada, a salvo da chuva e da luz oscilante do carro em chamas. – Tivemos de fazer dessa maneira. Era a única opção. Não tínhamos muito tempo. Achamos que Kaplan o manteria por mais tempo na casa dele.

– Quem é você? – Anderton conseguiu dizer.

O rosto molhado, com a chuva escorrendo, contorceu-se num sorriso sem humor.

– Meu nome é Fleming. Vai me ver de novo. Temos cerca de cinco segundos até que a polícia chegue. Depois voltaremos ao nosso ponto de partida. – Um pacote achatado foi interposto nas mãos de Anderton. – É grana suficiente para você se virar. E tem um kit de identificação completo aí dentro. Entraremos em contato de vez em quando. – O sorriso cresceu e se transformou numa risadinha nervosa. – Até que você prove o que está afirmando.

Anderton hesitou.

– É uma armação, então?

– É claro. – O homem praguejou. – Quer dizer que conseguiram fazê-lo acreditar também?

– Eu pensei... – Anderton teve dificuldade para falar. Um dos dentes da frente parecia estar solto. – Hostilidade a Witwer... substituído, minha mulher e um homem mais jovem, ressentimento natural...

– Não se engane – disse o outro. – Sabe que não é assim. Toda essa situação foi pensada em detalhes. Eles estavam no controle em todas as etapas. O cartão foi programado para sair no dia em que Witwer apareceu. Já conseguiram finalizar a primeira parte. Witwer é comissário, e você, um criminoso perseguido.

– Quem está por trás disso?

– Sua esposa.

Anderton sentiu a cabeça girar.

– Tem certeza?

O homem riu.

– Pode apostar sua vida. – Olhou ao redor rapidamente. – Aí vem a polícia. Saia por este beco. Pegue um ônibus, vá para a área pobre, alugue um quarto e compre uma pilha de revistas para manter-se ocupado. Compre outras roupas... É esperto o bastante para se cuidar. Não tente deixar a Terra. Estão vigiando todos os transportes intersistemas. Se conseguir passar despercebido pelos próximos sete dias, está feito.

– Quem é você? – Anderton perguntou com urgência.

Fleming soltou-o. Foi até a entrada do beco com cuidado e espiou para fora. O primeiro carro da polícia havia parado na calçada úmida; com o motor emitindo um ruído metálico, aproximou-se com desconfiança dos escombros que haviam sido o carro de Kaplan. Dentro das ferragens, os homens se agitavam sem forças, começando a se arrastar dolorosamente do emaranhado de aço e plástico para a chuva fria.

– Considere-nos uma sociedade protetora – disse Fleming em tom suave, o rosto cheio e inexpressivo brilhando com a umidade. – Uma espécie de força policial que vigia a polícia. Para garantir – acrescentou – que tudo esteja em equilíbrio.

Sua mão pesada disparou para cima de Anderton. Cambaleando, ele foi empurrado para longe, quase caindo nas sombras e escombros molhados que ocupavam o beco.

– Vá em frente – disse Fleming, bruscamente. – E não descarte o pacote.

Enquanto Anderton tateava no escuro até encontrar a saída do beco, as últimas palavras do homem chegaram até ele.

– Analise-o com cuidado e ainda poderá sobreviver.

V

Os cartões de identidade diziam que ele era Ernest Temple, eletricista desempregado, recebendo um benefício mínimo do Estado de Nova York, com uma esposa e quatro filhos em Buffalo e menos de cem dólares em bens. Um cartão verde manchado de suor lhe dava permissão para viajar e não manter endereço fixo. Um homem à procura de trabalho precisava viajar. Ele poderia ter de ir longe.

Enquanto andava pela cidade num ônibus quase vazio, Anderton examinava a descrição de Ernest Temple. Ficou óbvio que os cartões tinham sido feitos pensando nele, pois todas as medidas batiam. Após um tempo, ele se perguntou sobre as impressões digitais e o padrão de ondas cerebrais. Nesse caso, não haveria comparação possível. A carteira cheia de cartões o ajudaria apenas a passar pelos exames mais superficiais.

Mas já era alguma coisa. E com as identidades vieram dez mil dólares em notas. Ele pôs o dinheiro e os cartões no bolso, depois se voltou para a mensagem digitada de modo impecável na qual eles estavam embrulhados.

A princípio, não conseguiu entender. Analisou-a por muito tempo, perplexo.

A existência de uma maioria implica, logicamente, uma minoria correspondente.

O ônibus entrara na vasta área degradada, quilômetros desordenados de hotéis baratos e moradias precárias que haviam se alastrado após a destruição em massa provocada pela guerra. Reduziu a velocidade até parar, e Anderton levantou-se. Alguns passageiros observaram distraidamente o corte em seu rosto e as roupas rasgadas. Ignorando-os, ele desceu no meio-fio molhado.

Além de receber o dinheiro devido, o recepcionista do hotel não demonstrou mais nenhum interesse. Anderton subiu a escada até o segundo andar e entrou num quarto estreito, cheirando a mofo, que agora lhe pertencia. Aliviado, trancou a porta e baixou as persianas. O quarto era pequeno, mas limpo. Cama, cômoda, calendário decorativo, cadeira, abajur, um rádio com fenda para inserir moedas.

Ele colocou uma moeda de vinte e cinco centavos e se jogou na cama. Todas as estações principais transmitiam o boletim da polícia. Era uma novidade, algo instigante, desconhecido para a geração atual. Um criminoso fugitivo! O público se interessava com avidez.

"...este homem se aproveitou de seu alto cargo para realizar uma fuga inicial", dizia o locutor com indignação profissional. "Graças à posição privilegiada, teve acesso a dados prévios, e a confiança depositada nele permitiu que se esquivasse do processo normal de detecção e remanejamento. Durante seu mandato, exerceu sua autoridade enviando inúmeros indivíduos potencialmente culpados ao devido confinamento, poupando assim a vida de vítimas inocentes. Esse homem, John Allison Anderton, colaborou para a criação do sistema pré-crime, a pré-detenção profilática de criminosos por meio do uso engenhoso de precogs mutantes, capazes de prever acontecimentos futuros e transferir oralmente esses dados a um equipamento analítico. Esses três precogs, com sua função vital..."

A voz desapareceu quando ele saiu do quarto e entrou no banheiro minúsculo. Ali, tirou o casaco, a camisa e deixou a água quente correr na pia. Começou a lavar o corte no rosto. Na farmácia da esquina, comprara iodo, band-aids, lâmina de barbear, pente, escova de dente e outras coisas de que iria precisar. Na manhã seguinte pretendia encontrar um brechó e comprar roupas mais adequadas. Afinal, era agora um eletricista desempregado, não um comissário de polícia que sofrera um acidente.

No quarto, o rádio seguia com a transmissão. Percebendo-a apenas de modo subconsciente, ele examinou um dente quebrado no espelho trincado.

"...o sistema de três precogs tem origem nos computadores de meados deste século. Como são verificados os resultados de um computador eletrônico? Pela entrada de dados num segundo computador com estrutura idêntica. Mas dois computadores não são suficientes. Se cada computador chegar a respostas diferentes, é impossível saber *a priori* qual é a correta. A solução, baseada num criterioso estudo estatístico, é usar um terceiro computador para verificar os resultados dos dois primeiros. Desse modo, obtém-se o chamado relatório majoritário. É possível supor, com alta probabilidade, que a concordância entre dois dos três computadores indica qual dos resultados alternativos é exato. Não seria provável que dois computadores chegassem a soluções incorretas idênticas..."

Anderton largou a toalha e correu para o quarto. Trêmulo, curvou-se para escutar as palavras emitidas pelo rádio.

"...a unanimidade entre os três precogs é um fenômeno desejado, mas raramente alcançado, explica o comissário interino, Witwer. É muito mais comum obtermos um relatório majoritário colaborativo, de dois precogs, acrescentado de um relatório minoritário com uma leve variação, geralmente relativa a tempo e local, do terceiro mutante. Isso é explicado pela teoria dos *futuros múltiplos*. Caso existisse apenas uma via temporal, a informação precognitiva não teria a menor importância, uma vez que, ao possuirmos tal informação, não haveria possibilidade alguma de alterar o futuro. No trabalho da Divisão Pré-Crime, temos de supor, em primeiro lugar..."

Desesperado, Anderton andou de um lado para o outro no quarto apertado. O relatório majoritário – apenas dois dos precogs tinham concordado a respeito do conteúdo do cartão. Esse era o significado da mensagem incluída no pacote. O relatório do terceiro precog, o relatório minoritário, era importante de alguma forma.

Por quê?

Seu relógio informava que era mais de meia-noite. Page não estaria no trabalho. Só voltaria ao bloco dos macacos na tarde seguinte. Era uma chance remota, mas valia a pena tentar. Talvez Page o ajudasse, talvez não. Ele teria de arriscar.

Ele tinha de ver o relatório minoritário.

VI

Entre meio-dia e uma hora, as ruas cobertas de lixo fervilhavam de gente. Ele escolheu esse horário, o período mais movimentado do dia, para fazer a ligação. Selecionou a cabine telefônica numa grande drogaria apinhada de clientes, discou o número familiar da polícia e esperou com o fone gelado na orelha. Escolhera propositalmente a linha de áudio, não de vídeo: apesar das roupas usadas e da aparência surrada, com a barba por fazer, poderia ser reconhecido.

Ele não conhecia a recepcionista. Com cuidado, passou o ramal de Page. Se Witwer estivesse mudando a equipe, colocando seus aliados, ele poderia se pegar falando com um desconhecido.

– Alô – era a voz rouca de Page.

Aliviado, Anderton olhou de relance à sua volta. Ninguém prestava atenção nele. Os clientes passavam entre mercadorias, prosseguindo com a rotina diária.

– Pode falar? – perguntou. – Ou está ocupado?

Houve um momento de silêncio. Pôde visualizar as feições suaves de Page marcadas pela incerteza, enquanto decidia desesperadamente o que fazer. Por fim, ouviu palavras hesitantes. – Por que... ligou para cá?

Ignorando a pergunta, Anderton disse:

– Não reconheci a recepcionista. Equipe nova?

– Totalmente – concordou Page, com uma voz fraca e sufocada. – Grandes mudanças no quadro ultimamente.

– Foi o que ouvi dizer. – Tenso, Anderton perguntou: – E o seu emprego? Ainda está seguro?

– Espere um minuto. – O fone foi abaixado, e o som abafado de passos chegou ao ouvido de Anderton. Foi seguido por uma batida rápida de porta sendo fechada às pressas. Page voltou. – Podemos falar melhor agora – disse com a voz áspera.

– Muito melhor?

– Nem tanto. Onde você está?

– Passeando no Central Park – disse Anderton. – Aproveitando o sol.

Page poderia muito bem ter ido verificar se o grampo telefônico estava no lugar. Era provável que, naquele exato momento, uma equipe aérea da polícia estivesse a caminho. Mas ele tinha de arriscar.

– Mudei de área – disse, de modo conciso. – Sou eletricista agora.

– Ah é? – disse Page, desnorteado.

– Achei que talvez tivessem trabalho para mim. Quando você puder, gostaria de passar aí para examinar o equipamento básico de computação. Especialmente os bancos de dados analíticos do bloco de macacos.

Após uma pausa, Page disse:

– Claro... podemos combinar. Se for realmente importante.

– É – garantiu Anderton. – Quando seria melhor para você?

– Bem – disse Page, com dificuldade. – Estou com uma equipe de manutenção agendada para examinar o sistema de interfones. O comissário interino quer aperfeiçoá-lo, para trabalhar com mais rapidez. Você poderia vir também.

– Farei isso. Quando seria?

– Digamos, às quatro. Entrada B, piso 6. Irei recebê-lo.

– Ótimo – concordou Anderton, pronto para desligar. – Espero que você ainda esteja no cargo quando eu chegar.

Desligou e saiu da cabine rapidamente. Logo em seguida, abria caminho em meio à multidão aglomerada numa lanchonete próxima. Ninguém o encontraria ali.

Tinha três horas e meia de espera. E pareceria muito mais que isso. Concluiu que fora a espera mais longa de sua vida quando finalmente encontrou Page, conforme combinado.

A primeira coisa que Page disse foi:

– Você perdeu a cabeça. Por que diabos voltou?

– Não ficarei muito tempo. – Inquieto, Anderton rondou pelo bloco dos macacos, abrindo e fechando portas. – Não deixe ninguém entrar. Não posso correr risco.

– Você deveria ter se demitido quando estava no comando. – Aflito e apreensivo, Page foi atrás dele. – Witwer não está perdendo tempo, está agindo muito rápido. Está fazendo o país inteiro clamar por sua cabeça.

Ignorando-o, Anderton abriu o banco de controle principal do equipamento analítico.

– Qual dos três macacos emitiu o relatório minoritário?

– Não me pergunte... estou saindo daqui. – Antes de chegar à porta, Page parou brevemente, apontou para a figura do meio e desapareceu. A porta se fechou. Anderton estava sozinho.

O do meio. Ele o conhecia bem. A figura definhada, encurvada, enterrada sob seus fios e transmissores há 15 anos. Quando Anderton aproximou-se, ele não ergueu os olhos. Com o olhar vidrado e vazio, contemplava um mundo que ainda não existia, cego à realidade física à sua volta.

"Jerry" tinha 24 anos. No início, fora diagnosticado com demência hidrocefálica, mas quando chegou aos 6 anos de idade os medidores psíquicos identificaram o talento de precognição enterrado sob camadas de tecido corroído. Colocado numa escola de treinamento do governo, o talento latente fora cultivado. Aos 9 anos, o talento avançara a um estágio aplicável. "Jerry", no entanto, permanecera no nível da demência; a faculdade em desenvolvimento estava absorvendo toda a sua personalidade.

Agachando-se, Anderton começou a desmontar os escudos protetores em que ficavam os rolos de fita armazenados no equipamento analítico. Usando os diagramas, ele seguiu os cabos até os estágios finais dos computadores integrados, até o ponto do qual saía o equipamento individual de "Jerry". Minutos depois, ele erguia com as mãos trêmulas duas fitas de meia hora: dados rejeitados recentemente, não integrados aos relatórios majoritários. Consultou o quadro de códigos e selecionou o trecho da fita que se referia ao seu cartão.

O leitor de fitas estava instalado por perto. Prendendo a respiração, ele inseriu a fita, ativou o transporte e escutou. Levou apenas um segundo. Com o primeiro enunciado do relatório, ficou claro o que havia acontecido. Ele tinha o que queria; já podia parar de procurar.

A visão de "Jerry" estava fora de sincronia. Devido à natureza instável da precognição, ele estava examinando uma área temporal um pouco diferente da de seus companheiros. Para ele, o relato de que Anderton cometeria um assassinato era um acontecimento a ser integrado a todo o resto. Essa informação – assim como a reação de Anderton – era um dado a mais.

Ficou claro que o relatório de "Jerry" invalidara o relatório majoritário. Ao ser informado de que assassinaria alguém, Anderton teria mudado de ideia, não cometendo o crime. O assassinato fora anulado por sua própria previsão. O simples fato de ser informado gerou a profilaxia. Uma nova via temporal já havia sido criada. Mas "Jerry" era minoria.

Tremendo, Anderton rebobinou a fita e clicou no cabeçote do gravador. Com extrema rapidez, fez uma cópia do relatório, devolveu o original e retirou a cópia do transporte. Lá estava a prova de que o cartão era inválido: *obsoleto*. Só o que tinha de fazer era mostrá-lo a Witwer....

Ficou impressionado com a própria estupidez. Sem dúvida, Witwer tinha visto o relatório; e, apesar disso, assumiu o cargo de comissário e manteve as equipes da polícia na busca. Witwer não pretendia recuar; não estava preocupado com a inocência de Anderton.

O que ele faria, então? Quem mais poderia estar interessado?

– Seu idiota! – disse uma voz áspera atrás dele, extremamente aflita.

Ele se virou rapidamente. Sua esposa estava diante de uma das portas, com seu uniforme de polícia, olhar desvairado de pavor.

– Não se preocupe – disse brevemente a ela, mostrando o rolo de fita. – Estou de saída.

Com o rosto contorcido, Lisa correu desesperada até ele.

– Page disse que você estava aqui, mas não pude acreditar. Ele não deveria ter deixado você entrar. Ele simplesmente não entende o que você é.

– O que eu sou? – indagou Anderton com acidez. – Antes de responder, talvez seja melhor ouvir esta fita.

– Não quero ouvir! Só quero que saia daqui! Ed Witwer está sabendo que tem alguém aqui embaixo. Page está tentando mantê-lo ocupado, mas... – ela parou, virando a cabeça para o lado com rigidez. – Ele está aqui! Vai entrar à força.

– Você não tem nenhuma influência sobre ele? Seja graciosa, encantadora. É provável que ele se esqueça de mim.

Lisa olhou para ele com repreensão, ressentida.

– Tem uma nave estacionada na cobertura. Se quiser escapar... – a voz embargou, e ela ficou em silêncio por um instante. Então disse: – Sairei daqui a pouco. Se quiser vir...

– Eu vou – disse Anderton.

Ele não tinha escolha. Conseguira a fita, a prova, mas não pensara em nenhuma forma de sair dali. Satisfeito, apressou-se atrás da figura esbelta da esposa, que saía do bloco a passos largos, por uma porta lateral e um corredor de abastecimento, os saltos estalando alto na escuridão deserta.

– É uma nave boa e rápida – disse Lisa, olhando para trás. – Tem combustível de emergência... pronta para partir. Eu ia supervisionar algumas equipes.

VII

No comando do cruzador de alta velocidade da polícia, Anderton resumiu o conteúdo da fita com o relatório minoritário. Lisa ouviu sem comentar, o rosto abatido e fatigado, as mãos unidas de forma tensa no colo. Abaixo da nave, a área rural devastada pela guerra estendia-se como um mapa em relevo, as regiões vazias entre cidades marcadas por crateras, ruínas de fazendas e de pequenas fábricas.

– Eu me pergunto – disse ela, quando ele terminou – quantas vezes isso aconteceu antes.

– Um relatório minoritário? Muitas vezes.

– Quero dizer, um precog fora de sincronia. O uso do relatório dos outros como dado... suplantando-o. – Com os olhos sérios e sombrios, ela acrescentou: – Talvez muitas pessoas nos campos sejam como você.

– Não – insistiu Anderton. Mas começava a se sentir desconfortável a respeito também. – Eu estava em condições de ver o cartão, de olhar o relatório. Foi o que causou isto.

– Mas... – Lisa fez um gesto sugestivo. – Talvez todos eles reagissem desse modo. Poderíamos ter contado a eles a verdade.

– Teria sido um risco grande demais – ele respondeu com teimosia.

Lisa deu uma risada brusca.

– Risco? Acaso? Incerteza? Com precogs por perto?

Anderton concentrou-se em guiar a navezinha veloz.

– Este é um caso único – repetiu. – E temos um problema imediato. Podemos lidar com os aspectos teóricos mais tarde. Tenho que levar esta fita às pessoas certas... antes que seu jovem amigo talentoso a destrua.

– Vai levá-la a Kaplan?

– Com certeza. – Deu um tapinha no rolo de fita que estava entre eles, no assento. – Ele ficará interessado. A prova de que sua vida não está em perigo deve ser de importância crucial para ele.

Trêmula, Lisa pegou a cigarreira na bolsa.
– E você acha que ele vai ajudá-lo.
– Ele pode... ou não. É um risco que vale a pena correr.
– Como conseguiu passar à clandestinidade tão rapidamente? – perguntou Lisa. – Não é fácil encontrar um disfarce cem por cento eficaz.
– Só é preciso dinheiro – ele respondeu de modo evasivo.
Enquanto fumava, Lisa ponderou:
– É provável que Kaplan o proteja – disse ela. – Ele é muito poderoso.
– Achei que fosse apenas um general reformado.
– Tecnicamente... é o que ele é. Mas Witwer puxou o dossiê dele. Kaplan dirige uma organização incomum, exclusiva para veteranos. É uma espécie de clube, com poucos membros e participação restrita. Só oficiais de alta patente... um grupo internacional dos dois lados da guerra. Aqui em Nova York eles mantêm uma grande mansão, três publicações em papel brilhante e eventual cobertura de TV que lhes custa uma pequena fortuna.
– O que está tentando dizer?
– Só isso. Você me convenceu de que é inocente. Quer dizer, é óbvio que *não* cometerá um assassinato. Mas deve ter percebido agora que o relatório original, o relatório majoritário, *não era falsificado*. Ninguém o forjou. Ed Witwer não o criou. Não existe um complô contra você, e nunca existiu. Se for tomar este relatório minoritário como genuíno, terá de aceitar o majoritário também.
Relutante, ele concordou:
– Suponho que sim.
– Ed Witwer – continuou Lisa – está agindo com total boa-fé. Realmente acredita que você é um criminoso em potencial... e por que não? Ele está com o relatório majoritário sobre a mesa, mas você está com o cartão dobrado no bolso.
– Eu o destruí – disse Anderton, calmamente.
Lisa inclinou-se com seriedade na direção dele.

– Ed Witwer não age motivado por nenhum desejo de tomar o seu emprego – disse ela. – Age motivado pelo mesmo desejo que sempre dominou você. Ele acredita na Pré-Crime. Quer que o sistema continue. Falei com ele e estou convencida de que está dizendo a verdade.

Anderton perguntou:

– Quer que eu leve este rolo a Witwer? Se o fizer... ele o destruirá.

– Bobagem – retorquiu Lisa. – Os originais estão nas mãos dele desde o começo. Poderia tê-los destruído quando bem entendesse.

– É verdade – admitiu Anderton. – É bem possível que ele não sabia.

– Claro que não sabia. Veja desta forma. Se Kaplan puser as mãos nessa fita, a polícia ficará desacreditada. Não percebe o porquê? Ficaria provado que o relatório majoritário é um erro. Ed Witwer está absolutamente correto. Você deve ser detido... para a sobrevivência da Pré-Crime. Você está pensando em sua própria segurança. Mas pense, por um momento, no sistema. – Ela se curvou, apagou o cigarro e vasculhou a bolsa para pegar outro. – O que significa mais para você... sua segurança pessoal ou a existência do sistema?

– Minha segurança – respondeu Anderton, sem hesitação.

– Tem certeza?

– Se o sistema só pode sobreviver aprisionando pessoas inocentes, merece ser destruído. Minha segurança pessoal é importante porque sou um ser humano. E além do mais...

Da bolsa, Lisa tirou uma pistola incrivelmente minúscula.

– Eu acredito – disse ela com a voz rouca – que estou com o dedo no gatilho. Nunca usei uma arma como esta antes. Mas estou disposta a tentar.

Após uma pausa, Anderton perguntou:

– Quer que eu volte com a nave? É isso?

– Sim, ao prédio da polícia. Sinto muito. Se você pudesse colocar o bem do sistema acima de seu egoísmo...

– Guarde o sermão para você – disse Anderton. – Levarei a nave de volta. Mas não vou escutar a sua defesa de um código de comportamento que nenhum homem inteligente seria capaz de apoiar.

Lisa apertou os lábios, formando uma linha fina e pálida. Segurando firme a pistola, encarou-o, mantendo o olhar fixo e atento nele, enquanto a nave virava, desenhando um arco amplo. Alguns objetos soltos se mexeram no porta-luvas quando o pequeno veículo fez uma inclinação radical, erguendo uma asa de forma magistral até ficar com a ponta para cima.

Anderton e a esposa foram sustentados pelos braços de metal que os firmaram nos assentos. O mesmo não aconteceu com o terceiro membro do grupo.

Com o rabo do olho, Anderton viu um movimento repentino. Ao mesmo tempo, ouviu o som de um homem grande lutando para se segurar enquanto se desequilibrava e despencava abruptamente na parede reforçada da nave. O que se seguiu ocorreu muito rápido. Fleming conseguiu ficar de pé de imediato, aos trancos e alerta, um braço na direção da pistola da mulher. Anderton estava assustado demais para gritar. Lisa virou-se, viu o homem... e gritou. Fleming derrubou a arma da mão dela, fazendo-a bater ruidosamente no chão.

Resmungando, Fleming empurrou-a e recuperou a arma.

– Desculpe – disse, ofegante, ajeitando-se como pôde. – Achei que ela pudesse revelar mais coisas. Por isso esperei.

– Você estava aqui quando... – começou Anderton. E parou. Era óbvio que Fleming e seus homens o estavam vigiando. A existência da nave de Lisa fora devidamente notada e considerada, e enquanto ela decidia se seria prudente levá-lo a um lugar seguro, Fleming escondera-se no porta-malas.

– Talvez – disse Fleming – seja melhor você me entregar esse rolo de fita. – Apanhou-o com os dedos úmidos e desajeitados.

– Você está certo... Witwer teria derretido esta fita até formar uma poça.

– Kaplan também? – perguntou Anderton, zonzo, ainda confuso com a aparição do homem.

– Kaplan está trabalhando diretamente com Witwer. Por isso o nome dele apareceu na linha cinco do cartão. Qual dos dois é o chefe, não sabemos. É possível que nenhum. – Fleming jogou a pistola minúscula e sacou sua própria arma militar pesada. – Você errou feio ao vir com essa mulher. Eu disse que ela estava por trás de tudo.

– Não posso acreditar nisso – protestou Anderton. – Se ela...

– Você perdeu o juízo. Esta nave foi preparada por ordem de Witwer. Eles queriam que a usasse para sair do prédio, impedindo nosso contato. Sozinho, separado de nós, você não tinha chance.

Uma expressão estranha passou pelo rosto transtornado de Lisa.

– Não é verdade – sussurrou ela. – Witwer nunca viu esta nave. Eu ia supervisionar...

– Você quase se safou com essa – interrompeu Fleming, inabalável. – Teremos sorte se uma nave de patrulha da polícia não estiver na nossa cola. Não houve tempo para verificar. – Fleming se agachou enquanto falava, bem atrás do banco dela. – A primeira coisa é tirar essa mulher do caminho. Teremos que sumir com você desta área. Page alertou Witwer sobre o seu disfarce, e pode ter certeza de que isso já foi amplamente divulgado.

Ainda agachado, Fleming agarrou Lisa. Jogou a arma pesada para Anderton e ergueu o queixo dela com destreza, até empurrar a têmpora contra o banco. Lisa cravou as unhas nele, desesperada. Um gemido agudo, aterrorizado, saiu de sua garganta. Ignorando-a, Fleming fechou as mãos enormes em torno do pescoço dela e começou a apertar de modo implacável.

– Sem vestígio de bala – explicou, ofegante. – Ela vai cair... acidente natural. Acontece o tempo todo. Mas, neste caso, ela vai quebrar o pescoço *antes*.

Anderton achou estranho esperar tanto tempo. Os dedos grossos de Fleming já estavam cruelmente fincados na carne pálida da mulher quando ele ergueu a coronha da arma pesada e baixou-a na parte de trás do crânio de Fleming. As mãos monstruosas relaxaram. Oscilante, a cabeça de Fleming caiu para a frente e ele deslizou contra a parede da nave. Tentando recompor-se com fraqueza, começou a arrastar o corpo para cima. Anderton acertou-o de novo, desta vez acima do olho esquerdo. Ele caiu para trás e ficou imóvel.

Respirando com esforço, Lisa permaneceu curvada por um momento, o corpo oscilando para a frente e para trás. Aos poucos, o rosto foi recuperando a cor.

– Pode assumir os controles? – Perguntou Anderton com urgência, sacudindo-a.

– Sim, acho que posso. – De modo quase mecânico, ela segurou o controle. – Vou ficar bem. Não se preocupe comigo.

– Esta arma – disse Anderton – faz parte do armamento padrão do Exército. Mas não é da guerra. É uma das novidades convenientes que eles desenvolveram. Posso estar muito enganado, mas há uma chance remota...

Ele voltou para onde Fleming estava caído na cabine. Tentando não tocar a cabeça do homem, abriu o casaco e vasculhou os bolsos. Um momento depois, a carteira molhada de suor estava em suas mãos.

Tod Fleming, de acordo com a identificação, era um major do Exército ligado ao Departamento de Inteligência Interna do Centro de Informação Militar. Entre os diversos documentos, havia um assinado pelo general Leopold Kaplan, declarando que Fleming estava sob a proteção especial de seu grupo, a Liga Internacional de Veteranos.

Fleming e seus homens estavam agindo sob o comando de Kaplan. O caminhão de pão, o acidente, havia sido forjado.

Isso significava que Kaplan o mantivera fora do alcance da polícia de modo intencional. O início do plano havia sido o primeiro contato, em sua casa, quando os capangas de Kaplan foram buscá-lo enquanto fazia as malas. Incrédulo, ele se deu conta do que de fato acontecera. Desde então, estavam se certificando de pegá-lo antes da polícia. Desde o início, era uma estratégia elaborada para garantir que Witwer não conseguisse prendê-lo.

– Você estava dizendo a verdade – disse Anderton à esposa, voltando ao assento. – Podemos entrar em contato com Witwer?

Ela fez que sim com a cabeça. Apontando para o circuito de comunicação do painel, perguntou:

– O que... você descobriu?

– Entre em contato com Witwer. Quero falar com ele o mais rápido possível. É muito urgente.

Sem firmeza, ela discou, entrou no circuito mecânico do canal fechado e chegou ao centro de operações da polícia em Nova York. Uma visão panorâmica de suboficiais surgiu por um segundo na tela, depois foi substituída por uma réplica minúscula das feições de Ed Witwer.

– Lembra-se de mim? – perguntou Anderton.

Witwer empalideceu.

– Meu Deus. O que aconteceu? Lisa, você o está trazendo? – De modo brusco, seu olhar se fixou na arma nas mãos de Anderton. – Olha – disse, enfurecido –, não faça nada a ela. Pense o que quiser, mas ela não é responsável por nada.

– Já descobri isso – respondeu Anderton. – Pode nos localizar? Podemos precisar de proteção para voltar.

– *Voltar!* – Witwer encarou-o, incrédulo. – Está voltando? Vai se entregar?

– Vou, sim. – Falando rápido, com urgência, Anderton acrescentou: – Há algo que você tem de fazer imediatamente. Fechar o bloco dos macacos. Certifique-se de que ninguém entre lá. Nem Page, nem ninguém. *Especialmente o pessoal do Exército.*

– Kaplan – disse a imagem em miniatura.

– O que tem ele?

– Esteve aqui. Ele... acabou de sair.

O coração de Anderton quase parou.
- O que ele fez?
- Recolheu dados. Transcreveu cópias de nossos relatórios precognitivos sobre você. Insistiu que precisava deles exclusivamente para a própria proteção.
- Então ele já pegou – disse Anderton. – Tarde demais.
Alarmado, Witwer quase gritou:
- O que você quer dizer exatamente? O que está acontecendo?
- Vou lhe contar – disse Anderton, categórico –, quando voltar ao meu escritório.

VIII

Witwer encontrou-o na cobertura do prédio da polícia. Quando a pequena nave pousou, uma nuvem de naves de escolta inclinou os estabilizadores e partiu em alta velocidade. Anderton aproximou-se imediatamente do rapaz loiro.
- Conseguiu o que queria. Pode me prender e me enviar ao campo de detenção. Mas não será suficiente.
Os olhos azuis de Witwer estavam pálidos de incerteza.
- Sinto muito, mas não estou entendendo...
- A culpa não é minha. Eu nunca deveria ter saído do prédio da polícia. Onde está Wally Page?
- Já o enquadramos – respondeu Witwer. – Não vai causar problemas.
A expressão de Anderton era sombria.
- Você o prendeu pelo motivo errado. Permitir minha entrada no bloco dos macacos não foi um crime. Mas passar informação para o Exército é. Você tem um espião do Exército trabalhando aqui. – Corrigiu-se, pouco convincente. – Quer dizer, eu tenho.
- Suspendi a ordem de prisão contra você. Agora as equipes estão à procura de Kaplan.
- Algum avanço?

– Ele saiu daqui num caminhão do Exército. Nós o seguimos, mas o caminhão entrou num quartel militar. Agora estão bloqueando a rua com um grande tanque de guerra R-3. Tirá-lo de lá seria guerra civil.

Devagar, hesitante, Lisa saiu da nave. Ainda estava pálida e abalada, e um feio hematoma era visível no pescoço.

– O que aconteceu com você? – perguntou Witwer. Em seguida, avistou a forma inerte de Fleming largada no interior da nave. Encarando Anderton com firmeza, ele disse:

– Então você finalmente deixou de acreditar que isto é uma conspiração armada por mim.

– Sim.

– Não acha que estou... – fez uma expressão de repulsa – *tramando* para tomar o seu cargo.

– Claro que está. Todo mundo é culpado desse tipo de coisa. E eu estou tramando para mantê-lo. Mas essa é outra questão... e você não é o responsável.

– Por que afirma – indagou Witwer – que é tarde demais para se entregar? Meu Deus, nós colocaremos você no campo de detenção. A semana passará e Kaplan ainda estará vivo.

– Ele estará vivo, sim – concordou Anderton. – Mas ele pode provar que estaria vivo do mesmo jeito se eu estivesse solto pela cidade. Ele tem a informação comprobatória de que o relatório majoritário é obsoleto. Ele pode acabar com o sistema pré-crime. – Concluiu: – Cara ou coroa, ele ganha... e nós perdemos. O Exército acaba com a nossa reputação; a estratégia deles deu certo.

– Mas, por que estão arriscando tanto? O que querem exatamente?

– Depois da Guerra Anglo-Chinesa, o Exército saiu perdendo. Não é mais o que era nos bons tempos do EAFBO. Estavam no comando geral, tanto militar quanto civil. E realizavam o trabalho da polícia.

– Como Fleming – disse Lisa, sem forças.

– Depois da guerra, os militares perderam o controle do Bloco Ocidental. Oficiais como Kaplan foram reformados e descartados. Ninguém gosta disso. – Anderton contraiu o rosto. – Posso entender como ele se sente. Ele não é o único. Mas não podíamos continuar administrando as coisas daquela forma. Tivemos que descentralizar a autoridade.

– Está dizendo que Kaplan venceu – disse Witwer. – Não há nada que possamos fazer?

– Eu não vou matá-lo. Sabemos disso e ele também. É provável que ele apareça, tentando algum acordo. Continuaremos operando, mas o Senado acabará com a nossa influência efetiva. Você não ia gostar disso, ia?

– Eu diria que não – respondeu Witwer, enfático. – Algum dia estarei no comando desta divisão. – Corou. – Não tão cedo, é claro.

A expressão de Anderton era lúgubre.

– É uma pena que você tenha divulgado o relatório majoritário. Se não o tivesse revelado, poderíamos tê-lo retirado com cautela. Mas todos já ouviram falar dele. Não podemos recolhê-lo agora.

– Acho que não – admitiu Witwer, constrangido. – Talvez eu... não esteja dando conta do trabalho tão bem quanto pensava.

– Vai conseguir, com o tempo. Será um bom policial. Acredita no *status quo*. Mas aprenda a ir com calma. – Anderton afastou-se deles. – Vou analisar as fitas do relatório majoritário. Quero descobrir exatamente como eu iria matar Kaplan. – Pensativo, concluiu: – Pode me dar algumas ideias.

As fitas com os dados dos precogs "Donna" e "Mike" estavam armazenadas separadamente. Ele selecionou o equipamento responsável pela análise de "Donna", abriu a capa protetora e retirou o conteúdo. Como antes, o código informou quais rolos eram relevantes e, num instante, ele já estava com o mecanismo de transporte ligado.

Era aproximadamente o que ele havia suspeitado. Aquele era o material usado por "Jerry" – a via temporal desprezada.

Os agentes da Inteligência Militar de Kaplan sequestraram Anderton no trajeto do trabalho para casa. Foi levado à mansão de Kaplan, o centro de operações da Liga Internacional de Veteranos. Anderton recebeu um ultimato: extinguir o sistema pré-crime de modo voluntário ou encarar a hostilidade manifesta do Exército.

Nessa via temporal rejeitada, Anderton, enquanto comissário da polícia, recorrera ao Senado para pedir apoio, o que lhe foi negado. Para evitar uma guerra civil, o Senado ratificara o desmembramento do sistema policial, decretando a volta da lei militar "para lidar com a emergência". Junto com um grupo de policiais fanáticos, Anderton localizara Kaplan e atirara nele, entre outros oficiais da Liga de Veteranos. Apenas Kaplan morrera. Os outros foram dominados. E o golpe fora bem-sucedido.

Esse era o relatório de "Donna". Ele rebobinou a fita e se concentrou no material previsto por "Mike". Seria idêntico; os dois precogs haviam se juntado para apresentar uma imagem unificada. "Mike" começou como "Donna": Anderton tomava conhecimento do conluio de Kaplan contra a polícia. Mas havia algo errado. Confuso, ele voltou a fita ao início. Ele não podia compreender, mas os dois não concordavam. Ele tocou a fita mais uma vez e ouviu com atenção.

O relatório de "Mike" era bastante diferente do de "Donna".

Uma hora depois, ele terminou a análise, guardou as fitas e saiu do bloco dos macacos. Assim que apareceu, Witwer perguntou:

– O que houve? Estou vendo que há algo errado.

– Não – respondeu Anderton, lentamente. – Não exatamente errado. – Um barulho chegou a seus ouvidos. Ele foi andando de modo incerto até a janela e espiou.

Havia uma multidão na rua. Quatro fileiras de tropas uniformizadas passavam pela pista central. Fuzis, capacetes... soldados marchando com uniformes desbotados da guerra e as estimadas flâmulas do EAFBO tremulando ao vento frio da tarde.

— Um comício do Exército — explicou Witwer, desanimado. — Eu estava enganado. Eles não farão um acordo conosco. Por que deveriam? Kaplan vai tornar pública a situação.

Anderton não ficou surpreso.

— Ele vai ler o relatório minoritário?

— Parece que sim. Vão exigir do Senado a nossa extinção, para tomar nossa autoridade. Vão alegar que estamos prendendo homens inocentes... que fazemos batidas noturnas, esse tipo de coisa. Controle pelo terror.

— Acha que o Senado vai ceder?

Witwer hesitou.

— Não faço ideia.

— Eu faço — disse Anderton. — Vai. O que está acontecendo lá fora se encaixa com o que descobri lá embaixo. Estamos encurralados, e só há uma direção possível. Gostemos ou não, teremos de tomá-la. — Havia um brilho intransigente em seu olhar.

Apreensivo, Witwer perguntou:

— Qual é?

— Quando eu disser, você vai se perguntar por que não teve a ideia antes. Muito óbvio: terei de realizar a previsão do relatório divulgado. Terei de matar Kaplan. Só assim não seremos desacreditados.

— Mas — disse Witwer, perplexo — o relatório majoritário foi suplantado.

— Posso fazê-lo — informou Anderton —, mas terá um preço. Conhece as leis a respeito de assassinatos em primeiro grau?

— Prisão perpétua.

— No mínimo. É possível mexer os pauzinhos e alterar a pena para o exílio. Eu seria enviado a um dos planetas colônia, a boa e velha fronteira.

— Você... prefere?

— De jeito nenhum — disse Anderton, categórico. — Mas seria o menor dos dois males. E tem de ser feito.

— Não entendo como pode matar Kaplan.

Anderton pegou a pesada arma militar que Fleming jogara para ele.

– Usarei isto.

– Não será impedido?

– Por que seria? Eles têm o relatório minoritário, que diz que mudei de ideia.

– Então o relatório minoritário está incorreto?

– Não – disse Anderton –, está absolutamente correto. Mas vou matar Kaplan assim mesmo.

IX

Anderton nunca matara um homem. Nunca vira um homem ser morto. E era comissário de polícia há 30 anos. Para esta geração, o assassinato deliberado estava extinto. Simplesmente não acontecia.

Um carro da polícia o levou a uma quadra do comício militar. Nas sombras do banco traseiro, ele examinou minuciosamente a arma que Fleming lhe entregara. Parecia estar intacta. De fato, não havia dúvidas quanto ao resultado. Ele tinha total certeza do que iria acontecer na próxima meia hora. Fechando a arma de volta, ele abriu a porta do carro estacionado e saiu com cuidado.

Ninguém prestava a menor atenção nele. Uma multidão se agitava, forçando passagem com avidez, tentando se aproximar do comício. Uniformes do Exército predominavam e, no perímetro da área isolada, uma fileira de tanques e armas de grande porte era exibida – armamento impressionante, que ainda era produzido.

O Exército montara um palanque de metal com degraus de acesso. Atrás do palanque pendia um amplo estandarte do EAFBO, símbolo das forças unificadas que lutaram na guerra. Por uma curiosa anacronia, a Liga dos Veteranos do EAFBO incluía oficiais do lado inimigo. Mas o general era o mesmo, e as distinções menores haviam passado despercebidas ao longo dos anos.

Nas primeiras fileiras estava a alta patente do comando do EAFBO. Atrás deles, os oficiais subalternos. Estandartes de regimentos tremulavam, ostentando símbolos e cores variados. A ocasião acabara por assumir um aspecto de desfile festivo. No palanque estavam os dignatários da Liga de Veteranos, com expressões severas. Nas bordas, quase despercebidas, algumas unidades da polícia aguardavam, marcando presença apenas para manter a ordem. Na verdade, eram informantes fazendo observações. Se a ordem fosse mantida, quem o faria seria o Exército.

O vento do fim da tarde carregava o estrondo abafado da massa aglomerada. Ao abrir caminho pela multidão densa, Anderton foi engolido pela sólida presença da humanidade. A ansiedade da expectativa mantinha uma rigidez geral. O povo parecia sentir que algo espetacular estava prestes a acontecer. Com dificuldade, Anderton forçou a passagem entre as fileiras de assentos e chegou ao grupo coeso de oficiais do Exército diante do palanque. Kaplan estava entre eles. Mas era agora general Kaplan.

O colete, o relógio dourado de bolso, a bengala, o traje de gala conservador – nada disso estava ali. Para a ocasião, Kaplan havia tirado do baú o velho uniforme. Ereto e imponente, estava cercado pelo que fora um dia seu estado-maior. Usava insígnias e medalhas, coturnos, a adaga decorativa e quepe. Era incrível como um homem careca ficava transformado sob a influência austera de um quepe militar.

Ao notar a presença de Anderton, o general Kaplan afastou-se do grupo e dirigiu-se ao local em que o homem mais jovem estava. A expressão no semblante magro e instável demonstrava seu extremo contentamento ao ver o comissário de polícia.

– É uma surpresa – disse a Anderton, estendendo a pequena mão na luva cinza. – Pensei que tivesse sido preso pelo comissário interino.

– Ainda estou solto – respondeu Anderton, de modo breve, cumprimentando-o. – Afinal, Witwer está com essa mesma fita. –

Apontou para o pacote que Kaplan agarrava entre os dedos rígidos e encarou-o de modo confiante.

Apesar do nervosismo, o general Kaplan estava bem-humorado.

– É uma grande ocasião para o Exército – revelou. – Ficará contente em saber que farei um relato completo ao público sobre a acusação espúria feita contra você.

– Ótimo – respondeu Anderton, evasivo.

– Ficará claro que foi acusado injustamente. – O general Kaplan estava tentando descobrir o que Anderton sabia. – Fleming teve a oportunidade de lhe inteirar da situação?

– Até certo ponto – respondeu Anderton. – Vai ler apenas o relatório minoritário? É só o que tem aí?

– Vou compará-lo ao relatório majoritário. – O general Kaplan acenou para um assistente e uma pasta de couro lhe foi entregue. – Está tudo aqui. Não se importa de servir de exemplo, sim? Seu caso simboliza as detenções injustas de inúmeros indivíduos. – Kaplan consultou o relógio de pulso com rigidez. – Devo começar. Quer se juntar a mim no palanque?

– Por quê?

Friamente, mas com uma espécie de animosidade reprimida, o general Kaplan respondeu:

– Para que todos possam ver a prova viva. Você e eu juntos... o assassino e a vítima. Lado a lado, expondo toda a fraude sinistra que a polícia vem perpetuando.

– Com prazer – aceitou Anderton. – O que estamos esperando?

Desconcertado, o general Kaplan seguiu ao palanque. Mais uma vez, encarou Anderton com desconforto, nitidamente perguntando-se o motivo de sua presença e o que de fato sabia. A incerteza aumentou quando Anderton subiu de bom grado os degraus e encontrou um assento bem ao lado do microfone.

– Tem total compreensão do que direi? – perguntou aflito, o general. – A revelação terá uma repercussão considerável. Pode fazer com que o Senado reconsidere a validade essencial do sistema pré-crime.

– Entendo – respondeu Anderton, braços cruzados. – Vamos lá.
Um silêncio pairava na multidão. Porém houve uma agitação inquieta e apreensiva quando o general Kaplan pegou a pasta e começou a organizar o material.

– O homem sentado ao meu lado – começou, com uma voz clara e límpida – é conhecido de todos vocês. Podem estar surpresos ao vê-lo, pois até pouco tempo atrás ele foi descrito pela polícia como um assassino perigoso.

Os olhares na multidão se voltaram para Anderton. Com extremo interesse, as pessoas observavam o único assassino em potencial que já tiveram o privilégio de ver de perto.

– Nas últimas horas, no entanto – continuou o general Kaplan –, sua ordem de prisão foi revogada pela polícia. Por que o comissário Anderton entregou-se de modo voluntário? Não, essa não é uma informação totalmente precisa. Ele está aqui sentado. Não se entregou, mas a polícia não está mais interessada nele. John Allison Anderton é inocente de qualquer crime no passado, no presente e no futuro. As alegações contra ele eram fraudes patentes, distorções diabólicas de um sistema penal contaminado, baseado numa falsa premissa... um mecanismo vasto e impessoal que condena homens e mulheres à destruição.

Fascinada, a multidão mudou o foco de Kaplan para Anderton. Todos estavam cientes da situação básica.

– Muitos homens foram detidos e aprisionados sob a pretensa estrutura profilática chamada Pré-Crime – prosseguiu o general Kaplan, com a voz cada vez mais carregada de sentimento e energia. – Acusados, não de crimes que cometeram, mas de *crimes que vão cometer*. Afirma-se que esses homens, se permanecerem livres, cometerão crimes capitais em algum momento futuro...

...Mas não pode haver conhecimento válido sobre o futuro. Assim que a informação precognitiva é obtida, ela é *autoanulada*. A afirmação de que este homem cometerá um crime futuro é paradoxal. O próprio ato de possuir tal dado o torna espúrio. Em todos os casos, sem exceção, o relato dos três precogs da polícia invalidou seus próprios dados. Se nenhuma prisão tivesse sido feita, ainda assim nenhum crime teria sido cometido.

Anderton escutava distraído, ouvindo as palavras apenas parcialmente. A multidão, no entanto, ouvia com grande interesse. O general Kaplan juntava agora um resumo do relatório minoritário. Explicou o que era e como surgira.

Do bolso do casaco, Anderton tirou a arma e segurou-a sobre o colo. Kaplan já colocava de lado o relatório minoritário, o material precognitivo fornecido por "Jerry". Os dedos magros e nodosos buscaram o resumo do primeiro, "Donna", e depois disso, "Mike".

– Este era o relatório majoritário original – explicou. – A afirmação, feita pelos dois primeiros precogs, de que Anderton cometeria um assassinato. Eis agora o material invalidado automaticamente. Eu vou ler para vocês. – Ele sacou os óculos sem aro, encaixou-os no nariz e começou a ler lentamente.

Uma expressão estranha surgiu em seu rosto. Ele hesitou, gaguejou e calou-se bruscamente. Os papéis deslizaram de suas mãos. Como um animal encurralado, ele girou, agachou-se e fugiu do palanque.

Por um instante, seu rosto franzido passou de relance por Anderton. Agora de pé, Anderton ergueu a arma, avançou rapidamente e atirou. Enroscado nas fileiras de pés que se projetavam das cadeiras no palanque, Kaplan deu um único grito agudo de agonia e pavor. Como um pássaro ferido, ele tombou, debatendo-se e agitando as asas, do palanque ao chão. Anderton foi até o guarda-corpo, mas já havia acabado.

Kaplan, conforme o relatório majoritário afirmara, estava morto. O peito magro era uma cavidade fumegante de escuridão, cinzas esfarelando-se que se soltavam enquanto o corpo se contorcia. Anderton virou o rosto com aversão e passou rapidamente entre as figuras levantadas dos oficiais do exército. A arma, que ele ainda segurava, garantia que ninguém interferisse. Ele saltou do palanque e meteu-se na massa caótica de pessoas na base. Abaladas, horrorizadas, elas se empurravam para ver o que havia acontecido. O incidente, ocorrido diante de seus olhos, era incompreensível. Levaria algum tempo até que a aceitação tomasse o lugar do terror irracional.

Na periferia da multidão, Anderton foi detido pela polícia que o aguardava.

– Teve sorte de escapar – um deles sussurrou em seu ouvido, enquanto o carro avançava com cautela.

– Acho que sim – respondeu Anderton, vagamente. Recostou-se e tentou se recompor. Estava trêmulo e tonto. Inclinou-se para a frente de modo brusco e sentiu um enjoo violento.

– Pobre coitado – murmurou um dos guardas, solidário.

Em meio ao turbilhão de agonia e náusea, Anderton não sabia se o policial estava se referindo a Kaplan ou a ele mesmo.

X

Quatro policiais corpulentos auxiliaram Lisa e John Anderton a juntar e carregar seus objetos pessoais. Em 50 anos, o ex-comissário de polícia acumulara uma vasta coleção de bens materiais. Sombrio e pensativo, ele observava a procissão de caixas que seguia para os caminhões.

De caminhão, iriam direto ao campo de decolagem... e de lá para Centauro X em transporte intersistemas. Uma longa viagem para um homem velho. Mas ele não ia ter de fazer a jornada de volta.

– Lá vai a penúltima caixa – declarou Lisa, absorvida e preocupada com a tarefa. De suéter e calça, ela perambulava pelas salas vazias, verificando detalhes de último minuto. – Acho que não vamos poder usar esses aparelhos atrônicos novos. Ainda usam eletricidade em Centten.

– Espero que você não se importe muito – disse Anderton.

– Vamos nos acostumar – respondeu Lisa, dando um sorriso passageiro. – Não vamos?

– Espero que sim. Você tem certeza de que não vai se arrepender? Se eu pensasse...

– Sem arrependimentos – garantiu Lisa. – Agora, que tal me ajudar com esta caixa?

Enquanto entravam no primeiro caminhão, Witwer aproximou-se num carro de patrulha. Saltou e correu até eles, o rosto estranhamente abatido.

– Antes de partirem – disse a Anderton –, você terá que me passar algumas informações sobre a situação dos precogs. Estou sendo questionado pelo Senado. Querem descobrir se o relatório do meio, a retratação, estava errado... ou o quê. – Confuso, ele concluiu: – Ainda não consigo explicar. O relatório minoritário estava errado, não estava?

– Qual relatório minoritário? – indagou Anderton, achando graça.

Witwer hesitou.

– Então é isso. Eu deveria ter percebido.

Na cabine do caminhão, Anderton pegou o cachimbo e colocou o fumo. Usou o isqueiro de Lisa e, com o fumo aceso, começou as operações. Lisa tinha voltado para casa, querendo certificar-se de que não havia deixado passar nada de extrema importância.

– Havia três relatórios minoritários – disse a Witwer, divertindo-se com a confusão do rapaz.

Algum dia Witwer aprenderia a não se envolver em situações que não entendesse completamente. A emoção final de Anderton era de satisfação. Mesmo velho e exausto, ele tinha sido o único a compreender a verdadeira natureza do problema.

– Os três relatórios foram consecutivos – continuou. – O primeiro foi "Donna". Nessa via temporal, Kaplan contou-me da conspiração, e eu o matei de imediato. "Jerry", que veio logo depois de "Donna", usou o relatório dela como dado. Ele incluiu meu conhecimento a respeito do relatório. Nessa, a segunda via temporal, tudo o que eu queria era manter meu emprego. Não queria matar Kaplan. Estava interessado em meu cargo e em minha própria vida.

– E o relatório "Mike" foi o terceiro? Chegou *depois* do relatório minoritário? – Witwer corrigiu-se. – Quer dizer, veio por último?

– O "Mike" foi o último dos três, sim. Diante do conhecimento do primeiro relatório, eu decidira *não* matar Kaplan. Isso gerou o relatório dois. Mas diante *desse* relatório, mudei de ideia novamente. O relatório dois, situação dois, era a situação que Kaplan queria criar. Era vantajoso para a polícia recriar a posição um. E nesse momento eu estava pensando na polícia. Eu havia entendido o que Kaplan estava fazendo. O terceiro relatório invalidou o segundo. Isso nos levou de volta ao começo.

Lisa voltou, ofegante.

– Vamos... já terminamos aqui. – Ágil e flexível, subiu os degraus de metal do caminhão e posicionou-se junto ao marido e ao motorista. Este ligou o motor obedientemente e os outros caminhões fizeram o mesmo.

– Cada relatório era diferente – concluiu Anderton. – Os três eram únicos. Mas dois deles concordavam num ponto. Se ficasse livre, *eu mataria Kaplan*. Isso criou a ilusão de um relatório majoritário. Na verdade, tudo não passou disso... uma ilusão. "Donna" e "Mike" previram o mesmo acontecimento... mas em duas vias temporais totalmente diferentes, ocorrendo em contextos totalmente distintos. "Donna" e "Jerry", supostamente o relatório minoritário e a metade do relatório majoritário, estavam incorretos. Dos três, "Mike" era o correto... uma vez que não chegou nenhum depois dele para invalidá-lo. Isso resume tudo.

Ansioso, Witwer correu ao lado do caminhão, o rosto liso e loiro franzido de preocupação.

– Vai acontecer de novo? Deveríamos reformular a estrutura?

– Pode acontecer em apenas uma circunstância – disse Anderton. – O meu caso foi único, uma vez que tive acesso aos dados. *Poderia* acontecer de novo... mas apenas ao próximo comissário da polícia. Portanto, cuide-se.

Deu um breve sorriso irônico, reflexo da ampla sensação de conforto ao perceber a expressão tensa de Witwer. Ao seu lado, os lábios vermelhos de Lisa contraíram-se, e ela segurou a mão dele.

– Melhor ficar de olhos abertos – informou Anderton ao jovem Witwer. – Pode acontecer com você a qualquer momento.

O pagamento

O Pagamento (*Paycheck*) estreou nos cinemas em 2003 sob a direção de John Woo, cineasta chinês radicado nos Estados Unidos, mestre dos filmes de ação (*A Outra Face*, *Missão Impossível 2*). Baseado no conto homônimo de 1953, o roteiro foi adaptado por Dean Georgaris, que também assina os textos de *Sob o Domínio do Mal* e *Lara Croft: Tomb Raider – A Origem da Vida*. O ator norte-americano Ben Affleck vive nas telas o técnico Jennings, protagonista da trama.

De repente, ele estava em movimento. Ao seu redor, jatos deslizavam suavemente. Ele estava num pequeno foguete cruzador particular, seguindo devagar pelo céu vespertino, entre duas cidades.

– Ugh! – disse, endireitando-se no assento e esfregando a cabeça. Ao seu lado, Earl Rethrick observava-o com atenção e olhar vivo.

– Está se recuperando?

– Onde estamos? – Jennings balançou a cabeça, tentando se livrar de uma dor vaga. – Ou, quem sabe, devo perguntar de outra forma. – Já pôde notar que não estavam no fim do outono. Era primavera. Abaixo do cruzador os campos verdejavam. Sua última lembrança era do momento em que entrara num elevador com Rethrick. Estavam no final do outono. E em Nova York.

– Sim – disse Rethrick. – Quase dois anos se passaram. Verá que muitas coisas mudaram. O governo caiu há alguns meses. O novo governo é ainda mais forte. A PS, Polícia de Segurança, tem poder quase ilimitado. Agora, nas escolas, ensinam as crianças a serem informantes. Mas era algo que todos podíamos prever. Vejamos, o que mais? Nova York está maior. Soube que estão terminando a ocupação da Baía de San Francisco.

– O que quero saber é que diabos estive fazendo nos últimos dois anos! – Jennings acendeu um cigarro com nervosismo, pressionando a ponta. – Vai me contar?

– Não. É claro que não vou lhe contar.
– Para onde estamos indo?
– De volta à Sede de Nova York. Onde me conheceu. Lembra? Deve lembrar melhor que eu. Afinal, para você faz apenas um ou dois dias.

Jennings concordou. Dois anos! Dois anos a menos de vida, perdidos para sempre. Não parecia possível. Ainda estava ponderando, refletindo, quando entrou no elevador. Deveria mudar de ideia? Mesmo se fosse receber tanto dinheiro – e era muito, até para ele –, não parecia valer a pena. Sempre se perguntaria que trabalho estava fazendo. Era ilegal? Era... Mas isso agora soava como especulação sobre o passado. Enquanto ainda tentava se decidir, tudo se apagara. Olhou pela janela com melancolia, vendo o céu da tarde. Abaixo, a terra era úmida e viva. Primavera, primavera dois anos depois. E o que ele tinha ganhado por esses dois anos?

– Recebi meu pagamento? – Puxou a carteira e olhou. – Parece que não.

– Não. Receberá na Sede. Kelly pagará.

– Todo o trabalho de uma vez?

– Cinquenta mil créditos.

Jennings sorriu. Sentiu-se um pouco melhor ao ouvir o valor sendo dito em voz alta. Talvez não fosse tão ruim, afinal de contas. Era quase como receber para dormir. Porém, estava dois anos mais velho; tinha apenas esse tempo a menos de existência. Era como vender parte de si, parte de sua vida. E a vida valia muito na época atual. Deu de ombros. De qualquer modo, isso era passado.

– Estamos quase chegando – disse o homem mais velho. O piloto automático fez o cruzador descer, mergulhando em direção ao solo. O contorno da cidade de Nova York tornou-se visível abaixo deles. – Bem, Jennings, pode ser que nunca mais o veja. – Estendeu a mão. – Foi um prazer trabalhar com você. Trabalhamos juntos, sabe. Lado a lado. Você é um dos melhores técnicos que já vi. Fizemos bem em contratá-lo, mesmo por esse salário. Você nos rendeu o valor multiplicado... embora não saiba.

– Fico contente que seu dinheiro tenha sido bem investido.

– Parece zangado.

– Não. Só estou tentando me acostumar com a ideia de estar dois anos mais velho.

Rethrick riu.

– Você ainda é muito jovem. E vai se sentir melhor quando ela lhe pagar.

Eles desceram no minúsculo campo de pouso no alto do edifício em Nova York. Rethrick conduziu-o a um elevador. Quando as portas se fecharam, Jennings teve um choque mental. Era a última coisa de que se lembrava, este elevador. Depois disso, apagara.

– Kelly ficará contente em vê-lo – disse Rethrick, enquanto saíam num corredor iluminado. – Ela pergunta de você de vez em quando.

– Por quê?

– Diz que você é bonito. – Rethrick pressionou uma chave codificada contra a porta. A porta respondeu, abrindo-se totalmente. Entraram no escritório luxuoso da Construtora Rethrick. Uma jovem estava sentada diante de uma longa mesa de mogno, analisando um relatório.

– Kelly – disse Rethrick –, veja quem acabou de ser liberado.

A garota olhou sorrindo.

– Olá, senhor Jennings. Como se sente de volta ao mundo?

– Bem. – Jennings foi até ela. – Rethrick disse que é você quem faz o pagamento.

Rethrick deu um tapinha nas costas de Jennings.

– Até mais, amigo. Voltarei às instalações. Se algum dia precisar de muito dinheiro e com urgência, venha e faremos outro contrato.

Jennings respondeu com um aceno. Quando Rethrick saiu, ele se sentou ao lado da mesa e cruzou as pernas. Kelly abriu uma gaveta, afastando a cadeira.

– Muito bem. Seu tempo expirou, portanto a Construtora Rethrick está pronta para fazer o pagamento. Está com a sua cópia do contrato?

Jennings tirou um envelope do bolso e jogou sobre a mesa.

– Aí está.

Kelly tirou da gaveta um pequeno saco de pano e algumas folhas com texto escrito à mão. Leu as folhas por algum tempo, com uma expressão atenta no rosto miúdo.

– O que é isso?

– Acho que ficará surpreso. – Kelly devolveu o contrato a ele. – Leia de novo.

– Por quê? – Jennings abriu o envelope.

– Tem uma cláusula alternativa. "Caso a parte contratada assim desejar, a qualquer momento, durante o período de contrato junto à supracitada Construtora Rethrick"...

... "Se assim desejar, em vez da quantia especificada, pode escolher, de acordo com sua própria vontade, artigos ou produtos que, em sua opinião, correspondam a valor suficiente para substituir a soma"...

Jennings apanhou o saco de pano e abriu. Despejou o conteúdo na palma da mão. Kelly observou.

– Onde está Rethrick? – Jennings levantou-se. – Se ele pensa que isso...

– Rethrick não tem nada a ver com isso. O pedido foi seu. Veja, leia isto. – Kelly passou as folhas de papel para ele. – De seu próprio punho. Leia. A ideia foi sua, não nossa. Juro. – Sorriu para ele. – Isso às vezes acontece com pessoas que contratamos. Durante seu período de trabalho decidem receber outra coisa no lugar do dinheiro. O porquê, eu não sei. Mas elas saem com a mente limpa, tendo concordado...

Jennings examinou as páginas. A letra era sua, não havia dúvida. Suas mãos tremiam.

– Não acredito nisso. Ainda que seja minha própria letra. – Dobrou o papel com uma expressão firme e decidida. – Algo foi feito comigo enquanto eu estava lá. Eu nunca teria concordado com isso.

– Você deve ter tido um motivo. Admito que não faz sentido, mas você não sabe que fatores podem tê-lo persuadido, antes de sua mente ter sido limpa. Você não é o primeiro. Houve vários casos antes.

Jennings ficou olhando para o que estava em sua mão. Despejara do saco de pano uma variedade de itens. Uma chave codificada. Um canhoto de passagem. Um comprovante de depósito. Um pedaço de fio delgado. Uma das metades de uma ficha de pôquer quebrada ao meio. Uma tira de pano verde. Um passe de ônibus.

– Isto, em vez de cinquenta mil créditos – ele murmurou. – Dois anos...

Ele saiu do edifício para as ruas movimentadas da tarde. Ainda estava atordoado, atordoado e confuso. Tinha sido enganado? Apalpou o bolso com as bugigangas, o fio, o canhoto de passagem e todo o resto. *Isso,* por dois anos de trabalho! Mas ele vira sua própria caligrafia, a declaração de renúncia, o pedido de substituição. Como João e o Pé de Feijão. Por quê? Para quê? O que o levara a fazer aquilo?

Jennings virou, olhando para a calçada. Na esquina, parou para um cruzador de superfície que fazia a curva.

– Está bem, Jennings. Entre.

Ele levantou a cabeça bruscamente. A porta do cruzador estava aberta. Havia um homem ajoelhado, apontando um fuzil de calor direto para o seu rosto. Um homem de verde e azul. A Polícia de Segurança.

Jennings entrou. A porta se fechou, as travas magnéticas deslizaram. Como um cofre. O cruzador saiu deslizando pela rua. Jennings afundou com as costas no assento. Ao seu lado, o homem da PS baixou a arma. Do outro lado, um segundo oficial o revistou com destreza, procurando armas. Tirou a carteira de Jennings e o punhado de bugigangas. O envelope e o contrato.

– O que ele tem? – perguntou o motorista.

– Carteira, dinheiro. Contrato da Construtora Rethrick. Nenhuma arma.

Devolveu a Jennings seus pertences.

– Do que se trata? – quis saber Jennings.

– Queremos lhe fazer algumas perguntas. Só isso. Estava trabalhando para Rethrick?

– Sim.

– Dois anos?

– Quase dois anos.

– Nas Instalações?

Jennings assentiu.

– Suponho que sim.

O oficial inclinou-se na direção dele.

– Onde ficam as Instalações, senhor Jennings? Qual é a localização?

– Não sei.

Os dois oficiais se entreolharam. O primeiro umedeceu os lábios, com uma expressão compenetrada e alerta.

– Não sabe? Próxima pergunta. E última. Nesses dois anos, que tipo de trabalho fez? Qual era sua função?

– Técnico. Eu consertava equipamentos eletrônicos.

– Que *tipo* de equipamento eletrônico?

– Não sei. – Jennings encarou-o. Não pôde conter o sorriso, virando os lábios com ironia. – Sinto muito, mas não sei. É verdade.

Houve silêncio.

– Como assim, não sabe? Quer dizer que trabalhou num equipamento por dois anos sem saber o que era? Sem sequer saber onde estava?

Jennings irritou-se.

– O que é isso? Por que me pegaram? Eu não fiz nada. Eu estava...

– Sabemos disso. Não o estamos prendendo. Só queremos informações para nossos arquivos. Sobre a Construtora Rethrick.

Você estava trabalhando para eles, nas Instalações deles. Numa função importante. É um técnico de eletrônica?

– Sim.

– Conserta computadores de alta qualidade e equipamentos afins? – O oficial consultou um caderno. – É considerado um dos melhores do país, de acordo com o que tenho aqui.

Jennings não disse nada.

– Diga-nos as duas coisas que queremos saber e será liberado na mesma hora. Onde ficam as Instalações da Rethrick? Que tipo de trabalho estão fazendo? Prestou assistência às máquinas deles, certo? Não foi isso? Durante dois anos.

– Não sei. Suponho que sim. Não faço ideia do que fiz durante esses dois anos. Pode acreditar em mim ou não. – Jennings olhou para o chão com cansaço.

– O que faremos? – disse o motorista por fim. – Não recebemos nenhuma instrução neste caso.

– Leve-o para a delegacia. Não podemos continuar o interrogatório aqui.

Fora do cruzador, homens e mulheres seguiam apressados pela calçada. As ruas estavam congestionadas por cruzadores, trabalhadores indo para casa no interior.

– Jennings, por que não responde? Qual é o seu problema? Não há motivos para esconder coisas simples como essas. Não quer cooperar com o seu governo? Por que omitiria informações de nós?

– Eu contaria se soubesse.

O oficial resmungou. Ninguém disse nada. Sem demora, o cruzador parava diante de um edifício de pedra. O motorista desligou o motor, removeu a cápsula de controle e pôs no bolso. Encostou uma chave codificada na porta, liberando a trava magnética.

– O que faremos, levamos ele? Na verdade, nós não...

– Espere. – O motorista desceu. Os outros dois foram com ele, fechando e trancando as portas. Ficaram na calçada da Delegacia de Segurança, conversando.

Jennings ficou sentado em silêncio, olhando para o chão. A PS queria saber da Construtora Rethrick. Ora, não havia nada que ele pudesse contar. Tinham escolhido a pessoa errada, mas como poderia provar? A situação como um todo era impossível. Dois anos apagados de sua memória. Quem acreditaria nele? Ele também achava inacreditável.

Sua mente voltou para o momento em que leu o anúncio pela primeira vez. Chegara à sua casa, a ele diretamente. *Precisa-se de técnico,* e uma descrição geral do trabalho, imprecisa, indireta, mas suficiente para ele saber que se encaixava com seu trabalho. E o pagamento! Entrevistas na Sede. Testes, formulários. Em seguida, a percepção gradual de que a Construtora Rethrick estava descobrindo tudo sobre ele, enquanto ele não sabia nada a respeito deles. Que tipo de trabalho faziam? Construções, mas de que espécie? Que tipo de equipamento dispunham? Cinquenta mil créditos por dois anos...

E ele saíra com a memória apagada. Dois anos, e não se lembrava de nada. Demorou muito para concordar com essa parte do contrato. Mas *concordara.*

Jennings olhou pela janela. Os três oficiais ainda conversavam na calçada, tentando decidir o que fazer com ele. Estava numa posição difícil. Eles queriam informações que não podia dar, informações que não tinha. Mas como poderia provar? Como provar que trabalhara por dois anos e saíra sem saber mais do que quando entrara! Ele ia sofrer nas mãos da PS. Ia levar muito tempo para que acreditassem nele, e quando isso acontecesse...

Ele olhou à sua volta rapidamente. Havia alguma escapatória? Num instante eles estariam de volta. Jennings tocou a porta. Trancada, com as travas magnéticas de anel triplo. Ele trabalhara com travas magnéticas muitas vezes. Chegara até a projetar parte do dispositivo do gatilho. Não havia como abrir as portas sem a chave codificada certa. Não havia como, a menos que, por acaso, ele pudesse causar um curto-circuito na trava. Mas com o quê?

Apalpou os bolsos. O que poderia usar? Se conseguisse provocar um curto-circuito nas travas, explodi-las, haveria uma chance remota. Do lado de fora, uma multidão de homens e mulheres passava a caminho de casa, após o trabalho. Passava das cinco; os grandes edifícios comerciais estavam fechando, as ruas estavam movimentadas com o trânsito. Uma vez que saísse, eles não ousariam atirar. Se conseguisse sair.

Os três oficiais se separaram. Um deles subiu a escada da Delegacia. Num segundo os outros voltariam para o cruzador. Jennings enfiou a mão no bolso e tirou a chave codificada, o canhoto de passagem e o fio. O fio! Fio delgado, fino como cabelo. Estava isolado? Ele desenrolou rapidamente. Não.

Ele se ajoelhou, passando os dedos com destreza pela superfície da porta. Na extremidade da trava havia uma linha estreita, um sulco entre a trava e a porta. Ele levou a ponta do fio até ela, manuseando com delicadeza para colocá-lo num espaço quase invisível. Cerca de três centímetros do fio desapareceram. O suor descia pela testa de Jennings. Ele deslocou o fio para menos de um centímetro, torcendo-o. Prendeu a respiração. A transmissão causaria...

Um clarão.

Com a visão ofuscada, ele jogou o peso do corpo contra a porta, que caiu com a trava fundida e soltando fumaça. Jennings rolou para a rua e ficou de pé num pulo. Havia cruzadores em volta dele, buzinando e passando a toda velocidade. Ele se abaixou atrás de um caminhão pesado e se lançou na pista central do tráfego. Avistou por um instante os homens da PS na calçada, saindo atrás dele.

Um ônibus se aproximou, balançando nas laterais, carregado de gente indo às compras e voltando do trabalho. Jennings agarrou o corrimão traseiro e deu um impulso para cima da plataforma. Expressões de surpresa surgiram, rostos pálidos voltados subitamente para ele. O condutor robô foi em sua direção com um zumbido furioso.

– Senhor... – começou o condutor. A velocidade do ônibus foi diminuindo. – Senhor, não é permitido...

– Está tudo bem – disse Jennings. De repente, ele se sentiu tomado por uma estranha euforia. Minutos antes estava encurralado, sem ter como escapar. Dois anos de sua vida tinham sido desperdiçados. A Polícia de Segurança o prendera, exigindo informações que ele não podia dar. Uma situação sem saída! Porém, agora, começava a pensar com clareza.

Enfiou a mão no bolso e tirou o passe de ônibus. Inseriu-o calmamente na fenda do condutor.

– O.k.? – ele disse. O ônibus oscilava sob seus pés, com a hesitação do motorista. Em seguida, o veículo retomou a velocidade e seguiu. O condutor virou as costas e seus zumbidos diminuíram. Tudo estava bem. Jennings sorriu. Passou com cuidado entre as pessoas que estavam de pé, procurando um assento, qualquer lugar em que pudesse se sentar para pensar.

Tinha muito em que pensar. Sua mente estava acelerada.

O ônibus seguia no fluxo agitado do tráfego urbano. Jennings via apenas de esguelha as pessoas sentadas à sua volta. Não havia dúvida: ele não tinha sido enganado. Havia honestidade. A decisão fora realmente dele. Impressionante, após dois anos de trabalho, ele preferira um punhado de bugigangas em vez de cinquenta mil créditos. Mais impressionante, no entanto, era que o punhado de bugigangas estava se tornando mais valioso que o dinheiro.

Com um pedaço de fio e um passe de ônibus ele escapara da Polícia de Segurança. Isso valia muito. O dinheiro teria sido inútil caso ele desaparecesse no interior da grande Delegacia de pedra. Nem mesmo cinquenta mil créditos o teriam ajudado. E restavam cinco coisas. Ele tateou o bolso. Mais cinco objetos. Ele usara dois. Os outros... para que serviriam? Algo tão importante?

E o grande enigma: como *ele* – seu eu anterior – soubera que um pedaço de fio e um passe de ônibus salvariam sua vida? E *ele* soubera mesmo. Soubera antes. Mas como? E as outras cinco coisas? Provavelmente eram tão preciosas, ou viriam a ser.

O *ele* desses dois anos sabia de coisas que ele não sabia agora, coisas que foram apagadas quando a empresa limpou sua mente. Como uma máquina de somar que foi zerada. Estava tudo em branco. O que *ele* sabia antes não estava mais lá. Não estava, com exceção de sete bugigangas, cinco das quais ainda estavam em seu bolso.

O verdadeiro problema neste exato momento, no entanto, não era uma questão de especulação. Era muito concreta. A Polícia de Segurança estava procurando por ele. Tinham seu nome e sua descrição. Não adiantava pensar em ir para o seu apartamento – se é que ainda tinha um. Para onde, então? Hotéis? A PS os vasculhava diariamente. Amigos? Isso significaria colocá-los em risco, junto com ele. Era apenas uma questão de tempo para que a PS o encontrasse, andando pelas ruas, comendo num restaurante, assistindo a um show, dormindo em alguma pensão. A PS estava em toda parte.

Em toda parte? Não exatamente. Se, por um lado, os indivíduos estavam indefesos, os negócios não estavam. As grandes forças econômicas conseguiram permanecer livres, embora quase todo o resto tivesse sido absorvido pelo governo. As garantias legais que haviam sido disfarçadamente retiradas da pessoa física ainda protegiam a propriedade e a indústria. A PS podia capturar qualquer pessoa, mas não podia entrar e confiscar uma empresa, um negócio. Isso havia sido estabelecido de forma clara em meados do século 20.

Negócios, indústrias e corporações estavam protegidos da Polícia de Segurança. O devido processo era necessário. A Construtora Rethrick era alvo de interesse da PS, mas ela não podia fazer nada, a menos que um estatuto fosse violado. Se ele pudesse voltar à empresa, adentrar seus portões, estaria seguro. Jennings deu um sorriso amargo. A igreja moderna, o santuário. Era o governo contra a corporação, em vez de o Estado contra a Igreja. A nova Notre Dame do mundo. Onde a lei não podia entrar.

Rethrick aceitaria sua volta? Sim, nas mesmas condições de antes. Ele já havia declarado. Mais dois anos arrancados dele, e depois voltaria às ruas. Isso o ajudaria? Ele apalpou o bolso de repente. E lá estavam as bugigangas restantes. Com certeza, *ele* planejara usá-las! Não, ele não podia voltar à Rethrick e fechar mais um contrato de trabalho. Seria indicado fazer outra coisa. Algo mais permanente. Jennings refletiu. Construtora Rethrick. O que ela construía? O que *ele* soubera, descobrira, durante esses dois anos? E por que a PS estava tão interessada?

Ele pegou os cinco objetos e os examinou. A tira de pano verde. A chave codificada. O canhoto de passagem. O comprovante de depósito. A ficha de pôquer quebrada. Estranho que coisas assim, sem valor, pudessem ser importantes.

E a Construtora Rethrick estava envolvida nisso.

Não havia dúvida. A resposta, todas as respostas, estavam na Rethrick. Mas o que *era* a Rethrick? Ele não fazia ideia de onde ficavam as instalações, a mínima ideia. Sabia onde ficava a Sede, a sala grande e luxuosa com a jovem e sua mesa. Porém, isso não era a Construtora Rethrick. Alguém mais sabia, além de Rethrick? Kelly não sabia. A PS sabia?

Ficava fora da cidade. Isso era certo. Ele chegara lá de foguete. Provavelmente ficava nos Estados Unidos, talvez em regiões agrícolas, no interior, entre duas cidades. Que situação infernal! A qualquer momento a PS poderia apanhá-lo. Da próxima vez, ele poderia não escapar. Sua única chance, sua chance real de segurança consistia em contatar Rethrick. Sua única chance de descobrir as coisas que tinha de saber. As instalações – o local em que ele estivera, mas do qual não podia se lembrar. Olhou para os cinco objetos. Algum deles ajudaria?

Foi tomado por uma onda de desespero. Talvez fosse apenas coincidência, o fio e o passe. Talvez...

Ele examinou o comprovante de depósito, virando-o e colocando-o sob a luz. De repente, os músculos do estômago deram um nó. Sua pulsação mudou. Ele estava certo. Não, não era coincidência, o fio e o passe. A data do comprovante era dali a dois dias. O depósito não havia sequer sido realizado, seja lá o que fosse. E não seria nas próximas 48 horas.

Ele olhou para as outras coisas. O canhoto de passagem. De que servia um canhoto de passagem? Estava amassado e torto, dobrado várias vezes. Ele não poderia ir a lugar algum com isso. Um canhoto não levava ninguém a lugar nenhum. Só indicava onde alguém estivera.

Onde alguém estivera!

Ele se curvou, observando as letras, alisando as dobras. O canhoto estava rasgado no meio das palavras. Apenas parte de cada palavra podia ser lida.

TEATRO PO

STUARTSVI

IOW

Ele sorriu. Era isso. Onde ele estivera. Conseguiu completar as letras que faltavam. Era o suficiente. Não havia dúvida: *ele* previra isso também. Três das sete bugigangas usadas. Restavam quatro. Stuartsville, Iowa. Existia um lugar com esse nome? Ele olhou pela janela do ônibus. O terminal intermunicipal de foguetes ficava a apenas uma ou duas quadras. Ele poderia estar lá em um segundo. Uma corrida curta, com a esperança de não ser detido pela Polícia...

De algum modo, porém, ele sabia que não seria. Não com as outras quatro coisas em seu bolso. E uma vez que ele entrasse no foguete, estaria seguro. O terminal era grande o suficiente para despistar a PS. Jennings pôs as bugigangas restantes no bolso, levantou-se e puxou a corda do sinal.

No momento seguinte, desceu com cautela na calçada.

* * *

O foguete o deixou nos limites da cidade, num minúsculo campo de pouso. Alguns carregadores indiferentes passavam, empilhando bagagens, descansando do calor do sol.

Jennings atravessou o campo na direção da sala de espera, observando as pessoas à sua volta. Pessoas comuns, trabalhadores, executivos, donas de casa. Stuartsville era uma cidade pequena do Meio-Oeste. Motoristas de ônibus. Alunos do ensino secundário.

Ele atravessou a sala de espera e saiu na rua. Então era ali que estavam localizadas as Instalações da Rethrick... talvez. Se ele tivesse usado o canhoto corretamente. De todo modo, havia *alguma coisa* ali, ou *ele* não teria incluído o canhoto entre os objetos.

Stuartsville, Iowa. Um plano vago começava a se formar em algum lugar de sua mente, ainda fraco e nebuloso. Ele começou a andar, mãos no bolso, olhando ao redor. A sede de um jornal, lanchonetes, hotéis, salões de bilhar, uma barbearia, uma oficina de televisores. Uma loja de foguetes com espaços imensos para a exposição de exemplares reluzentes. Tamanho família. E no final do quarteirão, o Teatro Portola.

A cidade se dissipava. Fazendas, campos. Quilômetros de vegetação. No céu, alguns foguetes de carga passavam pesados, levando suprimentos agrícolas e equipamentos de um lado para o outro. Uma cidade pequena e sem importância. Perfeita para a Construtora Rethrick. As Instalações estariam isoladas ali, longe da cidade, longe da PS.

Jennings voltou. Entrou numa lanchonete, BOB'S PLACE. Um jovem de óculos aproximou-se enquanto ele se sentava diante do balcão, passando as mãos no avental branco.

– Café – disse Jennings.

– Café. – O rapaz trouxe a xícara. Havia apenas algumas pessoas na lanchonete. Algumas moscas zumbiam na janela.

Do lado de fora, na rua, compradores e fazendeiros passavam sem pressa.

– Me diga uma coisa – começou Jennings, mexendo o café. – Onde se pode conseguir trabalho por aqui? Você sabe?

– Que tipo de trabalho? – O rapaz voltou e apoiou os braços no balcão.

– Instalação elétrica. Sou eletricista. Televisão, foguete, computador. Esse tipo de coisa.

– Por que não tenta nas grandes áreas industriais? Detroit. Chicago. Nova York.

Jennings balançou a cabeça.

– Não suporto cidade grande. Nunca gostei de metrópoles.

O rapaz riu.

– Muita gente aqui ficaria feliz em trabalhar em Detroit. Você é eletricista?

– Tem alguma fábrica por aqui? Alguma oficina de consertos ou algum outro tipo de instalação?

– Não que eu saiba. – O rapaz foi atender alguns homens que haviam acabado de entrar. Jennings tomou o café. Ele cometera um engano? Talvez devesse voltar e esquecer Stuartsville, Iowa. Talvez tenha feito uma dedução errada a partir do canhoto. Mas a passagem significava algo, a menos que ele estivesse completamente enganado sobre tudo. Porém, era um pouco tarde para concluir isso.

O rapaz voltou.

– Tem *algum* tipo de trabalho que eu possa arrumar aqui? – disse Jennings. – Só para me manter por um tempo.

– Sempre tem trabalho na agricultura.

– E lojas de assistência técnica? Oficinas mecânicas. TVs.

– Tem uma oficina de conserto de TV nesta rua. Talvez você consiga alguma coisa lá. Pode tentar. O trabalho agrícola paga bem. Não está mais atraindo muita gente. A maioria dos homens está no serviço militar. Quer juntar feno?

Jennings riu. Pagou o café.

– Acho que não. Obrigado.

– De vez em quando alguns homens sobem a estrada para trabalhar. Tem alguma espécie de posto do governo lá.

Jennings acenou com a cabeça. Empurrou a porta de tela e saiu para a calçada abrasadora. Andou sem rumo por algum tempo, perdido em pensamentos, revisando seu plano nebuloso sem parar. Era um bom plano; resolveria tudo, todos os seus problemas de uma vez. Mas, no exato momento, ele dependia de uma única coisa: encontrar a Construtora Rethrick. E ele só tinha uma pista, se é que era mesmo uma pista. O canhoto de ingresso, dobrado e amassado, em seu bolso. E a convicção de que *ele sabia* o que estava fazendo.

Um posto do governo. Jennings parou e olhou à sua volta. Do outro lado da rua havia um ponto de táxi, alguns motoristas sentados em seus carros, fumando e lendo o jornal. Valia a pena pelo menos tentar. Não havia muito mais a fazer. A Rethrick seria outra coisa na superfície. Se estivesse disfarçada de projeto do governo ninguém faria perguntas. Estavam todos bastante acostumados a projetos oficiais conduzidos sem explicação, em segredo.

Ele foi até o primeiro táxi.

– Senhor – disse ele –, pode me dizer uma coisa?

O motorista olhou para ele.

– O que você quer?

– Me disseram que tem trabalho lá no posto do governo. É isso mesmo?

O taxista analisou-o. E fez que sim com a cabeça.

– Que tipo de trabalho é?

– Não sei.

– Onde fazem a contratação?

– Não sei. – O taxista ergueu o jornal.

– Obrigado. – Jennings virou as costas.

– Não fazem nenhuma contratação. Talvez de vez em nunca. Não contratam muita gente. É melhor ir a outro lugar se estiver procurando trabalho.

– Está certo.

Outro taxista colocou a cabeça para fora do carro.

– Eles empregam só alguns operários que trabalham por dia, colega. Só isso. E são muito exigentes. É difícil deixarem alguém entrar. Algum tipo de trabalho de guerra.

Jennings ficou atento.

– Secreto?

– Eles vêm para a cidade e pegam um monte de operários. Às vezes um caminhão cheio. Só isso. São muito cuidadosos com quem escolhem.

Jennings voltou ao taxista.

– É isso mesmo?

– O lugar é grande. Muro de aço. Protegido. Guardas. O trabalho não para dia e noite. Só que ninguém entra. Instalado no alto de uma colina, saindo da velha Henderson Road. Cerca de quatro quilômetros. – O taxista cutucou o ombro de Jennings. – Não pode entrar a menos que tenha identificação. Eles identificam seus operários, depois de escolhê-los. Sabe?

Jennings ficou olhando para ele. O taxista fazia um risco em seu ombro. De repente Jennings entendeu. Sentiu uma onda de alívio.

– Claro. Entendo o que quer dizer. Pelo menos acho que sim. – Pôs a mão no bolso e tirou os quatro objetos. Com cuidado, desenrolou a tira de pano verde, mostrando-a. – Assim?

Os taxistas olharam fixamente para o pano.

– Isso mesmo – disse um deles devagar, sem tirar os olhos do pano. – Onde conseguiu?

Jennings riu.

– Um amigo. – Pôs o pano de volta no bolso. – Um amigo me deu.

Ele saiu na direção do campo do Intermunicipal. Tinha muito a fazer, agora que o primeiro passo estava dado. A Rethrick ficava ali mesmo. E tudo indicava que as bugigangas iam ajudá-lo. Uma para cada crise. Um bolso cheio de milagres, enviados por alguém que conhecia o futuro!

Mas o próximo passo não poderia ser dado sozinho. Ele precisava de ajuda. Outra pessoa era necessária para essa parte. Mas quem? Ele refletiu, enquanto entrava na sala de espera do Intermunicipal. Só havia uma pessoa a quem ele poderia recorrer. As chances eram remotas, mas ele tinha de tentar. Não podia trabalhar sozinho dali em diante. Se as instalações da Rethrick ficavam ali, Kelly também estaria lá...

A rua estava escura. Na esquina, um poste emitia um feixe de luz intermitente. Alguns cruzadores passavam.

Da entrada do prédio de apartamentos saía um vulto delgado, uma moça de casaco, com uma bolsa na mão. Jennings observou enquanto ela passava sob o poste de luz. Kelly McVane estava indo a algum lugar, provavelmente a uma festa. Vestida com elegância, saltos altos percutindo na calçada, casaquinho e chapéu.

Ele apareceu atrás dela.

– Kelly.

Ela se virou rapidamente, com a boca aberta.

– Oh!

Jennings segurou o braço dela.

– Não se preocupe. Sou eu. Aonde vai, toda arrumada?

– A lugar nenhum. – Ela desconversou. – Minha nossa, você me assustou. O que foi? O que está acontecendo?

– Nada. Tem alguns minutos? Quero falar com você.

Kelly fez que sim.

– Acho que tenho. – Olhou à sua volta. – Aonde vamos?

– Onde podemos conversar? Não quero que ninguém nos ouça.

– Não podemos falar andando?

– Não. A Polícia.

– A Polícia?

– Está me procurando.

– Você? Mas por quê?

– Não vamos ficar aqui – disse Jennings. – Aonde podemos ir?

Kelly hesitou.

– Podemos ir ao meu apartamento. Não tem ninguém lá.

Eles pegaram o elevador. Kelly destrancou a porta, encostando a chave codificada. A porta se abriu e eles entraram, o aquecedor e as luzes se acenderam automaticamente ao passo dela. Ela fechou a porta e tirou o casaco.

– Não vou demorar – disse Jennings.

– Está bem. Vou lhe preparar uma bebida. – Ela foi à cozinha. Jennings sentou no sofá, olhando o apartamento pequeno e arrumado. A garota logo voltou. Sentou ao lado dele, e Jennings pegou o drinque. Uísque com água, gelado.

– Obrigado.

Kelly sorriu.

– Não tem de quê. – Os dois ficaram em silêncio por algum tempo. – E então? – disse ela por fim. – O que está havendo? Por que a Polícia está procurando você?

– Querem descobrir coisas sobre a Construtora Rethrick. Eu sou apenas uma peça nessa história. Eles pensam que sei de alguma coisa porque trabalhei durante dois anos nas Instalações de Rethrick.

– Mas não sabe!

– Não tenho como provar.

Kelly tocou a cabeça de Jennings, logo acima da orelha.

– Sinta aqui. Neste ponto.

Jennings pôs a mão. Acima da orelha, debaixo do cabelo, havia um ponto minúsculo e duro.

– O que é?

– Eles perfuraram o crânio aí. Cortaram um pedaço minúsculo do cérebro. Todas as suas memórias dos dois anos. Localizaram e queimaram. A PS não pode fazer com que você lembre. Já era. Não está em você.

– No momento em que eles perceberem isso, não sobrará muito de mim.

Kelly não disse nada.

– Está vendo minha situação. Seria melhor para mim se eu lembrasse. Assim eu poderia contar a eles, e eles iriam...

– Destruir a Rethrick!

Jennings deu de ombros.

– Por que não? A Rethrick não significa nada para mim. Nem sei o que estão fazendo. E por que a Polícia está tão interessada? Desde o início, todo o sigilo, a limpeza da minha mente...

– Há um motivo. Um bom motivo.

– Você sabe qual?

– Não. – Kelly balançou a cabeça. – Mas tenho certeza de que há um motivo. Se a PS está interessada, há um motivo. – Ela apoiou o drinque, virando-se para ele. – Eu odeio a Polícia. Todos odiamos, cada um de nós. Ela nos persegue o tempo todo. Não sei nada sobre a Rethrick. Se soubesse, minha vida não estaria segura. A empresa não tem muita proteção. Algumas leis, um punhado de leis. Nada mais.

– Tenho o pressentimento de que a Rethrick é muito mais do que só mais uma construtora que a PS quer controlar.

– Suponho que seja. Não sei mesmo. Sou só uma recepcionista. Nunca fui às Instalações. Nem sei onde fica.

– Mas não gostaria que nada acontecesse a ela.

– É claro que não! Eles estão combatendo a Polícia. Qualquer um que combata a Polícia está do nosso lado.

– É mesmo? Já ouvi esse tipo de lógica. Qualquer um que combatesse o comunismo era automaticamente bom, algumas décadas atrás. Bem, o tempo dirá. O que sei é que sou um indivíduo preso entre duas forças implacáveis. O governo e os negócios. O governo tem homens e riqueza. A Construtora Rethrick tem a sua tecnocracia. O que fazem com isso, não sei. Eu sabia, algumas semanas atrás. Agora, só o que tenho é um vislumbre e algumas referências. Uma teoria.

Kelly olhou de relance para ele.

– Uma teoria?

– E um bolso cheio de bugigangas. Sete. Três ou quatro agora. Já usei algumas. São a base da minha teoria. Se a Rethrick está fazendo o que eu acho que está, posso entender o interesse da PS. Na verdade, estou começando a compartilhar do interesse deles.

– O que a Rethrick está fazendo?

– Ela desenvolveu um pinçador do tempo.

– O quê?

– Um pinçador do tempo. É teoricamente possível há vários anos. Mas é ilegal fazer experimentos com pinçadores do tempo e espelhos. É crime, e se alguém for pego, todos os seus equipamentos e dados viram propriedade do Estado. – Jennings deu um sorriso malicioso. – Não admira que o governo esteja interessado. Se conseguirem evidências contra a Rethrick...

– Um pinçador do tempo. É difícil acreditar.

– Não acha que estou certo?

– Não sei. Talvez. Suas bugigangas. Você não é o primeiro a sair com um saquinho de pano com miudezas. Já usou algumas? Como?

– Primeiro, o fio e o passe de ônibus. Para fugir da Polícia. É engraçado, mas se eu não estivesse com eles, ainda estaria lá. Um pedaço de fio e um passe de dez centavos. Não costumo andar com esse tipo de coisa. Essa é a questão.

– Viagem no tempo.

– Não. Viagem no tempo, não. Berkowsky demonstrou que viajar no tempo é impossível. É um pinçador do tempo, um espelho para ver e um dispositivo para pegar coisas. Estas bugigangas. Pelo menos uma delas vem do futuro. Retirada, trazida de volta.

– Como você sabe?

– É datada. As outras, talvez não. Coisas como passes e fios pertencem a categorias de coisas. Qualquer passe tem a mesma utilidade dos outros. Nesse ponto, *ele deve* ter usado um espelho.

– *Ele?*

– Quando eu estava trabalhando com Rethrick. Eu devo ter usado o espelho. Vi meu próprio futuro. Se eu estava consertando o equipamento dele, era difícil evitar! Devo ter olhado adiante, vendo o que aconteceria depois. A PS me prendendo. Devo ter visto isso, e visto a utilidade que teriam um pedaço de fio e um passe de ônibus... caso os tivesse comigo no momento exato.

Kelly refletiu.

– E então? O que quer de mim?

– Agora não tenho certeza. Você realmente vê a Rethrick como uma instituição benevolente, travando uma guerra contra a Polícia? Uma espécie de Rolando, na Batalha de Roncesvalles...

– Que importa como me sinto em relação à Empresa?

– Importa muito. – Jennings terminou o drinque e empurrou o copo. – Importa muito, porque quero que você me ajude. Vou chantagear a Construtora Rethrick.

Kelly olhou fixamente para ele.

– É a minha chance de continuar vivo. Preciso ter influência sobre a Rethrick, muita influência. Influência suficiente para que me deixem entrar, com as condições que eu definir. Não há outro lugar para onde eu possa ir. Cedo ou tarde a Polícia vai me pegar. Se eu não estiver dentro das Instalações, e logo...

– Ajudá-lo a chantagear a Construtora? Destruir a Rethrick?

– Não. Destruir, não. Não quero destruí-la... minha vida depende da Construtora. Minha vida depende de uma Rethrick forte o suficiente para desafiar a PS. Mas se eu estiver do lado de *fora*, não importa quão forte a Rethrick seja. Entende? Quero entrar. Quero estar lá dentro antes que seja tarde demais. E quero entrar nos meus próprios termos, não como um funcionário contratado por dois anos e que depois é colocado para fora.

– Para ser pego pela Polícia.

Jennings fez que sim.

– Exatamente.

– Como vai chantagear a empresa?

– Vou entrar nas Instalações e reunir material suficiente para provar que Rethrick está realizando operações com um pinçador do tempo.

Kelly riu.

– Entrar nas Instalações? Vamos ver se você *encontra* as Instalações. A PS está procurando há anos.

– Já encontrei. – Jennings recostou-se e acendeu um cigarro. – Eu a localizei com minhas bugigangas. E ainda restam quatro, o suficiente para me ajudar a entrar, acho. E a conseguir o que quero. E serei capaz de levar documentos e fotos suficientes para comprometer Rethrick. Mas não quero comprometê-lo. Só quero negociar. É aí que você entra.

– Eu?

– Posso confiar que você não vai à Polícia. Preciso de alguém a quem possa entregar o material. Não ouso ficar com ele. Assim que consegui-lo, tenho que entregar a alguém, alguém que o esconda onde eu não seja capaz de encontrar.

– Por quê?

– Porque – disse Jennings calmamente – a PS pode me pegar a qualquer momento. Eu não morro de amores pela Rethrick, mas não quero arruiná-la. É por isso que você tem que me ajudar. Vou passar a informação a você, para que a proteja enquanto negocio com Rethrick. Caso contrário, terei de protegê-la eu mesmo. E se eu estiver com ela...

Olhou de relance para Kelly. Ela olhava para o chão, com a expressão tensa. Rígida.

– E então? O que me diz? Vai me ajudar, ou devo correr o risco de ser pego pela PS com o material? Dados suficientes para destruir a Rethrick. E então? O que vai ser? Quer ver a Rethrick destruída? Qual é a sua resposta?

Os dois se agacharam, olhando para a colina que ficava do outro lado dos campos. A colina se elevava, descoberta e marrom, com a vegetação queimada. Nada crescia nas encostas. No meio da subida, uma longa cerca de aço serpenteava, com arame farpado eletrificado no alto. Do outro lado, um guarda caminhava lentamente, um vulto minúsculo fazendo a patrulha com fuzil e capacete.

No topo da colina havia um enorme bloco de concreto, uma estrutura elevada sem janelas nem portas. Armas montadas refletiam a primeira luz da manhã, cintilando numa fileira sobre o telhado do edifício.

– Então estas são as Instalações – disse Kelly num tom suave.

– É isso. Seria preciso um exército para subir lá, colina acima, e atravessar a cerca. A não ser que houvesse uma permissão para a entrada.

Jennings levantou-se e ajudou Kelly a ficar de pé. Voltaram pelo caminho entre árvores até o local em que Kelly estacionara o cruzador.

– Acha mesmo que vai entrar com a tira de pano verde? – disse Kelly, sentando diante do volante.

– De acordo com o pessoal da cidade, um caminhão cheio de operários chegará às Instalações ainda hoje de manhã. O caminhão é descarregado na entrada e os homens são examinados. Se tudo estiver em ordem, eles são levados para dentro da propriedade, do outro lado da cerca. Para as obras, trabalho braçal. No fim do dia, são conduzidos para fora e voltam para a cidade.

– Você chegará perto o suficiente dessa forma?

– Pelo menos estarei do outro lado da cerca.

– Como chegará ao pinçador do tempo? Ele deve estar em algum lugar no interior do prédio.

Jennings pegou uma pequena chave codificada.

– Isto vai me fazer entrar. Espero que sim.

Kelly pegou a chave e a examinou.

– Então este é um dos objetos. Nós deveríamos ter dado uma olhada melhor em seu saquinho de pano.

– Nós?

– A Empresa. Vi diversos saquinhos de bugigangas serem entregues, por mim mesma. Rethrick nunca disse nada.

– A Empresa provavelmente supôs que ninguém jamais ia querer voltar. – Jennings pegou a chave de volta. – E você sabe o que deve fazer?

– Devo ficar aqui com o cruzador até você voltar. Você vai me entregar o material. Depois devo levar o material a Nova York e aguardar o seu contato.

– Isso mesmo. – Jennings observou a estrada distante, que atravessava as árvores e ia até o portão das Instalações. – É melhor eu descer lá. O caminhão deve chegar a qualquer momento.

– E se decidirem contar os operários?

– Tenho que arriscar. Mas não estou preocupado. Tenho certeza de que *ele* previu tudo.

Kelly sorriu.

– Você e seu amigo, seu amigo prestativo. Espero que *ele* tenha lhe deixado coisas suficientes para que você saia, depois de tirar as fotografias.

– Espera?

– Por que não? – disse Kelly tranquilamente. – Sempre gostei de você. Sabe disso. Você sabia quando foi me procurar.

Jennings desceu do cruzador. Tinha vestido macacão e sapatos de trabalho, e um moletom cinza.

– Até mais tarde. Se tudo der certo. Acho que vai dar. – Bateu no bolso. – Com meus amuletos aqui, meus amuletos da sorte.

Ele partiu rumo ao caminho entre as árvores, com o passo ligeiro.

As árvores iam dar na beira da estrada. Ele permaneceu entre elas, sem se expor. Os guardas das Instalações certamente vigiavam a encosta. Realizaram uma queimada para localizar de imediato qualquer um que tentasse atravessar a cerca. E ele tinha visto holofotes infravermelhos.

Jennings agachou-se, apoiado nos calcanhares, observando a estrada. Alguns metros adiante havia uma barreira, logo depois do portão. Ele consultou o relógio. Dez e meia. Talvez tivesse de esperar, esperar muito. Tentou relaxar.

Passava das onze quando o grande caminhão chegou pela estrada, trêmulo e ruidoso.

Jennings ficou alerta. Pegou a tira de pano verde e amarrou em torno do braço. O caminhão se aproximou. Ele conseguiu ver a carga. A parte de trás estava cheia de operários, homens de calça jeans e camisa grossa, balançando enquanto o veículo seguia aos solavancos. Como era de se esperar, todos tinham uma tira como a dele no braço. Até então, tudo certo.

O caminhão reduziu a velocidade até parar diante da barreira. Os homens desceram para a estrada devagar, levantando uma nuvem de poeira ao sol do meio-dia. Bateram nas calças para tirar a poeira, alguns acendendo cigarros. Dois guardas saíram tranquilamente de trás da barreira. Jennings preparou-se. Num instante chegaria a sua hora. Os guardas passaram entre os homens, examinando-os, as tiras de braço, os rostos, checando a etiqueta de identificação de alguns.

O bloqueio recuou. O portão se abriu. Os guardas voltaram às suas posições.

Jennings deslizou para a frente, arrastando-se pelo mato, na direção da estrada. Os homens apagavam cigarros e subiam de volta ao caminhão. O caminhão acelerava o motor, o motorista soltava o freio. Jennings pulou na estrada, atrás do veículo. Foi seguido por um agito de folhas e poeira. O local onde ele caiu estava protegido da visão dos guardas pelo próprio caminhão. Jennings prendeu a respiração. Correu na direção da traseira do caminhão.

Os homens o olharam com curiosidade quando ele subiu, com o peito arfando. Os rostos eram envelhecidos, cinzentos e marcados. Homens da terra. Jennings ficou entre dois lavradores robustos quando o caminhão partiu. Eles não pareceram notá-lo. Ele esfregara terra na pele e deixara a barba crescer por um dia. Num exame rápido ele não parecia muito diferente dos outros. Porém, se fizessem uma contagem...

O caminhão passou pelo portão, entrando no terreno das Instalações. O portão fechou. Eles agora subiam a encosta íngreme da colina, o caminhão chacoalhando e inclinando de um lado ao outro. A ampla estrutura de concreto estava próxima. Eles iam entrar? Jennings observou, fascinado. Uma porta delgada e alta deslizava para trás, revelando um interior escuro. Uma fileira de luzes artificiais brilhou.

O caminhão parou. Os operários começaram a descer novamente. Alguns técnicos aproximaram-se deles.

– Para que é essa equipe? – um deles perguntou.

– Escavação. Interna. – Um outro ergueu o polegar. – Vão cavar de novo. Mande-os para dentro.

O coração de Jennings bateu mais forte. Ele ia entrar! Pôs a mão no pescoço. Dentro do moletom cinza, uma câmera plana pendia feito um babador. Ele mal podia senti-la, mesmo sabendo que estava lá. Talvez fosse menos difícil do que ele pensara.

Os operários passaram pela porta a pé, Jennings com eles. Estavam numa imensa oficina, com bancadas longas de equipamentos incompletos, barras e guindastes, e o estrondo constante do trabalho. A porta se fechou, isolando-os do exterior. Ele estava dentro das Instalações. Mas onde estavam o pinçador do tempo e o espelho?

– Por aqui – disse um capataz. Os operários se dirigiram para a direita. Um elevador de carga subiu das entranhas do prédio para encontrá-los. – Vocês vão lá para baixo. Quem aqui tem experiência com brocas?

Alguns operários levantaram a mão.

– Vocês podem mostrar aos outros. Vamos remover a terra com brocas e escavadeiras. Alguém opera escavadeiras?

Ninguém se manifestou. Jennings olhou para as mesas de trabalho. Ele trabalhara ali, pouco tempo atrás? Sentiu um arrepio subir a espinha. E se fosse reconhecido? Talvez tivesse trabalhado com aqueles mesmos técnicos.

– Andem logo – disse o capataz com impaciência. – Rápido.

Jennings entrou no elevador de carga com os outros. No instante seguinte começaram a descer pelo tubo preto. Desceram cada vez mais, até os pisos mais baixos das Instalações. A Construtora Rethrick era *grande*, muito maior do que aparentava acima do solo. Muito maior do que ele imaginara. Andares, pisos do subsolo, passando rapidamente um após o outro.

O elevador parou. As portas se abriram. Ele viu um longo corredor. O chão estava coberto de pó de pedra. O ar era úmido. Em volta dele, os operários começaram a sair todos de uma vez. De repente, Jennings ficou tenso e recuou.

No fim do corredor, diante de uma porta de aço, estava Earl Rethrick. Falando com um grupo de técnicos.

– Saiam todos – ordenou o capataz. – Vamos.

Jennings saiu do elevador, mantendo-se atrás dos outros. Rethrick! Seu coração bateu pesado. Se Rethrick o visse seria o seu fim. Ele apalpou os bolsos. Tinha uma arma Boris em miniatura, mas não adiantaria muito, caso fosse descoberto. Uma vez que Rethrick o visse, estaria tudo acabado.

– Por aqui. – O capataz os guiou na direção do que parecia ser uma ferrovia subterrânea, de um dos lados do corredor. Os homens entraram em carros de metal sobre um trilho. Jennings observou Rethrick. Viu gestos raivosos e ouviu sua voz quase imperceptível pelo corredor. Subitamente, Rethrick virou-se. Ergueu a mão, e a grande porta de aço atrás dele se abriu.

O coração de Jennings quase parou.

Do outro lado da porta de aço estava o pinçador do tempo. Ele o reconheceu de imediato. O espelho. As longas hastes de metal com garras na ponta. Como o modelo teórico de Berkowsky – só que real.

Rethrick entrou na sala, os técnicos o seguiram. Havia homens trabalhando no pinçador, em torno dele. Uma parte da blindagem estava desligada. Eles cavavam no interior das instalações. Jennings ficou olhando, mantendo-se atrás.

– Ei, você... – disse o capataz, indo na direção dele. A porta de aço se fechou. A visão foi interrompida. Rethrick, o pinçador e os técnicos desapareceram.

– Desculpe – murmurou Jennings.

– Sabe que não pode ser curioso por aqui. – O capataz observou-o com atenção. – Não me lembro de você. Deixe-me ver sua etiqueta.

– Minha etiqueta?

– Sua etiqueta de identificação. – O capataz virou as costas. – Bill, traga o quadro. – Ele olhou para Jennings de cima a baixo. – Vou verificá-lo no quadro, senhor. Nunca o vi no grupo antes. Fique aqui. – Um homem saiu por uma porta lateral com um quadro de controle em mãos.

Era agora ou nunca.

Jennings saiu correndo pelo corredor, na direção da grande porta de aço. Atrás dele o capataz e seu assistente gritaram assustados. Jennings pegou a chave codificada, rezando com fervor enquanto corria. Chegou à porta, erguendo a chave. Com a outra mão, sacou a Boris. Do outro lado da porta estava o pinçador do tempo. Algumas fotografias tiradas, alguns diagramas apanhados, e ele poderia sair...

A porta não se moveu. O suor brotava de seu rosto. Ele bateu a chave contra a porta. Por que não abria? Claro que... então ele começou a tremer, num pânico crescente. Pelo corredor, pessoas se aproximavam, correndo atrás dele. Abra...

Mas a porta não abriu. A chave que ele segurava era a chave errada.

Ele estava derrotado. A porta e a chave não batiam. Ou *ele* havia se enganado, ou a chave deveria ser usada em outro lugar. Mas onde? Jennings olhou à sua volta em desespero. Onde? Aonde ele poderia ir?

Ao lado havia uma porta semiaberta, uma porta com fechadura comum. Ele atravessou o corredor e a empurrou. Viu-se dentro de uma espécie de depósito. Bateu a porta e acionou o ferrolho. Era possível ouvi-los do lado de fora, confusos, chamando os guardas. Logo chegariam guardas armados. Jennings segurou firme a Boris, olhando à sua volta. Estaria encurralado? Haveria uma segunda saída?

Ele correu pelo depósito, abrindo espaço entre fardos e caixas, altas pilhas de caixas de papelão lacradas, de ponta a ponta. No fundo havia uma saída de emergência. Ele a abriu de imediato. Teve um impulso de jogar fora a chave codificada. De que havia servido? Porém, *ele* sabia o que estava fazendo. *Ele* já havia visto tudo aquilo. Como Deus, já havia acontecido para *ele*. Predeterminado. *Ele* não poderia errar. Ou poderia?

Sentiu um arrepio. Talvez o futuro fosse variável. Talvez essa tenha sido a chave certa alguma vez. Mas não mais!

Houve um ruído atrás dele. Estavam derretendo a porta do depósito. Jennings atravessou a saída de emergência, entrando numa passagem baixa de concreto, úmida e mal iluminada. Ele correu, fazendo curvas. Era como um esgoto. Outras passagens corriam para lá, de todos os lados.

Ele parou. Para onde ir? Onde poderia se esconder? A boca de um dos canos de ventilação principais estava acima da cabeça dele. Ele se segurou e subiu. Com um esgar de repulsa, ajeitou-se no interior da estrutura. Eles ignorariam um cano, passariam direto. Ele se arrastou com cautela pelo cano. O ar quente soprou em seu rosto. Por que um respiradouro tão grande? Indicava uma câmara incomum na outra extremidade. Ele chegou a uma grade de metal e parou.

E suspirou.

Estava diante de uma sala enorme, a sala que vislumbrara além da porta de aço. Só que agora ele se encontrava do outro lado. Lá estava o pinçador do tempo. E mais abaixo, depois do pinçador, estava Rethrick, falando diante de uma vidtela ativa. Um alarme soava, um ruído estridente, ecoando em todos os cantos. Técnicos corriam em todas as direções. Guardas de uniforme entravam e saíam aos montes.

O pinçador. Jennings examinou a grade. Estava encaixada. Ele a moveu para o lado e ela caiu em suas mãos. Ninguém estava vendo. Ele passou com cuidado para fora, entrando na sala, com a Boris preparada. Estava bem escondido atrás do pinçador, e os técnicos e guardas se encontravam na outra extremidade da sala, onde ele os vira pela primeira vez.

E lá estavam, em volta dele, os diagramas, o espelho, documentos, dados, projetos. Com um toque, ele ligou a câmera, que vibrou contra o seu peito à medida que o filme passava por ela. Apanhou um punhado de diagramas esquemáticos. Talvez tivesse usado esses mesmos diagramas, algumas semanas atrás!

Ele encheu os bolsos de documentos. O filme chegou ao fim. Ele também havia terminado. Espremeu-se de volta no respiradouro, atravessou a boca e percorreu o tubo. O corredor que parecia um esgoto ainda estava vazio, mas havia um som insistente de batidas, o barulho de vozes e passos. Tantas passagens... eles o procuravam num labirinto de corredores de saída.

Jennings correu com agilidade. Correu sem parar, sem considerar a direção, tentando manter-se no corredor principal. Passagens afluíam de todos os lados, uma após a outra, inúmeras passagens. Ele estava descendo, cada vez mais baixo. Correndo ladeira abaixo.

De repente parou, ofegante. O som atrás dele se interrompeu por um momento. Porém havia um novo som, à frente. Ele seguiu devagar. O corredor fez uma volta, virando para a direita. Ele avançou lentamente, com a Boris engatilhada.

Dois guardas estavam parados um pouco adiante, conversando relaxados. Para além deles havia uma pesada porta codificada. E atrás de Jennings o som de vozes voltara, cada vez mais alto. Eles haviam encontrado a mesma passagem que ele percorrera. Estavam chegando.

Jennings surpreendeu os guardas, com a Boris em riste.

– Mãos para cima. Larguem as armas.

Os guardas olharam assustados para ele. Garotos, meninos de cabelo loiro e curto, e uniformes asseados. Recuaram, pálidos e amedrontados.

– As armas. Soltem.

Os dois fuzis caíram com um estrondo. Jennings sorriu. Garotos. Provavelmente era a primeira vez que enfrentavam problemas. Suas botas de couro reluziam, muito bem engraxadas.

– Abram a porta – disse Jennings. – Quero passar.

Eles ficaram olhando para ele. Atrás, o barulho aumentava.

– Abram. – Ele ficou impaciente. – Andem. – Agitou a pistola. – Abram, droga! Vocês querem que eu...

– Não... não podemos.

– O quê?

– Não podemos. É uma porta codificada. Não temos a chave. É sério, senhor. Não nos deixam ficar com a chave. – Estavam assustados. Jennings também começou a ficar. Atrás dele, o ruído aumentava. Ele estava encurralado, preso.

Ou será que não?

De repente, ele sorriu. Foi rapidamente até a porta.

– Fé – murmurou, erguendo a mão. – É algo que nunca se deve perder.

– O quê... como assim?

– Fé em si mesmo. Autoconfiança.

A porta deslizou quando Jennings pressionou a chave codificada contra ela. A luz ofuscante do sol entrou, fazendo-o piscar. Ele segurou firme a arma. Estava do lado de fora, diante do portão. Três guardas olharam com espanto para a arma, boquiabertos. Ele estava diante do portão... e do outro lado estava a floresta.

– Saiam da frente. – Jennings atirou nas barras de metal do portão. O metal entrou em chamas, derretendo e exalando uma nuvem de fogo.

– Parem-no! – Atrás dele vinham grupos de homens, guardas, saídos do corredor.

Jennings saltou sobre o portão fumegante. Bateu no metal, queimando-se. Correu pela fumaça, rolou e caiu. Ficou de pé e saiu correndo para o interior da mata.

Ele conseguira sair. *Ele* não o decepcionara. A chave funcionara mesmo. Ele a usara primeiro na porta errada.

Sem parar, ele correu, arfando, passando entre as árvores. Atrás dele as Instalações e as vozes ficavam distantes. Estava com os documentos. E estava livre.

Ele encontrou Kelly e deu a ela o filme e tudo o que conseguira enfiar nos bolsos. Depois vestiu suas roupas de costume. Kelly levou-o até os limites de Stuartsville, onde o deixou. Jennings viu o cruzador subir aos céus, seguindo para Nova York. Depois ele foi para a cidade e embarcou no foguete intermunicipal.

Dormiu no voo, cercado por executivos que cochilavam. Quando acordou, o foguete estava descendo, aterrissando no enorme espaçoporto de Nova York.

Jennings desembarcou, misturando-se ao fluxo de pessoas. Agora que estava de volta, havia o perigo de ser pego pela PS novamente. Dois oficiais de segurança com seus uniformes verdes observaram-no impassíveis enquanto ele tomava um táxi na estação do campo. O táxi levou-o ao trânsito do centro da cidade. Jennings limpou a testa. Essa foi por pouco. Agora era encontrar Kelly.

Ele jantou num pequeno restaurante, sentado no fundo, longe das janelas. Quando saiu, o sol estava começando a se pôr. Ele andou devagar pela calçada, absorto em pensamentos.

Até agora, tudo bem. Ele conseguira os documentos e o filme e escapara. As bugigangas haviam funcionado em todo o trajeto. Sem elas, ele teria ficado indefeso. Apalpou o bolso. Restavam duas. A metade da ficha de pôquer denteada e o comprovante de depósito. Pegou o comprovante e examinou-o à luz tênue do entardecer.

De repente, notou algo. Estava datado de hoje. Ele alcançara o comprovante.

Guardou-o e seguiu em frente. O que isso significava? Para que servia? Ele deu de ombros. Na devida hora, saberia. E a metade da ficha de pôquer? Para que diabos seria aquilo? Não havia como saber. Fosse como fosse, era certo que ele descobriria. *Ele* o ajudara, até agora. Certamente não faltava muito.

Jennings chegou ao prédio de Kelly e parou, olhando para cima. A luz do apartamento dela estava acesa. Ela estava de volta; seu cruzador, pequeno e veloz, deixara o foguete Intermunicipal para trás. Ele entrou no elevador e subiu ao andar dela.

– Olá – disse ele quando a porta se abriu.

– Você está bem?

– Claro. Posso entrar?

Ele entrou. Kelly fechou a porta.

– Estou feliz em vê-lo. A cidade está fervilhando de homens da PS. Quase em toda esquina. E as patrulhas...

– Eu sei. Vi alguns no espaçoporto. – Jennings sentou-se no sofá. – Mas é bom estar de volta.

– Fiquei com medo que parassem os voos intermunicipais e checassem os passageiros.

– Eles não têm motivos para supor que eu estaria vindo para a cidade.

– Não pensei nisso. – Kelly sentou-se diante dele. – Qual é o próximo passo? Agora que você escapou com o material, o que vai fazer?

– O próximo passo é encontrar Rethrick e revelar a notícia para ele. A notícia de que a pessoa que escapou das Instalações era eu. Ele sabe que alguém fugiu de lá, mas não sabe quem. Sem dúvida, supõe ter sido alguém da PS.

– Ele não poderia usar o espelho do tempo para descobrir?

A expressão de Jennings ficou sombria.

– É mesmo. Não pensei nisso. – Esfregou o queixo, franzindo a testa. – Seja como for, estou com o material. Ou melhor, você está.

Kelly fez que sim.

— Está bem. Seguimos com nosso plano. Amanhã falamos com Rethrick. Nos encontraremos com ele aqui, em Nova York. Pode fazer com que ele venha à Sede? Ele virá se você pedir?

— Sim. Temos um código. Se eu enviar uma mensagem, ele virá.

— Ótimo. Eu o encontro lá. Quando ele se der conta de que temos as fotografias e os diagramas, terá de concordar com minhas exigências. Terá de me deixar entrar na Construtora, com as minhas condições. Caso contrário, enfrentará a possibilidade de ter o material entregue à Polícia de Segurança.

— E quando você estiver lá dentro? Quando Rethrick concordar com suas exigências?

— Vi o suficiente das Instalações para me convencer de que a Rethrick é muito maior do que eu imaginara. Não tenho uma noção exata do tamanho. Não admira que *ele* estivesse tão interessado!

— Você vai exigir igualdade de controle sobre a empresa?

Jennings fez que sim.

— Você nunca ficaria satisfeito em voltar a ser técnico, não é? Como era antes.

— Não. Para ser expulso novamente? — Jennings sorriu. — Seja como for, sei que *ele* planejava coisas melhores. *Ele* estabeleceu tudo com cuidado. As bugigangas. *Ele* deve ter planejado tudo com muita antecedência. Não, não voltarei a ser técnico. Vi muita coisa lá, andares e andares de máquinas e homens. Estão fazendo algo, e eu quero participar.

Kelly ficou em silêncio.

— Entende? — disse Jennings.

— Entendo.

Ele deixou o apartamento e saiu às pressas pela rua escura. Havia ficado muito tempo. Se a PS descobrisse os dois juntos, estaria tudo acabado com a Construtora Rethrick. Ele não podia se arriscar, com o fim quase à vista.

Consultou o relógio de pulso. Passava da meia-noite. Ele se encontraria com Rethrick nessa manhã e apresentaria a proposta. Ele se animou enquanto caminhava. Ficaria seguro. Mais que isso. A Construtora Rethrick tinha objetivos muito mais amplos que o mero poder industrial. O que ele vira o convencera de que uma revolução estava sendo tramada. Muitos níveis abaixo do solo, abaixo da fortaleza de concreto, protegido por armas e homens armados, Rethrick planejava uma guerra. Máquinas estavam sendo produzidas. O pinçador do tempo e o espelho funcionavam a todo vapor, observando, mergulhando e extraindo.

Não admirava que *ele* tivesse feito planos com tanta cautela. *Ele* vira tudo isso e entendera, quando começou a refletir. A questão da limpeza da mente. Suas lembranças estariam apagadas quando ele fosse liberado. Seria a destruição de todos os planos.

Destruição? Havia a cláusula alternativa no contrato. Outros haviam visto e usado. Porém não da maneira que *ele* pretendera!

Ele almejava muito mais do que qualquer um que viera antes. *Ele* foi o primeiro a entender, a planejar. As sete bugigangas eram uma ponte para algo além de qualquer coisa que...

No fim da quadra um cruzador da PS parou no meio-fio. Suas portas se abriram.

Jennings se deteve, o coração constringido. A patrulha noturna, perambulando pela cidade. Passava das onze, o toque de recolher. Ele olhou rapidamente à sua volta. Tudo estava escuro. As lojas e casas estavam totalmente fechadas, trancadas até a manhã. Prédios silenciosos, residenciais e comerciais. Até os bares estavam com as luzes apagadas.

Ele olhou para o caminho de onde viera. Atrás dele, um segundo cruzador da PS havia estacionado. Dois oficiais da segurança estavam no meio-fio. Eles o tinham visto. Caminhavam em sua direção. Ele ficou paralisado, olhando de um lado para outro da rua.

Em frente, encontrava-se a entrada de um hotel pomposo, com seu letreiro de neon piscando. Ele começou a andar na direção do hotel, seus passos ecoando na calçada.

– Pare! – gritou um dos homens da PS. – Volte aqui. O que está fazendo fora de casa? Qual o seu...

Jennings subiu as escadas da entrada do hotel. Atravessou o saguão. O recepcionista ficou olhando. Não havia mais ninguém por perto. O salão estava deserto. Ele desanimou. Não tinha nenhuma chance. Começou a correr sem rumo, passando pela recepção, por um corredor acarpetado. Talvez fosse dar em alguma saída de fundos. Atrás dele, os homens da PS já haviam entrado no saguão.

Jennings virou à direita. Apareceram dois homens, bloqueando sua passagem.

– Aonde está indo?

Ele parou, temeroso.

– Deixem-me passar. – Ele pôs a mão no casaco para pegar a Boris. Os homens reagiram de imediato.

– Pegue-o.

Os braços dele foram imobilizados nas laterais do corpo. Valentões profissionais. Era possível avistar luzes mais adiante. Luz e som. Alguma movimentação. Pessoas.

– Está bem – disse um dos homens. Eles o arrastaram de volta pelo corredor, na direção do saguão. Jennings debateu-se em vão. Ele entrara num beco sem saída. Valentões, uma espelunca. A cidade estava repleta deles, escondidos no escuro. O hotel luxuoso era fachada. Eles o jogariam para fora, nos braços da PS.

Algumas pessoas se aproximavam pelos corredores, um homem e uma mulher. Pessoas mais velhas, bem vestidas, olharam para Jennings com curiosidade, suspenso entre os dois homens.

De repente, Jennings entendeu. Foi tomado por uma onda de alívio.

– Esperem – ele disse com a voz rouca. – Meu bolso.

– Para com isso.

– Esperem. Vejam. Meu bolso direito. Vejam vocês mesmos.

Ele relaxou, aguardando. O valentão da direita colocou a mão cautelosamente dentro do bolso. Jennings sorriu. Acabou. *Ele* vira até mesmo isso. Não havia possibilidade de erro. Isso resolvia um problema: onde ficar até a hora de encontrar-se com Rethrick. Poderia ficar ali.

O valentão pegou a metade da ficha de pôquer, examinando sua extremidade denteada.

– Só um segundo. – Ele tirou do próprio bolso uma ficha parecida, presa a uma corrente de ouro. Juntou as extremidades.

– Tudo bem? – disse Jennings.

– Claro. – Eles o soltaram. Ele limpou o casaco de modo automático. – Claro, senhor. Desculpe. Ei, você deveria ter...

– Levem-me para os fundos – disse Jennings, limpando o rosto. – Tem gente me procurando. Não gostaria que me encontrassem.

– Claro. – Eles o levaram de volta, para as salas de apostas. A ficha pela metade transformara em vantagem o que poderia ter sido um desastre. Uma casa de jogos e prostituição, uma das poucas instituições que a Polícia deixava em paz. Ele estava seguro. Não havia dúvidas. Restava apenas uma coisa: a luta contra Rethrick!

A expressão de Rethrick era rígida. Ele olhava para Jennings, engolindo rapidamente.

– Não – disse ele. – Eu não sabia que era você. Achamos que fosse a PS.

Houve silêncio. Kelly estava sentada diante de sua mesa, pernas cruzadas, cigarro entre os dedos. Jennings estava apoiado na porta, de braços cruzados.

– Por que não usou o espelho?

A expressão de Rethrick oscilou por um instante.

– O espelho? Fez um bom trabalho, meu amigo. Nós *tentamos* usar o espelho.

– Tentaram?

— Antes de terminar seu contrato conosco, você mudou alguns condutores dentro do espelho. Quando tentamos ligá-lo, nada aconteceu. Saí das Instalações há uma hora. Ainda estavam tentando resolver o problema.

— Fiz isso antes de terminar meus dois anos?

— Tudo indica que você havia elaborado um plano minucioso. Você sabia que com o espelho não teríamos problemas para encontrá-lo. Você é um bom técnico, Jennings. O melhor que tive. Gostaríamos de tê-lo de volta, algum dia, trabalhando conosco novamente. Nenhum de nós consegue operar o espelho do modo que você fazia. E, neste exato momento, não conseguimos usá-lo de modo algum.

Jennings sorriu.

— Eu não imaginava que *ele* fazia algo assim. Eu *o* subestimei. A proteção *dele* foi até...

— De quem está falando?

— De mim mesmo. Durante os dois anos. Uso a terceira pessoa, pois é mais fácil.

— Muito bem, Jennings. Então vocês dois elaboraram um plano detalhado para roubar nossos diagramas. Por quê? Qual é o propósito? Você ainda não os entregou à Polícia.

— Não.

— Então devo supor que se trata de chantagem.

— Isso mesmo.

— Para quê? O que você quer? — Rethrick parecia envelhecido. Estava com os ombros caídos, os olhos pequenos e vidrados, esfregando o queixo com nervosismo. — Teve muito trabalho para nos colocar nesta posição. Estou curioso. Enquanto estava trabalhando para nós, estabeleceu as bases. Agora completou o planejado, apesar de nossas precauções.

— Precauções?

— Apagar sua memória. Esconder as Instalações.

— Diga a ele — disse Kelly. — Conte por que fez isso.

Jennings respirou fundo.

– Rethrick, fiz isso para voltar. Voltar para a empresa. É a única razão. Não há outra.

Rethrick olhou fixamente para ele.

– Para voltar à empresa? Você pode voltar. Eu lhe disse. – A voz dele estava aguda e fraca, marcada pelo esforço. – O que há com você? Pode voltar. Pelo tempo que quiser.

– Como técnico.

– Sim, como técnico. Empregamos muitos...

– Não quero voltar como técnico. Não estou interessado em trabalhar para você. Ouça, Rethrick. A PS me pegou assim que saí da Sede. Se não fosse por *ele*, eu estaria morto.

– Eles o pegaram?

– Queriam saber o que a Construtora Rethrick faz. Queriam que eu contasse.

Rethrick assentiu.

– Isso é ruim. Não sabíamos disso.

– Não, Rethrick, não voltarei como um empregado que você pode jogar fora quando bem entender. Voltarei com você, não para você.

– Comigo? – Rethrick encarou-o. Lentamente, seu rosto foi sendo encoberto por uma película, uma película rígida e repugnante. – Não entendo o que está querendo dizer.

– Eu e você vamos dirigir a Construtora Rethrick juntos. Será assim, de agora em diante. E ninguém vai queimar minha memória para a própria segurança.

– É isso o que você quer?

– Sim.

– E se não o incluirmos?

– Aí os diagramas e os negativos vão para a PS. É simples assim. Mas não quero. Não quero destruir a empresa. Quero fazer parte dela! Quero estar seguro. Você não sabe o que é ficar exposto, sem ter para onde ir. O indivíduo não tem mais abrigo. Ninguém a quem recorrer. Está preso entre duas forças implacáveis, um peão entre o poder político e o econômico. E estou cansado de ser um joguete.

Por um bom tempo Rethrick não disse nada. Ficou olhando para o chão, o rosto imóvel e inexpressivo. Por fim, ergueu a cabeça.

– Sei que é assim. É algo que sei há muito tempo. Há mais tempo do que você. Sou muito mais velho que você. Vi o início e o desenvolvimento disso, ano após ano. É por isso que a Construtora Rethrick existe. Um dia será tudo diferente. Um dia, quando terminarmos o pinçador e o espelho. Quando as armas estiverem prontas.

Jennings não disse nada.

– Sei muito bem como é! Sou um homem velho. Trabalho há muito tempo. Quando me disseram que alguém saíra das Instalações com os diagramas, pensei que o fim chegara. Já sabíamos que você danificara o espelho. Sabíamos que havia uma conexão, mas alguns de nossos cálculos estavam errados... Pensamos, é claro, que você fosse um espião da Segurança, infiltrado para descobrir o que estávamos fazendo. Depois, quando você percebeu que não poderia transmitir suas informações, danificou o espelho. Com o espelho danificado, a PS poderia seguir em frente e...

Ele parou, esfregando o queixo.

– Prossiga – disse Jennings.

– Então você fez isso sozinho... A chantagem. Para entrar na Empresa. Você não sabe qual é o verdadeiro propósito da Empresa, Jennings! Como ousa tentar entrar! Estamos trabalhando e construindo há muito tempo. Você nos arruinaria para salvar sua pele. Você nos destruiria só para se salvar.

– Não estou arruinando vocês. Posso ajudar muito.

– Dirijo a Empresa sozinho. Ela é minha. Eu a construí, a desenvolvi. É minha.

Jennings riu.

– E o que vai acontecer quando você morrer? Ou a revolução vai ocorrer enquanto estiver vivo?

Rethrick levantou a cabeça de modo abrupto.

– Você vai morrer, e não haverá ninguém para dar continuidade. Sabe que sou um bom técnico. Você mesmo disse. Você é um idiota, Rethrick. Quer administrar tudo sozinho. Fazer tudo, decidir tudo. Mas vai morrer, um dia. E o que vai acontecer então?

Houve silêncio.

– É melhor me deixar entrar... para o bem da Empresa, assim como para o meu próprio. Posso fazer muito por você. Depois que você se for, a Rethrick sobreviverá em minhas mãos. E talvez a revolução se concretize.

– Você deveria estar feliz por estar vivo! Se não tivéssemos permitido que levasse suas bugigangas...

– O que mais poderia fazer? Como poderia deixar que homens trabalhassem em seu espelho, vissem o próprio futuro, e impedir que movessem um dedo para se protegerem? É fácil entender por que foi forçado a inserir uma cláusula de pagamento alternativo. Você não tinha escolha.

– Nem sequer sabe o que estamos fazendo. Por que existimos.

– Tenho uma boa ideia. Afinal, trabalhei para você por dois anos.

Um tempo passou. Rethrick umedeceu os lábios repetidas vezes, esfregando o rosto. A transpiração acentuou-se na testa. Por fim, ergueu a cabeça.

– Não. Não temos um acordo. Ninguém jamais irá dirigir a Empresa a não ser eu. Se eu morrer, ela morre comigo. É minha propriedade.

Jennings ficou alerta no mesmo instante.

– Então os documentos vão para a Polícia.

Rethrick não disse nada, mas uma expressão peculiar atravessou seu rosto, uma expressão que provocou um calafrio súbito em Jennings.

– Kelly – disse Jennings. – Você está com os documentos?

Kelly levantou-se, agitada. Apagou o cigarro, o rosto pálido.

– Não.

– Onde estão? Onde os colocou?

– Sinto muito – disse Kelly num tom suave. – Não vou lhe dizer.

Ele a encarou fixamente.

– O quê?

– Sinto muito – repetiu Kelly. Sua voz estava baixa e fraca. – Estão seguros. A PS jamais os pegará. Mas você também não. No momento oportuno, eu os devolverei a meu pai.

– Seu pai!

– Kelly é minha filha – disse Rethrick. – Com isso você não contava, Jennings. E *ele* também não. Ninguém sabia além de nós dois. Eu queria manter todos os cargos de confiança na família. Agora vejo que foi uma boa ideia. Mas era necessário manter segredo. Se a PS descobrisse, ela seria presa de imediato. A vida dela não estaria segura.

Jennings soltou o ar devagar.

– Entendo.

– Pareceu uma boa ideia acompanhá-lo – disse Kelly. – Caso contrário, você ainda teria feito tudo sozinho. E teria ficado com os documentos. Como você mesmo disse, se a PS o pegasse com os documentos seria o nosso fim. Por isso juntei-me a você. Assim que me deu os documentos, eu os coloquei num lugar bem seguro. – Ela sorriu um pouco. – Ninguém além de mim os encontrará. Sinto muito.

– Jennings, você pode vir conosco – disse Rethrick. – Pode trabalhar para nós para sempre, se quiser. Pode conseguir o que quiser. Qualquer coisa, exceto...

– Exceto que outra pessoa dirija a Empresa além de você.

– Isso mesmo. A Empresa é antiga, Jennings. Mais velha que eu. Ela não surgiu comigo. Pode-se dizer que foi... *herdada*. Eu assumi o fardo. O trabalho de administrá-la, de fazê-la crescer, levá-la rumo ao dia. Ao dia da revolução, como você diz...

...Meu avô fundou a Rethrick no século 20. Ela sempre ficou na família. E sempre ficará. Algum dia, quando Kelly se casar, haverá um herdeiro para levá-la adiante depois de mim. Então isso está resolvido. A Empresa foi fundada no Maine, numa pequena cidade da Nova Inglaterra. Meu avô era um humilde cidadão da Nova Inglaterra, simples, honesto, entusiasmado e independente. Tinha uma pequena oficina de reparos, por assim dizer, um cantinho com ferramentas para consertos. E muito talento...

...Quando viu o governo e as grandes empresas fechando o cerco para todos, ele foi para o subterrâneo. A Construtora Rethrick desapareceu do mapa. O governo levou um bom tempo para organizar o Maine, mais do que a maior parte dos estados. Quando o resto do mundo havia sido dividido entre cartéis internacionais e estados mundiais, lá estava a Nova Inglaterra, ainda viva. Ainda livre. E lá estavam meu avô e a Construtora Rethrick...

...Ele trouxe alguns homens, técnicos, médicos, advogados, pequenos jornalistas de semanários do Meio-Oeste. A Empresa cresceu. Vieram as armas, as armas e o conhecimento. O pinçador do tempo e o espelho! As Instalações foram construídas, em segredo, a grande custo, num longo período de tempo. As Instalações são grandes. Grandes e profundas. Têm muito mais pisos no subsolo além dos que você viu. *Ele* viu, seu alter ego. Existe muita energia ali. Energia e homens que desapareceram, expurgados pelo mundo afora, na verdade. Nós os vimos primeiro, nós os aproveitamos ao máximo...

...Um dia, Jennings, nós vamos emergir. Sabe, uma situação como esta não pode continuar. As pessoas não podem viver assim, jogadas de um lado para o outro por forças políticas e econômicas. Multidões sendo manobradas de acordo com as necessidades de um governo ou de um cartel. Haverá resistência, um dia. Uma resistência forte e desesperada. Não por parte de gente importante, poderosa, mas de pessoas simples. Motoristas de ônibus, quitandeiros, operadores de vidtela, garçons. E é aí que entra a Empresa...

...Forneceremos o apoio de que elas necessitarão. As ferramentas, as armas, o conhecimento. Vamos "vender" a elas nossos serviços. Poderão nos contratar. E precisarão de alguém a quem possam contratar. Terão muito que enfrentar. Muita riqueza e poder.

Houve silêncio.

– Está entendendo? – disse Kelly. – É por isso que não pode interferir. A Empresa é do meu pai. Sempre foi dessa forma. O povo do Maine é assim. Faz parte da família. A Empresa pertence à família. É nossa.

– Venha conosco – disse Rethrick. – Como técnico. Sinto muito, mas essa é nossa mentalidade limitada. Talvez seja tacanha, mas sempre fizemos as coisas desse jeito.

Jennings não disse nada. Caminhou lentamente pelo escritório com as mãos no bolso. Após algum tempo, ergueu a persiana e olhou para a rua muito abaixo.

Lá embaixo, como um inseto preto e minúsculo, passava um cruzador da Segurança, fluindo em silêncio no trânsito que seguia nos dois sentidos da rua. Ele se juntou a outro cruzador, já estacionado. Quatro homens da PS estavam parados ao lado do veículo, de uniforme verde, e enquanto ele observava, outros vieram do outro lado da rua. Baixou a persiana.

– É uma decisão difícil – disse ele.

– Se você sair, eles o pegarão – disse Rethrick. – Estão por aí o tempo todo. Você não tem saída.

– Por favor... – disse Kelly, olhando para ele.

Jennings sorriu de repente.

– Então não vai me contar onde estão os documentos. Onde os guardou.

Kelly balançou a cabeça.

– Espere. – Jennings pôs a mão no bolso. Tirou um pequeno pedaço de papel. Desdobrou-o devagar, examinando. – Por acaso depositou-os no Banco Nacional Dunne, por volta das três da tarde de ontem? Para mantê-los em segurança em sua caixa forte?

Kelly suspirou. Pegou sua bolsa e a abriu. Jennings pôs o papel, o comprovante de depósito, de volta no bolso.

– Quer dizer que até isso *ele* viu – murmurou. – A última das bugigangas. Eu estava me perguntando para que serviria.

Kelly vasculhou a bolsa, nervosa, com uma expressão de desespero. Tirou um pedaço de papel e acenou com ele.

– Está enganado! Aqui está! Ainda está aqui. – Ela relaxou um pouco. – Não sei o que *você* tem aí, mas este é...

Algo se moveu no ar acima deles. Uma área escura se formou, um círculo. O espaço se agitou. Kelly e Rethrick olharam para cima, paralisados.

Do círculo escuro surgiu uma garra, uma garra de metal, ligada a uma haste reluzente. A garra desceu, oscilando num arco amplo. A garra arrancou o papel dos dedos de Kelly. Hesitou por um segundo. Depois se recolheu de volta, desaparecendo com o papel, para dentro do círculo preto. Em seguida, a garra, a haste e o círculo sumiram silenciosamente. Não havia mais nada ali. Absolutamente nada.

– Para onde... para onde ele foi? – sussurrou Kelly. – O papel. O que era aquilo?

Jennings bateu no bolso.

– Está seguro. Está seguro, bem aqui. Eu me perguntava quando *ele* iria aparecer. Estava começando a ficar preocupado.

Rethrick e a filha ficaram imóveis, silenciados pelo choque.

– Não fiquem tão tristes – disse Jennings, cruzando os braços. – O papel está seguro... e a Empresa também. Quando chegar a hora ela estará lá, forte e muito satisfeita em promover a revolução. Cuidaremos disso, todos nós, você, eu e sua filha.

Ele olhou de relance para Kelly, com brilho nos olhos.

– Nós três. E talvez, a essa altura, haja até *novos* membros na família!

O homem dourado

O homem dourado (*The golden man*), conto que inspirou o filme **O Vidente** (*Next*), foi publicado pela primeira vez em 1954. O roteiro do longa-metragem, lançado em 2007 e dirigido pelo neozelandês Lee Tamahori (*007 – Um Novo Dia Para Morrer, No Limite*), foi adaptado por Gary Goldman (*O Vingador do Futuro* [1990], *Os Aventureiros do Bairro Proibido*), Jonathan Hensleigh (*Jumanji, Armageddon*) e Paul Bernbaum (*Hollywoodland – Bastidores da Fama*). Nicolas Cage, no papel-título, e Julianne Moore, fazem parte do elenco.

– É sempre quente assim? – perguntou o vendedor. Ele se dirigia a todos que estavam no balcão e nas cabines surradas perto da parede. Era um homem gordo de meia-idade, de sorriso simpático, terno cinza amarrotado, camisa branca manchada de suor, gravata borboleta caída e chapéu panamá.
– Só no verão – respondeu a garçonete.
Os outros não lhe deram atenção. O casal de adolescentes numa das cabines, que se encarava com olhar fixo e penetrante. Dois operários, mangas arregaçadas, braços morenos e peludos, tomando sopa de feijão com pães. Um fazendeiro magro e enrugado. Um empresário idoso com terno de sarja azul, colete e relógio de bolso. Um taxista moreno com cara de rato, tomando café. Uma mulher exausta que entrara para descansar os pés e encostar seus pacotes.
O vendedor pegou um maço de cigarros. Olhou com curiosidade para a lanchonete encardida, acendeu um cigarro, apoiou os braços no balcão e disse ao homem a seu lado:
– Qual é o nome desta cidade?
O homem resmungou:
– Walnut Creek.
O vendedor bebericou sua Coca por alguns instantes, com o cigarro pendendo entre dedos brancos e rechonchudos. Logo pôs a mão no paletó e tirou uma carteira de couro. Ficou remexendo

em cartões e papéis por um longo tempo, bilhetes, canhotos de passagens, quinquilharias, fragmentos desbotados... e finalmente uma fotografia.

Ele sorriu para a foto, depois começou a dar risadinhas, um som rouco e úmido.

– Veja isto – disse ao homem a seu lado.

O homem continuou lendo o jornal.

– Ei, veja isto. – O vendedor cutucou o homem com o cotovelo e empurrou a fotografia para ele. – O que acha disso?

Incomodado, o homem olhou de relance para a foto. Era de uma mulher nua, da cintura para cima. Por volta dos 35 anos. O rosto virado. Corpo branco e flácido. Com oito seios.

– Já viu algo assim? – o vendedor deu uma risadinha, os olhinhos vermelhos piscando. Deu sorrisos maliciosos e, mais uma vez, cutucou o homem.

– Já vi isso antes. – Enojado, o homem voltou a ler o jornal.

O vendedor notou que o fazendeiro velho e magro estava olhando para a foto. Passou-a para ele com alegria.

– O que acha disso, tio? Coisa boa, hein?

O fazendeiro examinou a foto com ar solene. Virou-a, analisou a parte de trás, amassada, olhou a frente mais uma vez e depois jogou-a de volta para o vendedor. A foto deslizou no balcão, girou algumas vezes e caiu no chão, virada para cima.

O vendedor pegou a foto e a limpou. Com cuidado, quase com carinho, guardou-a na carteira. Os olhos da garçonete tremeram quando ela deu uma espiada.

– Legal à beça – observou o vendedor, com uma piscadela. – Não acha?

A garçonete deu de ombros, indiferente.

– Não sei. Vi muitas lá em Denver. Uma colônia inteira.

– É onde esta foi tirada. No campo da ACD de Denver.

– Ainda tem alguma viva? – perguntou o fazendeiro.

O vendedor deu uma risada rouca.

– Está de brincadeira? – Fez um gesto curto e preciso com a mão. – Não mais.

Todos prestavam atenção. Até mesmo os estudantes na cabine soltaram as mãos um do outro e se endireitaram no banco, olhos arregalados de fascinação.

– Vi um tipo engraçado perto de San Diego – disse o fazendeiro. – Ano passado, faz um tempo. Tinha asas como de morcego. Com pele, não penas. Asas de pele e osso.

O taxista com olhos de rato entrou na conversa.

– Isso não é nada. Tinha um de duas cabeças em Detroit. Vi numa exposição.

– Estava vivo? – perguntou a garçonete.

– Não. Já tinha sido sacrificado.

– Na aula de sociologia – o estudante se manifestou –, vimos vídeos de um monte deles. O de asas lá do sul, o cabeçudo que encontraram na Alemanha, um horrível com uns cones, parecendo um inseto. E...

– Os piores de todos – afirmou o empresário idoso – são aqueles ingleses. Que se escondiam nas minas de carvão. Os que só foram encontrados no ano passado. – Balançou a cabeça. – Quarenta anos, lá embaixo, nas minas, procriando e se desenvolvendo. Quase cem deles. Sobreviventes de um grupo que foi para o subterrâneo durante a guerra.

– Acabaram de encontrar um tipo novo na Suécia – disse a garçonete. – Eu estava lendo a respeito. Controla a mente a distância, dizem. Só alguns. A ACD chegou lá rapidinho.

– É uma variação do tipo da Nova Zelândia – disse um dos operários. – Esse lia a mente.

– Ler e controlar são coisas diferentes – disse o empresário. – Quando ouço coisas assim, fico muito feliz que a ACD exista.

– Teve um tipo que encontraram logo depois da Guerra – disse o fazendeiro. – Na Sibéria. Tinha a habilidade de controlar objetos. Habilidade psicocinética. A ACD soviética o capturou de imediato. Ninguém mais se lembra disso.

– Eu me lembro – disse o empresário. – Eu era garoto na época. Lembro porque foi o primeiro desviante de que ouvi falar. Meu pai me chamou na sala e contou para mim e meus irmãos. Ainda estávamos construindo a casa. Isso foi no tempo em que a ACD inspecionava todo mundo e carimbava seus braços. – Ele ergueu o pulso magro e nodoso. – Fui carimbado aqui, 60 anos atrás.

– Agora só fazem a inspeção de nascimento – disse a garçonete, e estremeceu. – Tinha um em San Francisco este mês. Primeiro em mais de um ano. Pensaram que tinha acabado por aqui.

– Tem diminuído – disse o taxista. – Frisco não foi muito afetada. Não como alguns lugares. Não como Detroit.

– Detroit ainda tem dez ou quinze por ano – disse o colegial. – Todos por ali. Ainda restam muitos focos. As pessoas entram, apesar dos avisos automáticos.

– De que tipo era esse? – perguntou o vendedor. – O que encontraram em San Francisco.

A garçonete gesticulou.

– Um tipo comum. O que não tem os dedos dos pés. Curvados. Olhos grandes.

– O tipo noturno – disse o vendedor.

– A mãe o escondera. Dizem que tinha 3 anos. Ela convenceu o médico a forjar o atestado da ACD. Velho amigo da família.

O vendedor terminara a Coca. Ficou brincando com os cigarros, ouvindo o burburinho da conversa que ele iniciara. O estudante se inclinava com empolgação na direção da garota à sua frente, impressionando-a com seu acúmulo de conhecimento. O fazendeiro magro e o empresário estavam próximos, relembrando os velhos tempos, os últimos anos da Guerra, antes do primeiro Plano de Reconstrução de Dez Anos. O taxista e os dois operários trocavam casos sobre suas próprias experiências.

O vendedor chamou a atenção da garçonete.

– Acho – disse, pensativo – que o de Frisco causou um alvoroço. Algo assim acontecendo tão perto.

– É – murmurou a garçonete.

– Este lado da Baía não chegou a ser afetado – continuou o vendedor. – Nunca encontram nenhum por aqui.

– Não. – A garçonete fez um movimento abrupto. – Nenhum nesta área. Nunca. – Recolheu pratos sujos do balcão e se dirigiu para os fundos.

– Nunca? – perguntou o vendedor, surpreso. – Nunca tiveram nenhum desviante deste lado da Baía?

– Não. Nenhum. – Ela desapareceu nos fundos, onde estava o chapeiro, diante do fogão, avental branco e pulsos tatuados. A voz dela estava um pouco alta demais, um pouco áspera e estridente demais. Fez com que o fazendeiro parasse de repente para olhar.

O silêncio baixou feito uma cortina. Todos os sons foram interrompidos de repente. Todos ficaram olhando para a própria comida, subitamente tensos e apreensivos.

– Nenhum por aqui – disse o taxista, alto e em bom tom, a ninguém em particular. – Nenhum, jamais.

– Claro – concordou o vendedor, cordial. – Eu só estava...

– Isso tem que ficar muito claro – disse um dos operários.

O vendedor apertou os olhos.

– Claro, amigo. Claro. – Remexeu nos bolsos com nervosismo. Duas moedas, uma de vinte e cinco e outra de dez centavos, tilintaram no chão, e ele se apressou para catá-las. – Não quis ofender.

Por um momento, ficaram em silêncio. Então o estudante se manifestou, ao notar que ninguém estava dizendo nada.

– Fiquei sabendo de uma coisa – começou, ansioso, em tom imponente. – Alguém disse que viu algo lá perto da fazenda de Johnson que parecia ser um daqueles...

– *Cale-se* – interrompeu o empresário, sem virar a cabeça.

Ruborizado, o garoto afundou no banco. Sua voz estremeceu e sumiu. Ele baixou o olhar para as mãos rapidamente e engoliu em seco com tristeza.

O vendedor pagou à garçonete pela Coca.

— Qual é a estrada mais rápida para Frisco? – começou. Mas a garçonete já virara as costas.

As pessoas ao balcão estavam concentradas na comida. Ninguém ergueu a cabeça. Comiam num silêncio gelado. Rostos hostis, contrariados, voltados para a comida.

O vendedor pegou a pasta abarrotada, empurrou a porta de tela e saiu à luz ofuscante. Seguiu até o seu Buick 1978 surrado, estacionado a alguns metros. Um guarda de trânsito de camisa azul estava parado à sombra de um toldo, numa conversa lânguida com uma jovem de vestido de seda amarelo, grudado ao corpo esbelto.

O vendedor parou por um instante antes de entrar no carro. Fez um gesto para chamar o policial.

— Diga, conhece bem a cidade?

O policial encarou o terno cinza e amarrotado, a gravata borboleta e a camisa manchada de suor do vendedor. A placa de outro Estado.

— O que você quer?

— Estou procurando a fazenda do senhor Johnson – disse o vendedor. – Vim falar com ele sobre uma ação judicial. – Caminhou na direção do policial, com um pequeno cartão branco entre os dedos. – Sou o advogado dele, da Associação de Nova York. Pode me dizer como chegar lá? Não passo por aqui há alguns anos.

Nat Johnson olhou para o céu do meio-dia e viu que estava bom. Estava largado no degrau de baixo da varanda, cachimbo entre os dentes amarelados, um homem magro e forte, de camisa xadrez vermelha e calça de brim, mãos poderosas, cabelo cinza-chumbo que ainda era cheio, apesar dos 65 anos de vida ativa.

Ele observava a brincadeira dos filhos. Jean passou correndo e rindo diante ele, o peito ofegante sob o moletom, cabelo preto esvoaçando para trás. Ela tinha 16 anos, olhos brilhantes, pernas fortes e retas, corpo jovem e esbelto levemente curvado pelo peso das duas ferraduras. Dave vinha correndo atrás, 14 anos, dentes brancos e cabelos pretos, garoto bonito, um filho de se orgulhar. Dave alcançou a irmã, passou por ela e chegou à estaca. Ficou esperando, pernas abertas, mãos nos quadris, carregando duas ferraduras com facilidade. Arfando, Jean correu na direção dele.

– Vai! – gritou Dave. – Você lança primeiro. Estou esperando.
– Para você derrubar e deixar mais longe?
– Para eu derrubar e deixar mais perto.

Jean atirou uma ferradura e segurou a outra com as duas mãos, olhos na estaca. O corpo ágil se curvou, uma perna deslizou para trás, a coluna arqueada. Mirou com cuidado, fechou um olho e lançou a ferradura com destreza. Com um clangor, à ferradura acertou a estaca, girou brevemente em torno dela, depois saiu e rolou para o lado. Uma nuvem de poeira subiu.

– Nada mal – admitiu Nat Johnson, sentado no degrau. – Mas foi com muita força. Vai devagar. – Ele encheu o peito com orgulho, enquanto a garota, com seu corpo encantador, mirou e lançou mais uma vez. Dois jovens fortes, belos, prontos para se tornarem adultos. Brincando juntos no sol forte.

E havia Cris.

Cris estava ao lado da varanda, braços cruzados. Não participava. Apenas assistia. Estava ali desde que Dave e Jean começaram a brincar, com a mesma expressão meio atenta, meio distante no rosto bem desenhado. Como se olhasse através deles, além dos dois. Além do campo, do celeiro, do leito do riacho, das fileiras de cedros.

– Venha, Cris! – gritou Jean, enquanto ela e Dave atravessavam o campo para recolher as ferraduras. – Não quer jogar?

Não, Cris não queria jogar. Nunca jogava. Ficava à parte, num mundo próprio, um mundo em que nenhum deles podia entrar. Nunca participava de nada, jogos, tarefas ou atividades em família. Estava sempre sozinho. Distante, isolado, indiferente. Vendo além de tudo e de todos – isto é, até que, de repente, algo desse um estalo e ele entrasse em sintonia por um momento e entrasse no mundo deles brevemente.

Nat Johnson bateu o cachimbo contra o degrau. Encheu-o novamente com o fumo da bolsa de couro, de olho no filho mais velho. Cris estava agora voltando à vida. Seguindo para o campo. Andava devagar, braços cruzados com calma, como se tivesse, por um instante, passado de seu próprio mundo para o deles. Jean não o viu; estava de costas e se preparava para lançar.

– Ei – disse Dave, surpreso. – Cris veio.

Cris foi até a irmã, parou e estendeu a mão. O porte cheio de dignidade, calmo e impassível. Incerta, Jean deu-lhe uma das ferraduras.

– Quer isso? Quer jogar?

Cris não disse nada. Arqueou-se levemente, formando uma curva suave com o corpo incrivelmente gracioso, depois moveu o braço num borrão veloz. A ferradura voou, acertou a estaca e girou em torno dela vertiginosamente. Ponto máximo.

Dave ficou sentido.

– Que droga.

– Cris – reprovou Jean. – Você não joga limpo.

Não, Cris não jogava limpo. Assistira por meia hora, depois entrara e lançara uma vez. Um arremesso perfeito, a pontuação máxima.

– Ele nunca erra – reclamou Dave.

Cris ficou parado, o rosto inexpressivo. Uma estátua de ouro ao sol do meio-dia. Cabelos e pele dourados, uma penugem clara nos braços e pernas à mostra...

Ele se enrijeceu de modo abrupto. Nat endireitou-se, assustado.

– O que foi? – gritou.

Cris virou-se num círculo rápido, o corpo magnífico em alerta.

– Cris! – chamou Jean. – O quê...

Cris disparou. Como um raio de energia liberado, correu pelo campo, pulou a cerca, entrou no celeiro e saiu do outro lado. O vulto veloz parecia deslizar sobre a grama seca à medida que descia o leito vazio do rio, entre os cedros. Um breve clarão dourado – e ele não estava mais visível. Desapareceu. Não se ouvia som. Não havia movimento. Ele se fundira completamente à paisagem.

– O que foi desta vez? – perguntou Jean, exausta. Foi até o pai e largou o corpo na sombra. O suor brilhava no pescoço macio e no lábio superior. O moletom estava manchado e úmido. – O que ele viu?

– Estava indo atrás de algo – afirmou Dave, aproximando-se.

Nat balbuciou:

– Talvez. Não há como saber.

– Melhor dizer à mamãe para não colocar o prato dele – disse Jean. – Ele provavelmente não vai voltar.

A raiva e a impotência tomaram conta de Nat Johnson. Não, ele não ia voltar. Não para o jantar e provavelmente não no dia seguinte – ou no outro. Ninguém sabia por quanto tempo desapareceria. Nem onde estaria. Nem por quê. Sozinho em algum lugar.

– Se adiantasse alguma coisa – começou Nat –, eu os mandava atrás dele. Mas não tem...

Ele parou de falar. Um carro vinha pela estrada de terra, na direção da casa. Um Buick velho, surrado e empoeirado. Ao volante estava um homem gorducho de rosto vermelho e terno cinza, que acenava animadamente para eles à medida que o carro parava, ruidoso, até o motor ser desligado.

– Tarde – o homem acenou com a cabeça ao descer do carro. Tocou o chapéu com alegria. Via-se que era um homem de meia-idade, cordial, e suava muito enquanto caminhava pelo solo árido em direção à varanda. – Talvez vocês possam me ajudar.

– O que você quer? – Nat Johnson perguntou com a voz rouca. Estava assustado. Olhou para o leito do riacho com o rabo do olho, rezando em silêncio. Deus, que ele *fique* longe. A respiração de Jean estava entrecortada e acelerada. Estava apavorada. Dave estava inexpressivo, mas o rosto perdera toda a cor.

— Quem é você? – perguntou Nat.

— Meu nome é Baines. George Baines. – O homem estendeu a mão, mas Johnson ignorou. – Talvez tenha ouvido falar de mim. Sou o dono da Corporação de Desenvolvimento de Pacífica. Construímos todas aquelas casinhas à prova de bomba aqui perto da cidade. Aquelas redondinhas que você vê quando vem de Lafayette pela rodovia principal.

— O que você quer? – Com esforço, Johnson se controlou para manter as mãos firmes. Nunca ouvira falar no homem, embora tivesse notado o complexo habitacional. Não tinha como não perceber, um grande formigueiro, um amontoado de caixas de remédio em plena rodovia. Baines parecia o tipo de homem que possuiria algo assim. Mas o que ele queria ali?

— Comprei algumas terras por aqui – explicou Baines. Remexia num maço de papéis dobrados. – Esta é a escritura, mas não encontro o diacho do terreno. – Deu um sorriso simpático. – Sei que é por aqui, em algum lugar, deste lado da rodovia estadual. De acordo com o escrivão do Cartório do Condado, uns dois quilômetros do lado de cá daquela colina ali. Mas sou um horror com mapas.

— Não fica por aqui – interrompeu Dave. – Por aqui só tem fazendas. Nada à venda.

— É uma fazenda, filho – disse Baines em tom cordial. – Comprei pra mim e pra patroa. Pra gente sossegar. – Torceu o nariz chato. – Não entenda mal... Não vou construir nenhum conjunto residencial por aqui. É só para mim mesmo. Uma boa casa de fazenda, 20 acres, um poço e alguns carvalhos...

— Deixe-me ver a escritura – Johnson pegou o maço de papéis e, enquanto Baines apertava os olhos, perplexo, folheou-o rapidamente. Sua expressão se enrijeceu e ele devolveu o documento. – O que você está tramando? A escritura é de um lote a cem quilômetros daqui.

— Cem quilômetros! – Baines ficou pasmo. – Sem brincadeira? Mas o escrivão me disse que...

Johnson estava de pé. Ficou mais alto que o homem gordo. Estava em perfeita forma física – e desconfiado à beça.

– Dane-se o escrivão. Volte para o seu carro e vá embora daqui. Não sei o que está procurando, ou para que veio, mas quero que saia das minhas terras.

Algo cintilou no punho sólido de Johnson. Um tubo de metal que brilhava de modo sinistro à luz do meio-dia. Baines o viu e engoliu em seco.

– Não quis ofender, senhor. – Retirou-se, nervoso. – Vocês são muito sensíveis mesmo. Tenha calma, por favor.

Johnson não disse nada. Apertou o tubo-chicote com mais força e esperou o gordo sair.

Mas Baines permaneceu.

– Olha, colega. Dirigi neste forno por cinco horas, procurando meu maldito terreno. Alguma objeção se eu precisar fazer uso de suas... instalações?

Johnson encarou-o com suspeita. A desconfiança foi se transformando em repulsa. Deu de ombros.

– Dave, mostre a ele onde fica o banheiro.

– Obrigado. – Baines abriu um sorriso de gratidão. – E se não for muito incômodo, talvez um copo de água. Posso lhe pagar com prazer. – Deu uma risadinha maliciosa. – Nunca deixe a gente da cidade levar a melhor, né?

– Deus. – Johnson virou o rosto com repugnância enquanto o gordo se arrastava atrás dos filhos para dentro da casa.

– Papai – sussurrou Jean. Assim que Baines entrou, ela subiu às pressas à varanda, olhos arregalados de medo. – Papai, você acha que ele...

Johnson envolveu-a com o braço.

– Aguente firme. Ele vai embora logo.

Os olhos escuros da garota cintilaram com um terror tácito.

– Toda vez que o homem da empresa de água, o cobrador de impostos, um mendigo, crianças, *qualquer pessoa,* vem aqui, sinto uma pontada de dor horrível... aqui. – Ela apertou o coração, colocando a mão sobre os seios. – É assim há 13 anos. Por quanto tempo vamos continuar desse jeito? *Quanto tempo?*

O homem chamado Baines saiu agradecido do banheiro. Dave Johnson estava perto da porta em silêncio, o corpo rígido, o rosto jovem inexpressivo.

– Obrigado, filho – Baines suspirou. – E onde posso pegar um copo de água gelada? – Estalou os lábios grossos com avidez. – Depois de dirigir por esse fim de mundo, procurando o terreno baldio que um corretor empurrou na empolgação...

Dave foi à cozinha.

– Mãe, este homem quer beber água. O papai disse que podia.

Dave estava de costas. Baines olhou a mãe de relance, cabelo grisalho, pequena, indo na direção da pia com um copo, rosto murcho e cansado, sem expressão.

Então Baines seguiu às pressas por um corredor. Passou por um quarto, empurrou uma porta, viu-se diante de um armário. Virou-se e correu de volta, foi à sala de estar, entrou na sala de jantar, e, depois, outro quarto. Num breve instante ele havia passado pela casa toda.

Espiou por uma janela. O quintal. Restos de um caminhão enferrujado. A entrada de um abrigo antibombas subterrâneo. Latas. Galinhas ciscando. Um cachorro, dormindo sob um galpão. Pneus velhos.

Encontrou uma porta que dava para fora da casa. Sem fazer nenhum som, abriu a porta e saiu. Não havia ninguém à vista. Havia o celeiro, uma estrutura antiga e inclinada de madeira. Cedros mais além, uma espécie de riacho. O que um dia fora uma latrina.

Baines andou com cautela pela lateral da casa. Tinha talvez 30 segundos. Deixara a porta do banheiro fechada. O garoto iria pensar que ele voltara para lá. Baines olhou para dentro da casa por uma janela. Um armário grande, cheio de roupas velhas, caixas e pilhas de revistas.

Virou-se e começou a voltar. Chegou à quina da casa e começou a passar para o outro lado.

A figura esguia de Nat Johnson cresceu e barrou sua passagem.

– Está bem, Baines. Você pediu.

Um clarão cor-de-rosa se abriu. Bloqueou a luz do sol numa única explosão ofuscante. Baines pulou para trás e agarrou o bolso do paletó. A extremidade do clarão o atingiu e ele quase caiu, abalado pela força. Seu terno-escudo, à prova de raios, absorveu a energia e a descarregou, mas a força fez seus dentes chacoalharem e por um momento seu corpo pulou aos trancos, como uma marionete. A escuridão o envolveu. Ele sentiu a malha do escudo se aquecer enquanto sugava a energia e lutava para controlá-la.

Sacou seu próprio tubo – e Johnson não tinha escudo.

– Você está preso – murmurou Baines, implacável. – Baixe o tubo e levante as mãos. E chame sua família. – Fez um movimento com o tubo. – Vai, Johnson. Rapidinho.

O tubo-chicote tremeu e escorregou pelos dedos de Johnson.

– Ainda está vivo. – Um horror crescente surgiu em seu rosto. – Então você deve ser...

Dave e Jean apareceram.

– *Papai!*

– Venham aqui – ordenou Baines. – Onde está sua mãe?

Dave apontou com a cabeça, entorpecido.

– Lá dentro.

– Chame-a e traga-a aqui.

– Você é da ACD – sussurrou Nat Johnson.

Baines não respondeu. Estava fazendo algo com o pescoço, puxando a carne flácida. O fio de um microfone de contato cintilou quando ele o puxou da dobra do queixo duplo e colocou no bolso. Da estrada de terra veio o som de motores, roncos suaves que ficaram rapidamente mais altos. Duas gotas de metal preto chegaram deslizando e estacionaram ao lado da casa. Homens saíram em grupos, vestindo o verde-acinzentado da Polícia Civil do Governo. No céu, enxames de pontos pretos desciam, nuvens de moscas repugnantes encobriram o sol, derramando homens e equipamentos. Os homens planaram lentamente até o solo.

– Ele não está aqui – disse Baines, quando o primeiro homem se aproximou. – Fugiu. Informe Wisdom lá no laboratório.

– Bloqueamos este trecho.

Baines virou-se para Nat Johnson, que estava em silêncio, atordoado, sem entender nada, entre os filhos.

– Como ele sabia que estávamos vindo? – perguntou Baines.

– Não sei – murmurou Johnson. – Ele simplesmente... sabia.

– É telepata?

– Não sei.

Baines deu de ombros.

– Logo saberemos. Um grampo foi instalado lá fora, por todos os lados. Ele não pode passar, não importa o que seja capaz de fazer. A menos que consiga se desmaterializar.

– O que vão fazer com ele quando... se o pegarem? – perguntou Jean com a voz rouca.

– Estudá-lo.

– E depois matá-lo?

– Isso depende da avaliação do laboratório. Se me derem mais material para análise, eu poderia fazer uma previsão melhor.

– Não podemos lhe contar nada. Não sabemos mais nada. – A garota ergueu a voz em desespero. – Ele não fala.

Baines deu um sobressalto.

– *O quê?*

– Ele não fala. Nunca falou com a gente. Jamais.

– Quantos anos tem?

– Dezoito.

– Nenhuma comunicação. – Baines transpirava. – Em 18 anos não houve nenhuma ponte semântica entre vocês? Ele tem *alguma* forma de contato? Sinais? Códigos?

– Ele... nos ignora. Come aqui, fica com a gente. Às vezes brinca quando brincamos. Ou senta com a gente. Desaparece por dias a fio. Nunca conseguimos descobrir o que faz... ou onde está. Dorme no celeiro... sozinho.

– Ele é mesmo dourado?

– Sim. Pele, olhos, cabelo, unhas. Tudo.

– E é grande? Bem formado?

A garota demorou um momento para responder. Uma estranha emoção perturbou as feições contraídas, um brilho momentâneo.

– É incrivelmente belo. Um deus que desceu à terra. – Contorceu os lábios. – Vocês não vão encontrá-lo. Ele consegue fazer coisas. Coisas que vocês estão muito longe de compreender. Poderes muito além do seu limitado...

– Acha que não o encontraremos? – Baines franziu o cenho. – Novas equipes estão pousando o tempo todo. Você nunca viu um grampo da Agência em funcionamento. Tivemos 60 anos para eliminar todos os bugs. Se ele escapar, será a primeira vez...

Baines parou de súbito. Três homens se aproximavam rapidamente da varanda. Dois policiais civis vestidos de verde e um terceiro homem entre eles. Um homem que se movia de modo silencioso, flexível, uma forma levemente luminosa, bem mais alto que os policiais.

– *Cris!* – gritou Jean.

– Nós o pegamos – disse um dos policiais.

Baines mexeu no tubo-chicote, apreensivo.

– Onde? Como?

– Ele se entregou – respondeu o policial, a voz cheia de assombro. – Veio a nós voluntariamente. Olhe para ele. É como uma estátua de metal. Como uma espécie de... deus.

A figura dourada parou por um instante ao lado de Jean. Depois se virou devagar, calmamente, para encarar Baines.

– Cris! – Jean gritou em tom agudo. – *Por que você voltou?*
O mesmo pensamento perturbava Baines. Colocou-o de lado, por ora.
– O jato está aí na frente? – perguntou logo.
– Pronto para partir – respondeu um dos PCs.
– Ótimo. – Baines passou por eles a passos largos, desceu os degraus e foi ao campo de terra. – Vamos. Quero que ele seja levado direto para o laboratório. – Por um momento, observou a figura grandiosa, imóvel e tranquila entre os dois Policiais Civis. Ao lado dele, eles pareciam ter encolhido e se tornado canhestros e repulsivos. Como anões... O que Jean havia dito? *Um deus que desceu* à *Terra.* Baines afastou-se, exasperado. – Rápido – murmurou com rispidez. – Esse pode ser complicado. Nunca nos deparamos com um assim antes. Não sabemos que diabos ele pode fazer.

A câmara estava vazia, exceto pelo vulto sentado. Quatro paredes, chão e teto sem nada. Uma luz branca e estável incidia de modo persistente sobre cada canto. No alto de uma parede passava uma fenda estreita, as aberturas por onde o interior da câmara era observado.
A figura sentada estava imóvel. Não se movera desde que as travas da câmara foram fechadas, desde que os trincos pesados foram passados pelo lado de fora e as fileiras de técnicos com expressões animadas tomaram suas posições diante das aberturas. Ele olhava para o chão, curvado para a frente, mãos unidas, rosto calmo, quase inexpressivo. Em quatro horas, não movera um músculo.
– E então? – disse Baines. – O que descobriram?
Wisdom resmungou, mal-humorado.
– Não muito. Se não o doparmos em quarenta e oito horas, prosseguiremos com a eutanásia. Não podemos correr riscos.

– Está pensando no tipo Tunis – disse Baines. Ele também estava. Haviam encontrado dez deles vivendo nas ruínas de uma cidade abandonada no norte da África. Seu método de sobrevivência era simples. Matavam e absorviam formas de vida, depois as imitavam e tomavam seu lugar. Eram chamados de *Camaleões*. Sessenta vidas foram perdidas até que o último fosse destruído. Sessenta especialistas de alto nível, homens altamente treinados pela ACD.

– Alguma pista? – perguntou Baines.

– Ele é diferente demais. Isso vai ser complicado. – Wisdom manuseava uma pilha de rolos de fita. – Este é o relatório completo, todo o material que extraímos de Johnson e família. Fizemos a lavagem psíquica neles, depois os deixamos voltar para casa. Dezoito anos e nenhuma ponte semântica. Ainda assim, ele parece totalmente desenvolvido. Maduro aos 13 anos, um ciclo de vida mais curto e mais rápido que o nosso. Mas por que a juba? Toda a penugem dourada? Como um monumento romano revestido de ouro.

– Já chegou o relatório da sala de análises? Tiraram uma imagem das ondas cerebrais, claro.

– O padrão foi completamente escaneado. Mas levam algum tempo para mapear. Estamos todos correndo feito loucos enquanto ele fica ali parado! – Wisdom bateu o dedo curto no vidro. – Nós o pegamos com muita facilidade. Ele não deve ser *grande* coisa, certo? Mas eu gostaria de saber o que é, antes de fazermos a eutanásia.

– Talvez devêssemos mantê-lo vivo até sabermos.

– Eutanásia em 48 horas – repetiu Wisdom, obstinado. – Sabendo ou não. Não gosto dele. Me dá arrepios.

Wisdom ficou mastigando um charuto com nervosismo, homem ruivo, robusto, de rosto carnudo e peito largo, olhos sagazes e frios afundados no rosto rígido. Ed Wisdom era o diretor da filial norte-americana da ACD. Neste exato momento, estava preocupado. Os olhos miúdos corriam de um lado para o outro, pontos cinza agitados e alarmados no rosto brutal e imponente.

– Você acha – disse Baines devagar – que é *este*?
– Sempre acho – disse Wisdom, impaciente. – Tenho que achar.
– Quero dizer...
– Sei o que quer dizer. – Wisdom andou de um lado para o outro entre as mesas do laboratório, os técnicos diante das bancadas, os equipamentos e o ruído dos computadores. Fitas rolando com zumbidos e conexões de pesquisa. – Essa coisa viveu 18 anos com a família e *eles* não a compreendem. *Eles* não sabem o que ela tem. Sabem o que faz, mas não sabem como.
– O que ela faz?
– Ela conhece as coisas.
– Que tipo de coisas?
Wisdom pegou seu tubo-chicote do cinto e atirou-o sobre uma mesa. – Tome.
– O quê?
– Pegue. – Wisdom fez um sinal, e o vidro de uma das aberturas deslizou poucos centímetros. – Atire nele.
Baines hesitou.
– Você disse 48 horas.
Praguejando, Wisdom pegou o tubo, mirou através da abertura diretamente nas costas da figura sentada e apertou o gatilho.
Um clarão cor-de-rosa ofuscante. Uma nuvem de energia floresceu no centro da câmara. Faiscou e depois se transformou em cinzas escuras.
– Meu Deus! – Baines suspirou. – Você...
E parou de falar. A figura não estava mais sentada. Quando Wisdom atirou, ela se movera num borrão veloz, para fora da explosão, até o canto da câmara. Agora retornava lentamente, rosto impassível, ainda absorto em pensamentos.
– Quinta vez – disse Wisdom, guardando o tubo. – Da última vez, Jamison e eu atiramos juntos. Erramos. Ele sabia exatamente quando os raios iam acertar. E onde.
Baines e Wisdom entreolharam-se. Estavam pensando a mesma coisa.

– Mas mesmo lendo mentes ele não saberia onde os raios iam acertar – disse Baines. – Quando, talvez. Mas não onde. Vocês sabiam onde os próprios tiros iam acertar?
– Os meus não – respondeu Wisdom, sem rodeios. – Atirei rápido, de modo quase aleatório. – Franziu a testa. – *Aleatório*. Teremos que testar isso. – Acenou para um grupo de técnicos. – Tragam uma equipe de construção aqui. Já! – Pegou papel e caneta e começou a rabiscar.

Enquanto a construção avançava, Baines encontrou a noiva no recinto em frente ao laboratório, o grande saguão central do prédio da ACD.
– Como está indo? – perguntou ela. Anita Ferris era alta e loira, de olhos azuis e aparência madura e bem cuidada. Uma mulher atraente e com ar competente perto dos 30 anos. Usava vestido e capa de folha de metal com duas listras na manga, uma vermelha e uma preta, o emblema da Classe A. Anita era a diretora da Agência de Semântica, coordenadora de alto escalão do governo. – Algo de interesse desta vez?
– Muito. – Baines levou-a do saguão até o recanto escuro do bar. Uma música suave tocava ao fundo, uma variedade de padrões cambiantes se formava com precisão matemática. Vultos indistintos se deslocavam com destreza pela escuridão, de mesa em mesa. Garçons robôs silenciosos e eficientes.
Enquanto Anita bebericava seu Tom Collins, Baines informava o que haviam descoberto.
– Quais são as chances – perguntou Anita devagar – de ele ter construído algum tipo de cone de desvio? Havia um tipo que distorcia o ambiente por meio de esforço mental direto. Sem instrumentos. Diretamente da mente à matéria.
– Psicocinética? – Baines tamborilava inquieto no tampo da mesa. – Duvido. A coisa tem a habilidade de prever, não de

controlar. Não pode deter os raios, mas pode, com absoluta certeza, sair do caminho.

– Ele salta entre as moléculas?

Baines não achou graça.

– Isso é sério. Lidamos com essas coisas há 60 anos, mais tempo que a soma das nossas idades. Oitenta e sete tipos de desviantes apareceram, verdadeiros mutantes que eram capazes de se reproduzir, não meras aberrações. Este é o octogésimo oitavo. Conseguimos lidar com cada um que apareceu. Mas este...

– Por que está tão preocupado com este?

– Primeiro, ele tem 18 anos. Isso em si é inacreditável. A família conseguiu escondê-lo por todo esse tempo.

– Aquelas mulheres de Denver eram mais velhas. Aquela com...

– Elas estavam num campo do governo. Alguém lá no alto estava brincando com a ideia de permitir sua procriação. Uma espécie de uso industrial. Evitamos a eutanásia por anos. Mas Cris Johnson permaneceu vivo *fora de nosso controle*. Aquelas coisas de Denver estavam sob nosso escrutínio constante.

– Talvez ele seja inofensivo. Vocês sempre supõem que um desviante é uma ameaça. Ele pode até ser benéfico. Alguém pensou que aquelas mulheres poderiam ser introduzidas. Talvez essa coisa tenha algo que pode trazer um avanço à raça.

– *Qual* raça? Não a raça humana. É a velha história da operação que foi um sucesso, mas o paciente morreu. Se introduzirmos um mutante para nos dar continuidade, serão esses mutantes, não nós, que herdarão a terra. Serão mutantes sobrevivendo para o seu próprio bem. Não pense por um instante que podemos pôr cadeados neles e esperar que nos sirvam. Se forem realmente superiores ao *homo sapiens*, sairão ganhando num jogo limpo. Para sobrevivermos, temos que usar cartas marcadas desde o início.

– Em outras palavras, saberemos quem é o *homo superior* quando ele surgir, por definição. Será aquele que não conseguiremos sacrificar.

– Essa é a questão – respondeu Baines. – Supor que existe um *homo superior*. Talvez exista apenas um *homo peculiar*. *Homo* com uma linhagem aperfeiçoada.

– O Neandertal provavelmente achou que o Cro-Magnon tinha apenas uma linhagem aperfeiçoada. Uma habilidade um pouco mais avançada de evocar símbolos e lapidar pedras. Pela sua descrição, esta coisa é mais radical do que um mero aperfeiçoamento.

– Esta coisa – disse Baines devagar – tem a habilidade de prever. Até agora, foi capaz de permanecer vivo. Tem sido capaz de lidar com as situações melhor do que você e eu seríamos. Por quanto tempo você acha que conseguiríamos sobreviver naquela câmara, com raios de energia lançados em nós? Num certo sentido, ele tem a habilidade máxima de sobrevivência. Se conseguir ser sempre preciso...

Um alto-falante soou na parede. "Baines, você está sendo chamado no laboratório. Saia já do bar e ande logo."

Baines empurrou a cadeira para trás e se levantou.

– Venha comigo. Você pode se interessar em ver o que Wisdom está tramando.

Um grupo de oficiais do alto escalão da ACD estava de pé num círculo, meia-idade, cabelos grisalhos, ouvindo um jovem magrelo, de camisa branca e mangas arregaçadas, que explicava um complexo cubo de metal e plástico que ocupava o centro da plataforma de observação. Do cubo saía um conjunto de tubos, trombas reluzentes que desapareciam num labirinto intrincado de fios.

– Este – dizia o jovem com entusiasmo – é o primeiro teste de verdade. Ele atira de modo aleatório, pelo menos o mais aleatório que podemos alcançar. Bolas pesadas são jogadas num fluxo de ar, depois liberadas para voltarem e cortarem relés. Podem cair em quase qualquer padrão. A coisa atira de acordo com o padrão delas. Cada queda produz uma nova configuração de tempo e posição. Dez tubos no total. Todos estarão em movimento constante.

– E *ninguém* sabe como vão atirar? – perguntou Anita.

– Ninguém. – Wisdom esfregou as mãos grosseiras. – A leitura da mente não o ajudará, não com essa coisa.

Anita passou para as aberturas de observação, enquanto o cubo era posicionado. Ela suspirou.

– É ele?

– O que há de errado? – perguntou Baines.

As bochechas de Anita estavam coradas.

– Nossa, eu esperava uma... *coisa*. Meu Deus, ele é lindo! Como uma estátua de ouro. Como uma deidade!

Baines riu.

– Ele tem 18 anos, Anita. Jovem demais para você.

A mulher ainda espiava pela abertura.

– Olhe para ele. Dezoito? Não acredito.

Cris Johnson estava sentado no centro da câmara, no chão. Uma postura de contemplação, cabeça curvada, braços cruzados, pernas sob o corpo. À luz branca e dura que vinha do alto o corpo poderoso brilhava e ondulava, uma figura reluzente de ouro felpudo.

– Bonito, né? – murmurou Wisdom. – Está bem. Podem começar.

– Vocês vão *matá-lo*? – perguntou Anita.

– Vamos tentar.

– Mas ele é... – ela parou, incerta. – Ele não é um monstro. Não é como os outros, aquelas coisas hediondas com duas cabeças, ou aqueles insetos. Ou aquelas coisas horríveis em Tunis.

– O que ele é, então? – perguntou Baines.

– Não sei, mas não podem simplesmente matá-lo. Isso é terrível!

O cubo ganhou vida com um clique. As bocas dos tubos deram um tranco, mudando de posição em silêncio. Três se recolheram, desaparecendo no corpo do cubo. Outras saíram. De modo rápido e eficiente, posicionaram-se, e, de modo abrupto, sem aviso, abriram fogo.

Uma explosão descomunal de energia espalhou-se, um padrão complexo que se alterava a cada momento, em ângulos diferentes, velocidades diferentes, um borrão desconcertante que disparava das aberturas para dentro da câmara.

A figura dourada se movia. Desviava para a frente e para trás, evitando com habilidade as explosões de energia que queimavam em torno dele por todos os lados. Nuvens de cinzas flutuavam e o encobriram. Ele estava perdido numa névoa de fogo crepitante.

– Parem! – gritou Anita. – Pelo amor de Deus, vocês vão destruí-lo!

A câmara era um inferno de energia. A figura desaparecera completamente. Wisdom esperou um momento, depois acenou para os técnicos que operavam o cubo. Eles tocaram botões de direcionamento e os tubos desaceleraram e pararam. Alguns afundaram dentro do cubo. Tudo ficou silencioso. Os mecanismos do cubo pararam de zumbir.

Cris Johnson ainda estava vivo. Emergiu das nuvens de cinza que baixavam, enegrecido e chamuscado, mas ileso. Desviara de todos os raios. Contorcera-se entre eles, um dançarino saltando sobre pontos brilhantes e destruidores de fogo cor-de-rosa. E sobrevivera.

– Não – murmurou Wisdom, abalado e carrancudo. – Não é telepata. Esses foram aleatórios. Sem padrão predefinido.

Os três se entreolharam, confusos e assustados. Anita tremia. O rosto estava pálido e os olhos azuis, arregalados.

– O quê, então? – sussurrou ela. – O que é? O que ele tem?

– É um bom adivinho – sugeriu Wisdom.

– Não está adivinhando – respondeu Baines. – Não se engane. Essa é a questão.

– Não, não está adivinhando. – Wisdom acenou lentamente com a cabeça. – Ele *sabia*. Previu cada tiro. Eu me pergunto... Ele *pode* errar? *Pode* cometer um erro?

– Nós o pegamos – observou Baines.

– Você disse que ele voltou por vontade própria. – Havia uma expressão estranha no rosto de Wisdom. – Ele voltou *depois* que o grampo foi acionado?

Baines teve um sobressalto.

– Sim, depois.

– Ele não conseguiria passar pelo grampo. Por isso voltou. – Wisdom deu um sorriso irônico. – O grampo deve ter sido perfeito, na verdade. Deveria ter sido.

– Se tivesse um único buraco – murmurou Baines –, ele saberia... teria atravessado.

Wisdom chamou um grupo de guardas armados.

– Tirem-no daqui. Para a estação de eutanásia.

Anita gritou.

– Wisdom, você não pode...

– Ele está muito à nossa frente. Não podemos competir com ele. – O olhar de Wisdom era sombrio. – Podemos apenas supor o que vai acontecer. Ele *sabe*. Para ele, só existe a certeza. Porém, não acho que isso o ajudará na eutanásia. A estação toda é inundada de forma simultânea. Gás instantâneo, liberado por toda parte. – Acenou com impaciência para os guardas. – Vão agora. Levem-no já. Não percam tempo.

– Podemos? – murmurou Baines, pensativo.

Os guardas se posicionaram diante das travas da câmara. Com cautela, o controle da torre retirou a trava. Os dois primeiros guardas entraram cuidadosamente, tubos-chicote engatilhados.

Cris estava de pé no centro da câmara. Estava de costas quando se aproximaram de modo furtivo. Por um momento, ele ficou em silêncio, completamente imóvel. Os guardas se espalharam à medida que outros foram entrando na câmara. Então...

Anita gritou. Wisdom praguejou. A figura dourada girou e pulou para a frente, num borrão lampejante de velocidade. Passou a fila tripla de guardas, atravessou a trava e foi para o corredor.

– Peguem-no! – gritou Baines.

Guardas corriam para todo lado. Clarões de energia iluminavam o corredor, enquanto a figura corria entre eles, rampa acima.

– Não adianta – disse Wisdom calmamente. – Não podemos atingi-lo. – Tocou um botão, depois outro. – Mas talvez isto ajude.

– O que... – começou Baines. Mas a figura saltitante correu bruscamente na direção dele, e desviou para o lado. Passou como um relâmpago. Corria sem esforço, o rosto inexpressivo, desviando e pulando enquanto os raios de energia queimavam à sua volta.

Por um instante o rosto dourado cresceu diante de Baines. Passou e desapareceu num corredor lateral. Guardas correram atrás dele, ajoelhando-se e atirando, gritando ordens, agitados. No interior do prédio, armas pesadas subiam com um estrondo. Travas deslizavam e as passagens para as saídas eram sistematicamente bloqueadas.

– Meu Deus – Baines suspirou, levantando-se. – Ele não faz outra coisa senão correr?

– Dei ordens – disse Wisdom – para que o prédio fosse isolado. Não há saída. Ninguém entra e ninguém sai. Ele está solto aqui dentro do prédio... mas não vai sair.

– Se esquecerem alguma saída, ele saberá – observou Anita, trêmula.

– Não deixaremos nenhuma saída aberta. Nós o pegamos uma vez e o faremos de novo.

Um robô mensageiro havia entrado. Apresentou uma mensagem de modo respeitoso a Wisdom.

– Da análise, senhor.

Wisdom abriu a fita.

– Agora saberemos como ele pensa. – Suas mãos tremiam. – Talvez possamos descobrir seu ponto fraco. Pode ser capaz de pensar mais rápido que nós, mas isso não significa que estamos vulneráveis. Ele apenas prevê o futuro... não pode mudá-lo. Se houver apenas a morte adiante, suas habilidades não vão...

Wisdom ficou em silêncio. Após um momento ele passou a fita a Baines.

– Estarei no bar – disse Wisdom. – Tomando uma bebida forte. – Seu rosto estava cinza-chumbo. – Só posso dizer que *espero que essa não seja a próxima raça*.

– Qual é a análise? – perguntou Anita impaciente, espiando acima dos ombros de Baines. – Como ele pensa?

– Não pensa – disse Baines, devolvendo a fita ao chefe. – Simplesmente não pensa. Praticamente não tem lobo frontal. Não é um ser humano... não usa símbolos. Não passa de um animal.

– Um animal – disse Wisdom. – Com uma única faculdade altamente desenvolvida. Não um homem superior. Nem é um homem.

Para todos os lados, nos corredores do prédio da ACD, guardas e equipamentos ressoavam. Policiais Civis entravam aos montes no prédio e se posicionavam ao lado dos guardas. Um por um, os corredores e salas eram inspecionados e lacrados. Cedo ou tarde a figura dourada de Cris Johnson seria localizada e encurralada.

– Sempre tivemos medo que aparecesse um mutante com poderes intelectuais superiores – disse Baines, refletindo. – Um desviante que seria para nós o que nós somos para os grandes primatas. Uma coisa com o crânio saliente, habilidade telepática, sistema semântico perfeito, capacidade extrema de simbolização e cálculo. O próximo passo em nossa caminhada. Um ser humano melhor.

– Ele age por reflexo – disse Anita, fascinada. Ela estava com a análise, sentada a uma das mesas, examinando com atenção. – Reflexo, como um leão. Um leão dourado. – Empurrou a fita de lado, com uma estranha expressão. – O deus leão.

– Uma fera – corrigiu Wisdom, mordaz. – Uma fera loira, você quer dizer.

– Ele corre rápido – disse Baines –, só isso. Sem instrumentos. Não constrói nada nem utiliza nada além de si mesmo. Só fica parado, esperando a melhor oportunidade, depois corre feito louco.

– Isso é pior que qualquer coisa que prevíamos – disse Wisdom. – O rosto carnudo estava cinza-chumbo. Os ombros caídos, como um velho, as mãos grosseiras trêmulas e hesitantes. – Ser substituído por um animal! Algo que corre e se esconde. Algo desprovido de linguagem! – exclamou ferozmente. – Por isso não conseguiam se comunicar com ele. Nós nos perguntávamos que tipo de sistema semântico possuía. Não possui nenhum! Tem a mesma habilidade de falar e pensar que a de um... cão.

– Isso significa que a inteligência perdeu – Baines prosseguiu com a voz áspera. – Somos os últimos de nossa linhagem, como o dinossauro. Levamos a inteligência aonde ela podia chegar. Além desse limite, talvez. Já chegamos ao ponto em que sabemos tanto, pensamos tanto, que não conseguimos agir.

– Homens que pensam – disse Anita. – Não homens que agem. Começou a ter um efeito paralisante. Essa coisa, porém...

– As faculdades dessa coisa funcionam melhor que as nossas jamais funcionaram. Podemos recordar experiências passadas, não esquecê-las, aprender com elas. Na melhor das hipóteses, podemos fazer suposições perspicazes sobre o futuro, a partir de nossa lembrança do que aconteceu no passado. Mas não podemos ter certeza. Temos que considerar as probabilidades. Cinzas. Não pretos e brancos. Estamos sempre fazendo suposições.

– Cris Johnson não está – acrescentou Anita.

– Ele pode ver adiante. Saber o que vai acontecer. Pode... pré-pensar. Chamemos assim. Pode ver o futuro. Provavelmente não o percebe como futuro.

– Não – disse Anita, pensativa. – Deve ser como o presente. Ele tem um presente mais amplo. Mas seu presente se encontra à frente, não atrás. Nosso presente está relacionado ao passado. Somente o passado é certo, para nós. Para ele, o futuro é certo.

E, provavelmente, não se lembra do passado, não mais do que qualquer animal é capaz de lembrar algo que aconteceu.

– À medida que se desenvolver – disse Baines –, que sua raça evoluir, provavelmente expandirá a habilidade de pré-pensar. Em vez de dez minutos, trinta minutos. Depois, uma hora. Um dia. Um ano. Por fim, serão capazes de se adiantar uma vida inteira. Cada um deles viverá num mundo sólido e imutável. Não haverá variáveis, incertezas. Nenhum movimento! Não terão nada a temer. Seu mundo será perfeitamente estático, um bloco sólido de matéria.

– E quando vier a morte – disse Anita –, eles a aceitarão. Não haverá luta. Para eles, já terá acontecido.

– *Terá acontecido* – repetiu Baines. – Para Cris, nossos tiros já tinham sido dados. – Deu uma risada rouca. – Sobrevivência superior não significa homem superior. Se houvesse outra inundação mundial, só os peixes sobreviveriam. Se houvesse outra era do gelo, talvez não restasse nada além de ursos polares. Quando abrimos a trava, ele já tinha visto os homens, exatamente onde estavam e o que fariam. Uma excelente faculdade, mas não um desenvolvimento da mente. Um *sentido* físico puro.

– Mas se todas as saídas estiverem fechadas – repetiu Wisdom –, verá que não pode sair. Já se entregou uma vez, vai se entregar de novo. – Balançou a cabeça. – Um animal. Sem linguagem. Sem instrumentos.

– Com seu novo sentido – disse Baines –, ele não precisa de mais nada. – Consultou o relógio. – Passam das duas. O prédio está completamente fechado?

– Você não pode sair – declarou Wisdom. – Terá de ficar aqui a noite toda... ou até pegarmos o desgraçado.

– Estou pensando nela. – Baines apontou para Anita. – Ela tem que estar na Semântica às sete da manhã.

Wisdom deu de ombros.

– Não tenho nenhum controle sobre ela. Se quiser, ela pode sair.

– Vou ficar – decidiu Anita. – Quero estar aqui quando ele... quando ele for destruído. Dormirei aqui. – Hesitou. – Wisdom, não existe outra forma? Se ele é apenas um animal, não poderíamos...
– Um zoológico? – Wisdom ergueu a voz num furor histérico.
– Deixá-lo encurralado no zoológico? Por Deus, não! Tem que morrer!

Por um longo tempo a forma reluzente ficou encolhida na escuridão. Estava num depósito. Havia caixas e pacotes para todos os lados, empilhados em perfeita arrumação, todos contados e assinalados de modo ordenado. Silenciosos e esquecidos.
Porém, em alguns instantes, homens entravam e vasculhavam a sala. Ele pôde ver isso. Ele os via em todas as partes do depósito, claros e distintos, homens com tubos-chicote, espreitando com a morte no olhar.
A visão era uma dentre muitas. Uma em meio a uma profusão de cenas representadas com nitidez que tangenciavam sua própria visão. E cada uma estava ligada a outra profusão de cenas entrelaçadas, que iam se tornando cada vez mais nebulosas até desaparecerem. Uma imprecisão progressiva, cada complexo mais indistinto que o outro.
Mas a cena imediata, a que se encontrava mais próxima dele, era claramente visível. Ele podia distinguir com facilidade a imagem dos homens armados. Portanto, era necessário sair do depósito antes que aparecessem.
A figura dourada ficou de pé com calma e foi até a porta. O corredor estava vazio. Ele já podia se ver do lado de fora, no corredor livre e ecoante de metal com luzes embutidas. Abriu a porta sem receio e saiu.
Um elevador piscava do outro lado do corredor. Foi até lá e entrou. Em cinco minutos um grupo de guardas chegaria correndo

e entraria também. Mas a essa altura ele já teria saído e enviado o elevador de volta para baixo. Agora apertava o botão e subia ao andar seguinte.

Saiu numa passagem deserta. Não havia ninguém à vista. Não ficou surpreso. Não poderia ficar surpreso. Esse elemento não existia para ele. A posição das coisas, a relação espacial entre toda a matéria no futuro imediato era algo tão certo para ele quanto seu próprio corpo. A única coisa que lhe era desconhecida era a que já deixara de existir. De modo vago e obscuro, perguntava-se de vez em quando para onde iam as coisas depois que ele passava por elas.

Foi até um pequeno armário de estoque. Acabara de ser vasculhado. Seria aberto novamente dali a meia hora. Ele tinha todo esse tempo; podia ver os acontecimentos com essa antecedência. E depois...

E depois seria capaz de ver outra área, uma região mais além. Ele estava sempre em movimento, avançando para novas regiões que nunca vira antes. Um panorama de visões e cenas em constante desdobramento, paisagens congeladas que se estendiam à sua frente. Todos os objetos eram fixos. Peças de um vasto tabuleiro de xadrez sobre o qual ele se movia, braços cruzados, rosto calmo. Um observador imparcial que via os objetos diante de si com a mesma clareza com que viam os que estavam sob seus pés.

Neste exato momento, agachado dentro do pequeno armário de estoque, via uma profusão de cenas excepcionalmente variadas pela próxima meia hora. Havia muito adiante. A meia hora estava dividida em diferentes configurações, num padrão extraordinariamente complexo. Ele chegara a uma região crítica. Estava prestes a atravessar mundos de intrincada complexidade.

Concentrou-se numa cena dez minutos adiante. A visão, como uma fotografia tridimensional, incluía uma arma pesada no final do corredor, mirando a outra extremidade. Homens passavam com cautela de uma porta a outra, revistando cada sala novamente, como já haviam feito repetidas vezes. Ao fim da meia hora, haviam chegado ao armário de estoque. Numa das cenas, olhavam dentro do armário. A essa altura ele não estava mais lá, claro. Ele não estava nessa cena. Passara à seguinte.

A próxima cena mostrava uma saída. Guardas estavam posicionados numa fileira compacta. Não tinha como passar. Ele estava nessa cena. Isolado num canto, num nicho atrás da porta. A rua lá fora era visível, estrelas, luzes, contornos de carros e pessoas passando.

No quadro seguinte, ele voltara, afastando-se da saída. Não havia como escapar. Em outro quadro, ele se via diante de outras saídas, uma legião de figuras douradas, duplicadas diversas vezes, à medida que ele explorava regiões adiante, uma após a outra. Porém, todas as saídas estavam bloqueadas.

Numa cena obscura, ele se via caído, queimado e morto. Tentara atravessar a fileira correndo, para a saída.

Mas essa cena era vaga. Uma fotografia oscilante e indistinta dentre muitas. O caminho inflexível que ele seguia não se desviaria nessa direção, não o levaria para esse lado. A figura dourada dessa cena, a miniatura dele nessa sala, tinha apenas uma relação distante com ele. Era ele, mas uma versão distante. Uma versão que ele jamais encontraria. Esqueceu-se disso e passou a examinar outro quadro.

A miríade de quadros que o cercava era um labirinto sofisticado, uma rede que ele avaliava parte por parte. Ele olhava, de cima, uma casa de bonecas com infinitos cômodos, salas sem número, cada uma com sua mobília e seus bonecos, todos imóveis e rígidos. Os mesmos bonecos e mobílias se repetiam em muitas. Ele mesmo aparecia em várias. Os dois homens na plataforma. A mulher. Muitas vezes as mesmas combinações surgiam. A peça era reapresentada com frequência, os mesmos atores e objetos cênicos se movimentavam de todas as formas possíveis.

Antes do momento de deixar o armário de estoque, Cris Johnson examinou cada uma das salas próximas a que ocupava agora. Consultou todas e analisou seus conteúdos em detalhes.

Abriu a porta e passou com calma ao corredor. Sabia exatamente para onde ia. E o que tinha de fazer. Encolhido no armário abafado, examinara com tranquilidade e destreza cada miniatura de si mesmo, observara qual configuração representada com nitidez estava em seu caminho inflexível, o cômodo certo da casa de bonecas, um único cenário na multidão, rumo ao qual ele seguia.

Anita tirou o vestido de folha metálica, pendurou-o num cabide, depois desafivelou os sapatos e chutou-os para baixo da cama. Estava começando a abrir o sutiã quando a porta se abriu.

Ela suspirou. Calmo e silencioso, o grande vulto dourado fechou a porta e passou a tranca.

Anita apanhou o tubo-chicote sobre a penteadeira. Sua mão estremecia. O corpo todo estremecia.

– O que você quer? – ela perguntou. Apertava o tubo com um tremor convulsivo. – Eu vou te matar.

A figura a observava em silêncio, braços cruzados. Era a primeira vez que ela via Cris Johnson de perto. O rosto notável e majestoso, belo e impassível. Ombros largos. A juba e a pele douradas, a penugem radiante...

– Por quê? – ela perguntou, sem fôlego. O coração batia descontroladamente. – O que você quer?

Ela poderia matá-lo com facilidade. Mas o tubo-chicote oscilava. Cris Johnson permanecia destemido, não sentia medo algum. Por que não? Não entendia o que era aquilo, o que o pequeno tubo de metal poderia fazer a ele?

– É claro – disse ela de repente, num sussurro abafado. – Pode ver adiante. Sabe que não o matarei. Caso contrário, não teria vindo aqui.

Ela corou, aterrorizada – e constrangida. Ele sabia exatamente o que ela ia fazer. Ele podia vê-lo com a mesma facilidade com que ela via as paredes do quarto, a cama retrátil com as cobertas bem arrumadas, as roupas dela penduradas no armário, a bolsa e os pequenos objetos na penteadeira.

– Está bem. – Anita recuou e, num gesto brusco, pôs o tubo sobre a penteadeira. – Não o matarei. Por que deveria? – Mexeu na bolsa e tirou um maço de cigarros. Acendeu um, trêmula, a pulsação acelerada. Estava com medo. E com uma estranha fascinação. – Você espera ficar aqui? Não adiantará de nada. Eles já passaram pelo dormitório duas vezes. Voltarão.

Ele podia entendê-la? Ela não via nada em seu rosto, apenas uma dignidade neutra. Deus, ele era enorme! Não era possível que tivesse só 18 anos, um garoto, uma criança. Parecia mais um grande deus dourado que descera à Terra.

Ela afastou o pensamento com fúria. Ele não era um deus. Era uma fera. *A fera loira*, que viera tomar o lugar do homem. Tirar o homem da Terra.

Anita pegou o tubo-chicote.

– Saia daqui! Você é um animal! Um animal grande e burro! Não é sequer capaz de entender o que estou dizendo... nem sequer tem uma linguagem. Não é humano.

Cris Johnson permaneceu em silêncio. Como se estivesse esperando. Esperando o quê? Não dava nenhum sinal de medo ou impaciência, ainda que o corredor ecoasse o som de homens em busca, metal contra metal, armas e tubos de energia sendo arrastados, gritos e estrondos distantes de todas as seções do prédio sendo revistadas e seladas.

– Eles o pegarão – disse Anita. – Ficará encurralado aqui. Passarão por esta ala a qualquer momento. – Apagou o cigarro com fúria. – Pelo amor de Deus, o que espera que *eu* faça?

Cris moveu-se na direção dela. Ela se encolheu. As mãos poderosas apanharam-na, e ela deu um suspiro de terror repentino. Por um momento, ela se debateu sem pensar, desesperada.

– Solte! – ela se desvencilhou e se afastou dele num salto. Ele ficou inexpressivo. Calmamente, foi na direção dela, um deus impassível avançando para agarrá-la. – Saia! – Ela tentou pegar o tubo-chicote, mas o tubo escorregou entre os dedos e rolou para o chão.

Cris curvou-se e apanhou a arma. Estendeu-a para ela, com a palma da mão aberta.

– Meu Deus – sussurrou Anita. Trêmula, aceitou o tubo, segurou-o com hesitação e o colocou de volta na penteadeira.

Na penumbra do quarto, a grande figura dourada parecia arder e cintilar, contornada pela escuridão. Um deus... não, não um deus. Um animal. Uma grande fera dourada, sem alma. Ela estava confusa. O que ele era – ou era os dois? Ela balançou a cabeça, desnorteada. Era tarde, quase quatro horas. Estava exausta e confusa.

Cris pegou-a nos braços. Com delicadeza, suavemente, ergueu o rosto dela e a beijou. As mãos poderosas a apertaram com força. Ela não conseguia respirar. A escuridão, combinada com a névoa cintilante e dourada, envolveu-a. Espiralava-se sem parar, levando junto seus sentidos. Ela se deixou levar com gratidão. A penumbra a encobriu e dissolveu numa corrente de força absoluta que aumentava de intensidade a cada instante, até que o estrondo se chocou contra ela e, por fim, obscureceu tudo.

Anita apertou os olhos. Sentou-se e ajeitou os cabelos de modo automático. Cris estava diante do armário. Estava estendendo a mão, tirando algo.

Ele se virou na direção dela e jogou algo na cama. A pesada capa de folha metálica.

Anita olhou para a capa sem compreender.

– O que você quer?

Cris colocou-se ao lado da cama, esperando.

Ela pegou a capa, incerta. Sentiu arrepios gelados de medo.

– Quer que eu saia daqui – disse em tom suave. – Passe pelos guardas e pela PC.

Cris não disse nada.

– Eles o matarão de imediato. – Ela se levantou sem firmeza. – Não pode passar correndo por eles. Meu Deus, você não faz nada além de correr? Deve haver um jeito melhor. Talvez eu possa apelar para Wisdom. Sou da Classe A – Classe da Diretoria. Posso ir direto à Diretoria Máxima. Devo conseguir segurá-los, adiar a eutanásia por tempo indefinido. As chances de nos pegarem é de um bilhão contra uma se tentarmos atravessar...

Ela parou.

– Mas você não negocia – continuou, devagar. – Não age por probabilidade. *Sabe* o que vai acontecer. Já viu as cartas. – Observou o rosto dele com atenção. – Não, não é enganado por cartas marcadas. Não seria possível.

Por um momento, ela ficou imersa em pensamentos. Então, num movimento rápido e decisivo, pegou a capa e vestiu-a sobre os ombros nus. Afivelou o cinto pesado, abaixou-se e tirou os sapatos de debaixo da cama, pegou a bolsa e correu para a porta.

– Venha – disse ela. A respiração estava acelerada, as bochechas vermelhas. – Vamos. Enquanto ainda há algumas saídas para escolhermos. Meu carro está estacionado lá fora, no terreno ao lado do prédio. Podemos chegar a minha casa em uma hora. Tenho uma casa de campo na Argentina. Na pior das hipóteses, podemos ir voando. É no interior, longe das cidades. Mato e pântanos. Isolada de quase tudo. – Ansiosa, ela começou a abrir a porta.

Cris deteve-a. De modo suave e paciente, colocou-se na frente dela.

Esperou um longo tempo, o corpo rígido. Depois virou a maçaneta e saiu sem receio ao corredor.

O corredor estava vazio. Não havia ninguém à vista. Anita viu de relance as costas de um guarda se afastando às pressas. Se tivessem saído um segundo antes...

Cris seguiu pelo corredor. Ela correu atrás dele. Ele ia rápido, sem esforço. A garota tinha dificuldade para acompanhá-lo. Ele parecia saber exatamente para onde ir. Para a direita, por um corredor lateral, uma passagem de suprimentos. Para um elevador de carga. Eles subiram, e pararam bruscamente.

Cris esperou de novo. Em seguida, empurrou a porta e saiu do elevador. Anita foi atrás, nervosa. Ouviu sons: armas e homens, muito perto.

Estavam perto de uma saída. Uma fileira dupla de guardas estava bem à frente. Vinte homens, uma parede sólida e uma arma automática pesada no centro. Os homens estavam alertas, rostos preocupados e tensos. Vigiando de olhos bem abertos, segurando armas com firmeza. Um Policial Civil estava no comando.

– Nunca conseguiremos passar – disse Anita, ofegante. – Não passaríamos dez metros. – Recuou. – Eles vão...

Cris pegou-a pelo braço e continuou avançando calmamente. Ela foi tomada por um terror cego. Esforçou-se desesperadamente para se soltar, mas os dedos dele eram como aço. Ela não conseguia fazer com que os abrisse. Silenciosa e irresistível, a grandiosa criatura dourada a arrastava a seu lado, na direção da fileira dupla de guardas.

– *Lá está ele!* – Armas subiram. Homens entraram em ação. O cano do canhão automático virou. – *Peguem-no!*

Anita estava paralisada. Buscou apoio no corpo poderoso a seu lado, deixando-se levar sem resistência pela força inflexível. As fileiras de guardas se aproximaram, uma muralha de armas. Anita lutou para controlar o pavor. Tropeçou, quase caiu. Cris sustentou-a sem esforço. Ela fincou as unhas, debateu-se contra ele, num esforço para se desvencilhar...

– Não atirem! – ela gritou.

As armas oscilaram, vacilantes.

– Quem é ela? – Os guardas se movimentavam, tentando mirar Cris sem incluí-la. – Quem está com ele?

Um dos guardas viu as listras na manga dela. Uma vermelha e uma preta. Classe da Diretoria. Alto escalão.

– Ela é da Classe A. – Em choque, os guardas recuaram. – Moça, saia do caminho!

Anita recuperou a voz.

– Não atirem. Ele está... sob minha custódia. Entenderam? Eu o estou levando para fora.

A parede de guardas recuou com nervosismo.

– Ninguém deve passar. O diretor Wisdom deu ordens...

– Não me submeto à autoridade de Wisdom. – Ela conseguiu um tom brusco e vivo. – Saiam do caminho. Eu o levarei à Agência de Semântica.

Por um momento nada aconteceu. Não houve reação. Então, lentamente, com hesitação, um guarda deu um passo ao lado.

Cris seguiu. Um borrão veloz, afastando-se de Anita, passando pelos guardas confusos, pela brecha na fileira, pela saída e para a rua. Explosões de energia relampejaram furiosamente atrás dele. Guardas correram em desordem, gritando. Anita foi deixada para trás, esquecida. Os guardas, a arma pesada, saíam em bandos no breu da madrugada. Sirenes soaram. Carros de patrulha saíram estrondosos.

Anita ficou perplexa, confusa, escorada na parede, tentando retomar o fôlego.

Ele não estava mais lá. Ele a abandonara. Deus do céu... o que ela havia feito? Balançou a cabeça, desconcertada, o rosto entre as mãos. Fora hipnotizada. Perdera a determinação, o bom senso. A razão! O animal, a grande fera dourada, a enganara. Tirara vantagem dela. E agora ele tinha ido embora, fugira no meio da noite.

Lágrimas de tristeza, de angústia, escorreram entre seus dedos tensos. Ela as esfregou furiosamente, mas não paravam de brotar.

– Ele se foi – disse Baines. – Nunca mais o pegaremos. Deve estar a um milhão de quilômetros daqui.

Anita sentou-se, encolhida num canto, o rosto para a parede. Um pequeno monte curvo, arruinado e desprezível.

Wisdom andava de um lado para o outro.

– Mas aonde pode ir? Onde pode se esconder? Ninguém o esconderá! Todos conhecem a lei a respeito dos desviantes!

– Ele morou na floresta a maior parte da vida. Pode caçar... é o que sempre fez. Eles se perguntavam o que ele fazia, longe e sozinho. Estava apanhando animais selvagens e dormindo debaixo de árvores. – Baines deu uma risada brusca. – E a primeira mulher que o encontrar ficará feliz em escondê-lo... como *ela* ficou. – Apontou para Anita, sacudindo o polegar.

– Então todo aquele dourado, a juba e a pose de deus tinham um *propósito*. Não eram simples ornamentos. – Wisdom apertou os lábios grossos. – Ele não tem apenas uma faculdade, tem duas. Uma é nova, o que há de mais novo em métodos de sobrevivência. A outra é tão antiga quanto a vida. – Parou de andar para encarar a figura encolhida no canto. – Plumagem. Penas brilhantes, crista de galo, cisnes, aves, escamas brilhantes de peixe. Peles reluzentes e crinas de animais. Um animal não é necessariamente *bestial*. Leões não são bestiais. Nem tigres. Ou nenhum dos grandes felinos. São tudo, menos bestiais.

– Ele nunca terá de se preocupar – disse Baines. – Sobreviverá enquanto existirem mulheres para cuidar dele. E como pode ver o futuro, já sabe que é sexualmente irresistível para fêmeas humanas.

– Nós o pegaremos – murmurou Wisdom. – Já solicitei que o governo declare estado de emergência. As Polícias Civil e Militar estarão à procura dele. Exércitos de homens, um planeta inteiro de especialistas, as máquinas e os equipamentos mais avançados. Nós o eliminaremos, cedo ou tarde.

– A essa altura não fará diferença alguma – disse Baines. Pôs a mão no ombro de Anita e deu um tapinha irônico. – Você não será a única, meu bem. Não estará sozinha. É apenas a primeira de uma longa procissão.

– Obrigada – disse Anita, entre os dentes.

– O método de sobrevivência mais antigo e o mais novo. Combinados para formar um único animal perfeitamente adaptado.

Como vamos detê-lo? Podemos fazer *você* passar por um tanque de esterilização. Mas não podemos pegar todas elas, todas as mulheres que ele encontrar. E se deixarmos passar uma, estamos arruinados.

– Temos de continuar tentando – disse Wisdom. – Recolher quantas pudermos. Antes que possam procriar. – Uma esperança tênue piscou no rosto flácido e cansado. – Talvez as características dele sejam recessivas. Talvez as nossas as anulem.

– Eu não contaria com isso por um instante sequer – disse Baines. – Acho que já sei qual das duas linhagens será dominante. – Deu um sorriso amargo. – Quer dizer, é o meu *palpite*. Não será a nossa.

Equipe de ajuste

Escrito em 1954, o conto *Equipe de ajuste* (*Adjustment team*) deu origem a **Os Agentes do Destino** (*The Adjustment Bureau*), filme de 2011 que marcou a estreia do norte-americano George Nolfi na direção. Até então reconhecido como escritor e roteirista (*Doze Homens e Outro Segredo*, *O Ultimato Bourne*, *Sentinela*), Nolfi também assina o roteiro do longa-metragem, que traz em seu elenco Matt Damon e Emily Blunt nos papéis principais.

Era uma manhã clara. A grama estava úmida e as calçadas brilhavam à luz do sol, que também refletia e cintilava nos carros estacionados. O Escriturário veio andando às pressas, folheando as instruções, virando páginas e franzindo a testa. Parou por um instante em frente à pequena casa verde de estuque, depois entrou e foi até o fundo do quintal.

O cachorro dormia dentro da casinha, de costas para o mundo. Só se via a cauda grossa.

– Pelo amor de Deus – exclamou o Escriturário, com as mãos na cintura. Bateu a lapiseira na prancheta. – Você aí, acorde.

O cachorro se mexeu. Saiu da casinha devagar, de frente, piscando e bocejando à luz da manhã.

– Ah, é você. Já? – Bocejou de novo.

– Missão importante. – O Escriturário passou o dedo experiente pela planilha de controle de transição. – Estão ajustando o Setor T137 agora de manhã. Começando às nove em ponto. – Consultou o relógio de bolso. – Alteração de três horas. Acaba ao meio-dia.

– T137? Não é longe daqui.

O Escriturário apertou os lábios em sinal de desdém.

– De fato. Demonstra uma perspicácia espantosa, meu amigo de pelo preto. Talvez possa adivinhar por que estou aqui.

– Estamos sobrepostos ao T137.

– Exato. Elementos deste Setor estão envolvidos. Temos de nos certificar que estejam no local certo quando o ajuste começar. – O Escriturário olhou para a pequena casa verde de estuque. – Sua tarefa específica envolve o homem ali dentro. Ele é funcionário de um estabelecimento comercial que fica no Setor T137. É fundamental que ele esteja lá antes das nove horas.

O cão examinou a casa. As persianas estavam abertas. A luz da cozinha, acesa. Era possível enxergar vultos tênues através da cortina de renda, movimentando-se perto da mesa. Um homem e uma mulher. Estavam tomando café.

– Lá estão – murmurou o cachorro. – Você fala do homem? Ninguém fará mal a ele, certo?

– É claro que não. Mas ele tem que chegar cedo ao escritório. Não costuma sair antes das nove. Hoje tem que sair às oito e meia. Tem que estar no perímetro do Setor T137 antes que o processo comece, ou ele não será alterado de modo a coincidir com o novo ajuste.

O cão suspirou.

– Isso significa que tenho que fazer uma evocação.

– Correto. – O Escriturário verificou a lista de instruções. – A evocação deve ser feita às oito e quinze em ponto. Entendeu? Oito e quinze. Nem um minuto a mais.

– O que a evocação das oito e quinze trará?

O Escriturário abriu o manual de instruções e examinou as colunas de códigos.

– Trará Um Amigo com Carro. Para levá-lo mais cedo ao trabalho. – Fechou o livro e cruzou os braços, pronto para esperar. – Desse modo, ele chegará ao escritório uma hora antes, o que é vital.

– Vital – murmurou o cachorro. Deitou-se com metade do corpo dentro da casinha. Fechou os olhos. – Vital.

– Acorde! Isso tem de ser feito na hora exata. Se a evocação adiantar ou atrasar...

O cachorro balançou a cabeça, sonolento.

– Eu sei. Farei tudo certo. *Sempre* faço tudo certo.

Ed Fletcher pôs mais creme no café. Suspirou e recostou-se na cadeira. Atrás dele, o forno soltou um leve chiado, enchendo a cozinha de vapores quentes. A luminária emitia uma luz amarela.
– Mais um pãozinho? – perguntou Ruth.
– Estou satisfeito. – Ed tomou um gole de café. – Pode comer.
– Tenho que ir – Ruth levantou-se, abrindo o roupão. – Hora de trabalhar.
– Já?
– Claro. Seu sortudo! Quisera eu poder ficar mais um pouco. – Ruth foi ao banheiro, passando os dedos pelos longos cabelos pretos. – Funcionário público tem que entrar cedo.
– Mas também sai mais cedo – observou Ed. Abriu o *Chronicle* e examinou a seção de esportes. – Bom, divirta-se. Cuidado para não escrever palavras com duplo sentido.

A porta do banheiro se fechou; então Ruth tirou o roupão e começou a se vestir.

Ed bocejou e olhou para o relógio acima da pia. Tempo de sobra. Não eram oito ainda. Bebeu mais café e esfregou o queixo. Precisava fazer a barba. Encolheu os ombros, sentindo preguiça. Dez minutos, talvez.

Agitada, Ruth correu para o quarto, só de combinação de náilon.
– Estou atrasada. – Vestiu, às pressas, blusa, saia, meia-calça e sapatinhos brancos. Por fim, inclinou-se e deu um beijo nele. – Tchau, amor. Vou ao mercado à noite.
– Tchau. – Ed baixou o jornal e pôs o braço em torno da cintura esbelta da mulher, abraçando-a com carinho. – Está cheirosa. Não vá paquerar o chefe.

Ruth saiu correndo pela porta da sala e desceu os degraus ruidosamente. Ele ouviu o som dos saltos diminuir à medida que ela se afastava pela calçada.

Ela foi embora. A casa ficou silenciosa. Ele estava sozinho.

Ed levantou-se, empurrando a cadeira para trás. Entrou no banheiro devagar e pegou o barbeador. Oito e dez. Lavou o rosto, esfregou a espuma e começou a passar a gilete. Barbeou-se sem pressa. Tinha tempo de sobra.

* * *

O Escriturário inclinou-se para consultar o relógio de bolso redondo, umedecendo os lábios de nervoso. O suor brotava na testa. O ponteiro dos segundos avançava. Oito e catorze. Estava quase na hora.

– Prepare-se! – exclamou o Escriturário. Endireitou-se, retesando o corpo miúdo. – Faltam dez segundos!

– *Agora!* – gritou o Escriturário.

Nada aconteceu.

O Escriturário virou-se, olhos arregalados de terror. Uma cauda preta e grossa aparecia para fora da casinha. O cachorro tinha voltado a dormir.

– AGORA! – berrou o Escriturário. Chutou a anca peluda, enlouquecido. – Em nome de Deus...

O cachorro se mexeu. Afobado, foi saindo da casinha de costas.

– Minha nossa. – Correu até a cerca, constrangido. Ergueu-se sobre as patas traseiras e abriu bem a boca. – Au! – evocou. Olhou para o Escriturário com timidez. – Sinto muito, mas não sei como...

O Escriturário manteve o olhar fixo no relógio. Sentiu um aperto no estômago. Os ponteiros marcavam oito e dezesseis.

– Você falhou – esbravejou ele. – Você falhou! Seu saco de pulgas, seu vira-lata imprestável! Você falhou!

O cachorro baixou as patas e voltou, apreensivo.

– Quer dizer que eu falhei? Ou seja, o horário da evocação era...?

– Evocou tarde demais. – O Escriturário guardou o relógio devagar, com o olhar vidrado. – Evocou tarde demais. Não teremos

Um Amigo com Carro. Sabe-se lá o que vai vir. Tenho medo de ver o que surgirá às oito e dezesseis.

– Espero que ele chegue ao Setor T137 a tempo.

– Não chegará – lamentou o Escriturário. – Não estará lá. Cometemos um erro. Estragamos tudo!

* * *

Ed tirava a espuma de barbear do rosto quando o som abafado do latido ecoou pela casa silenciosa.

– Droga – resmungou Ed. – Vai acordar a vizinhança toda. – Secou o rosto, atento aos sons. Alguém estaria chegando?

Uma vibração e, em seguida...

A campainha tocou.

Ed saiu do banheiro. Quem poderia ser? Ruth esquecera alguma coisa? Vestiu uma camisa branca e abriu a porta.

Um jovem animado, com uma expressão de neutralidade e avidez, sorriu com alegria para ele.

– Bom dia, senhor. – Tocou o chapéu. – Desculpe o incômodo tão cedo...

– O que você quer?

– Sou da Companhia Federal de Seguros de Vida. Estou aqui para falar com o senhor a respeito...

Ed começou a fechar a porta.

– Não estou precisando. Estou com pressa. Tenho que ir trabalhar.

– Sua esposa disse que este era o único horário em que poderia encontrá-lo. – O rapaz pegou a pasta do chão e empurrou a porta. – Pediu, inclusive, que eu viesse bem cedo. Não costumamos começar a esta hora, mas como ela me pediu, marquei uma observação especial.

– Está bem. – Com um suspiro de cansaço, Ed permitiu que o jovem entrasse. – Pode me explicar a apólice enquanto me visto.

O rapaz abriu a pasta sobre o sofá e espalhou pilhas de prospectos e folhetos ilustrados.

– Gostaria de mostrar alguns desses números, se me permite. É de grande importância para você e sua família...

Sem se dar conta, Ed estava sentado, examinando os folhetos. Adquiriu um seguro de vida de dez mil dólares e fez com que o homem se retirasse. Olhou o relógio. Quase nove e meia!

– Droga. – Ia chegar atrasado ao trabalho. Terminou de pôr a gravata, pegou o casaco, desligou o forno, apagou as luzes, deixou os pratos na pia e correu para a varanda.

Enquanto seguia às pressas para o ponto de ônibus, praguejava por dentro. Esses vendedores de seguros de vida. Por que o imbecil tinha de vir justamente quando eu me aprontava para sair?

Ed suspirou. Sabe-se lá quais seriam as consequências de chegar atrasado ao escritório. Chegaria quase às dez. Teve um pressentimento. Seu sexto sentido lhe dizia que teria problemas. Algo ruim. Não era um bom dia para chegar atrasado.

Queria que o vendedor não tivesse aparecido.

Ed desceu do ônibus uma quadra antes do escritório. Começou a andar depressa. Viu no imenso relógio em frente à Joalheria Stein que eram quase dez.

Ficou aflito. O velho Douglas, sem dúvida, lhe passaria um sermão. Já podia ver a cena. Douglas bufando, vermelho, apontando o dedo gordo para ele. A senhorita Evans sorrindo atrás da máquina de escrever. Jackie, o *office boy*, sorrindo e contendo o riso. Earl Hendricks, Joe e Tom. Mary, com seus olhos escuros, peitos grandes e cílios longos. Todos eles, tirando um sarro dele até o fim do dia.

Chegou à esquina e esperou o semáforo fechar. Do outro lado da rua estava o grande edifício branco de concreto, a coluna elevada de aço e cimento, vigas e janelas de vidro – o prédio do escritório. Ed hesitou. Talvez pudesse alegar que ficou preso no elevador. Em algum ponto entre o segundo andar e o terceiro.

O sinal abriu. Não havia mais ninguém atravessando a rua. Ed atravessou sozinho. Subiu no meio-fio do outro lado...

E parou, rígido.

O sol havia apagado. Estava brilhando e, no instante seguinte, já não estava mais lá. Ed olhou para cima de súbito. Nuvens cinzentas passavam, dando voltas. Nuvens enormes e sem forma. Nada mais. Uma névoa densa e sinistra que fazia tudo oscilar e escurecer. Ele sentiu arrepios desconfortáveis. *O que era isso?*
Avançou com cautela, tateando para ir adiante em meio à neblina. Tudo estava silencioso. Nenhum som – sequer os ruídos do trânsito. Ed olhou à sua volta, transtornado, tentando enxergar através da névoa em movimento. Nenhuma pessoa. Nenhum carro. Nenhuma luz. Nada.

O edifício agigantava-se adiante, fantasmagórico. Era de um cinza indistinto. Ele estendeu a mão, hesitante...

Uma parte do prédio caiu. Desmoronou numa torrente de partículas. Feito areia. Ed ficou boquiaberto, com cara de bobo. Uma cascata de escombros cinza esparramava-se em volta de seus pés. E no ponto em que tocara o prédio, uma cavidade denteada se escancarou – um poço ameaçador que desfigurava o concreto.

Atordoado, seguiu para os degraus da entrada. Subiu. Os degraus cederam. Seus pés afundaram. Ele se arrastava por algo frágil e deteriorado, como areia movediça, que quebrava sob seu peso.

Entrou no saguão. Estava escuro e sombrio. Luzes fracas piscavam na penumbra. Uma atmosfera sobrenatural pairava sobre tudo.

Ele avistou a banca de charutos. O vendedor estava debruçado em silêncio, apoiado no balcão, palito de dentes na boca, com o rosto sem expressão. *E cinza.* Estava todo cinza.

– Ei – balbuciou Ed. – O que está havendo?

O vendedor não respondeu. Ed estendeu o braço na direção dele. Sua mão tocou o braço cinza do vendedor... e o atravessou.

– Meu Deus – exclamou Ed.

O braço do vendedor se soltou. Caiu no chão do saguão, desintegrando-se em fragmentos. Pedaços de fibra cinza. Como poeira. Ed ficou zonzo.

– Socorro! – gritou, ao encontrar a voz.

Nenhuma resposta. Olhou ao redor. Havia alguns vultos dispersos: um homem lendo jornal, duas mulheres aguardando o elevador.

Ed foi até o homem. Estendeu a mão e o tocou.

O homem desmoronou aos poucos. Transformou-se numa pilha, um amontoado de cinzas soltas. Poeira. Partículas. As duas mulheres se dissolveram quando ele as tocou. Em silêncio. Não fizeram som algum ao se decomporem.

Ed encontrou a escada. Agarrou o corrimão e subiu. A escada desmoronou sob seus pés. Ele correu. Atrás dele havia um caminho destruído – suas pegadas claramente visíveis no concreto. Nuvens de cinzas flutuavam ao seu redor quando chegou ao segundo andar.

Ele observou o corredor silencioso. Avistou mais nuvens de cinzas. Não ouviu som algum. Havia apenas escuridão – escuridão ondulante.

Subiu com passos trêmulos ao terceiro andar. Seu sapato atravessou completamente um degrau. Por um segundo nauseante, ele ficou suspenso, equilibrando-se sobre um buraco escancarado que ia dar num vazio sem fundo.

Em seguida, subiu e foi sair diante do próprio escritório: DOUGLAS & BLAKE – IMOBILIÁRIA.

O corredor estava escuro, uma penumbra de nuvens de cinzas. As luzes oscilavam de modo irregular. Ele estendeu a mão para pegar a maçaneta. A maçaneta se desprendeu. Ele a largou e cravou as unhas na porta. O vidro laminado estourou e passou por ele, em pedaços. Ele arrancou a porta e passou por cima dela, entrando no escritório.

A senhorita Evans estava sentada diante da máquina de escrever, com os dedos em repouso sobre as teclas. Ela não se mexia. Estava cinza, o cabelo, a pele, as roupas. Não tinha cor. Ed a tocou. Seus dedos atravessaram o ombro dela, penetrando flocos secos.

Ele recuou, enojado. A senhorita Evans não se moveu.

Ele seguiu em frente. Empurrou a mesa. A mesa desmoronou, virando poeira apodrecida. Earl Hendricks estava ao lado do bebedouro, com um copo na mão. Era uma estátua cinza, imóvel. Nada se mexia. Nenhum som. Nenhuma vida. O escritório inteiro era poeira cinza – sem vida e sem movimento.

Ed se viu no corredor mais uma vez. Balançou a cabeça, confuso. O que significava isso? Estava enlouquecendo? Estava...?

Um som.

Ed se virou, tentando enxergar em meio à névoa cinza. Uma criatura vinha andando rápido, apressada. Um homem – um homem de jaleco branco. Atrás dele vinham outros. Homens de branco, com equipamentos. Carregavam máquinas complexas.

– Ei... – disse Ed, sem fôlego.

Os homens pararam. Abriram a boca. Arregalaram os olhos.

– Vejam!

– Algo deu errado!

– Um ainda está carregado.

– Peguem o desenergizador.

– Só podemos prosseguir quando...

Os homens se aproximaram de Ed, circulando-o. Um deles puxava uma mangueira longa com uma espécie de bocal. Um carrinho vinha atrás. Gritaram instruções rapidamente.

Ed saiu do estado de paralisia. Foi tomado por medo. Pânico. Algo terrível estava acontecendo. Tinha de sair dali. Alertar as pessoas. Fugir.

Ele se virou e correu, escada abaixo. Os degraus desmoronaram sob seus pés. Ele caiu na metade do lance de escada, rolando em montes de cinza seca. Ficou de pé e seguiu correndo até o térreo.

O saguão estava tomado pelas nuvens de cinzas. Ele abriu caminho às cegas em direção à porta. Atrás dele vinham os homens vestidos de branco, arrastando seu equipamento e gritando uns para os outros, seguindo-o rapidamente.

Ele chegou à calçada. Às suas costas, o prédio balançou e arqueou, afundando para o lado, em torrentes de cinzas que caíam e formavam montes. Ed correu para a esquina, com os homens logo atrás. Uma nuvem cinza girou em volta dele. Atravessou a rua às cegas, com as mãos estendidas. Chegou ao meio-fio...

O sol voltara a brilhar. A luz amarela e cálida se derramava sobre ele. Os carros buzinavam. Os sinais de trânsito mudavam. Por todo lado, homens e mulheres com roupas coloridas de primavera passavam apressados: pessoas fazendo compras, um policial de uniforme azul, vendedores com maletas. Lojas, vitrines, placas... carros ruidosos passando de um lado para o outro...

E no alto estava o sol brilhante no céu azul familiar.

Ed parou, recuperando o fôlego. Virou e olhou para o caminho de onde viera. Do outro lado da rua estava o prédio – como sempre esteve. Firme e nítido. Concreto, vidro e aço.

Deu um passo para trás e trombou com um cidadão apressado.

– Ei – resmungou o homem. – Cuidado.

– Desculpe. – Ed balançou a cabeça, tentando pensar com clareza. De onde estava, o prédio parecia o mesmo de sempre, grande, solene e sólido, elevando-se com imponência do outro lado da rua.

Mas um minuto atrás...

Talvez ele estivesse louco. Tinha visto o prédio se esfacelar. O prédio... e as pessoas. Eles haviam caído em forma de nuvens cinzentas de poeira. E os homens de branco – eles o perseguiram. Homens de jalecos brancos, gritando ordens, puxando equipamentos complexos.

Ele estava louco. Não havia outra explicação. Sem forças, Ed se virou e caminhou hesitante pela calçada, desorientado. Vagou sem direção, sem propósito, perdido num estado de confusão e horror.

O Escriturário foi conduzido aos gabinetes administrativos de alto escalão e recebeu ordens para aguardar.

Andava de um lado para o outro com nervosismo, entrelaçando e apertando as mãos numa agonia apreensiva. Tirou os óculos e os limpou, tremendo.

Deus. Tanta confusão e sofrimento. E não era culpa dele, mas ele levaria a bronca. Era sua responsabilidade orientar os Evocadores e fazer com que as instruções fossem seguidas. O pulguento infeliz voltara a dormir... e *ele* teria de responder por isso.

As portas se abriram.

– Pois bem – ele ouviu alguém murmurar com preocupação. Era uma voz cansada e pesarosa. O Escriturário estremeceu e entrou devagar, com o suor escorrendo pelo pescoço e por dentro da gola de celuloide.

O Velho ergueu o olhar, colocando um livro de lado. Observou o Escriturário com calma, com ternura nos olhos azul-claros – uma ternura antiga e profunda que fez o Escriturário tremer ainda mais. Ele pegou um lenço e enxugou a testa.

– Soube que houve um erro – murmurou o Velho. – Relacionado ao Setor T137. Algo que envolve um elemento de uma área adjacente.

– Isso mesmo. – A voz do Escriturário estava fraca e rouca. – Muito lastimável.

– O que ocorreu exatamente?

– Iniciei a manhã com as planilhas de instruções. O material relacionado ao T137 tinha prioridade máxima, é claro. Avisei ao Evocador de minha área que uma evocação às oito e quinze era necessária.

– O Evocador entendeu a urgência?

– Sim, senhor. – O Escriturário hesitou. – Mas...

– Mas o quê?

O Escriturário se contorceu com aflição.

– Quando dei as costas para ele, o Evocador voltou para a casinha e adormeceu. Eu estava ocupado, verificando a hora exata no meu relógio. Anunciei o momento... mas não houve resposta.

– Anunciou às oito e quinze em ponto?

– Sim, senhor! Oito e quinze em ponto. Mas o Evocador estava dormindo. Quando consegui despertá-lo, eram oito e *dezesseis*. Ele fez a evocação, mas em vez de Um Amigo com Carro, surgiu... Um Vendedor de Seguros. – O Escriturário fez uma expressão de desgosto. – O Vendedor prendeu o elemento até quase nove e meia. Assim, ele se atrasou para o trabalho, em vez de chegar mais cedo.

O Velho ficou em silêncio por um momento.

– Então, o elemento não estava no T137 quando o ajuste começou.

– Não. Ele chegou por volta das dez.

– No meio do ajuste. – O Velho se levantou e andou de um lado para o outro, com a expressão severa, mãos para trás. O manto longo se arrastava atrás dele. – Uma questão séria. Durante um Ajuste de Setor, todos os elementos relacionados de outros Setores têm de estar incluídos. Caso contrário, suas orientações ficam defasadas. Quando esse elemento entrou no T137 o ajuste havia começado há quinze minutos. O elemento se deparou com o Setor no estado mais desenergizado. Ficou andando por ali até uma das equipes de ajuste encontrá-lo.

– Eles o pegaram?

– Infelizmente não. Fugiu para fora do Setor. Para uma área próxima totalmente energizada.

– O que... o que houve depois?

O Velho parou de andar, uma expressão severa no rosto enrugado. Passou a mão pesada pelos longos cabelos brancos.

– Não sabemos. Perdemos contato com ele. Restabeleceremos contato em breve, é claro. Por ora, no entanto, ele está fora de controle.

– O que vão fazer?

– Ele tem de ser contatado e contido. Tem de ser trazido aqui em cima. Não há outra solução.

– *Aqui* em cima!

– É tarde demais para desenergizá-lo. Quando for localizado, terá contado a outras pessoas. Limpar sua mente só complicaria as coisas. Os métodos de costume não serão suficientes. Terei de cuidar do problema pessoalmente.

– Espero que ele seja localizado rápido – disse o Escriturário.

– Será. Todos os Vigilantes foram alertados. Todos os Vigilantes e todos os Evocadores. – Os olhos do Velho brilharam. – Até os Escriturários, embora com esses hesitemos em contar.

O Escriturário corou.

– Ficarei contente quando isso acabar – murmurou.

Ruth desceu a escada saltitando e saiu do prédio para o sol ardente do meio-dia. Acendeu um cigarro e seguiu rápido pela calçada, com os seios pequenos subindo e descendo à medida que inspirava o ar da primavera.

– Ruth. – Ed aproximou-se dela por trás.

– Ed! – Ela girou, dando um suspiro de surpresa. – O que está fazendo longe do...

– Venha. – Ed segurou-a pelo braço e puxou-a. – Vamos andando.

– Mas o que...

– Conto depois. – O rosto de Ed estava pálido e sério. – Vamos a um lugar em que seja possível conversar. Em particular.

– Eu estava indo almoçar no Louie's. Podemos conversar lá. – Ruth se apressou para acompanhá-lo, ofegante. – O que foi? O que aconteceu? Você está estranho. E por que não está no trabalho? Foi... foi demitido?

Atravessaram a rua e entraram num pequeno restaurante. Homens e mulheres passavam de um lado para o outro, servindo-se. Ed encontrou uma mesa nos fundos, isolada num canto.

– Aqui. – Sentou-se de modo brusco. – Aqui está bom. – Ela se sentou na outra cadeira.

Ele pediu uma xícara de café. Ruth pediu salada, creme de atum na torrada, café e torta de pêssego. Em silêncio e com uma expressão sombria e taciturna, Ed ficou vendo Ruth comer.

– Por favor, me conte – insistiu ela.

– Quer mesmo saber?

– É claro que quero! – Ruth pôs a mão pequena sobre a dele, ansiosa. – Sou sua esposa.

– Algo aconteceu hoje. Hoje de manhã. Eu estava atrasado para o trabalho. Um maldito vendedor de seguros apareceu e me segurou em casa. Fiquei meia hora atrasado.

Ruth respirou fundo.

– Douglas o demitiu.

– Não. – Ed rasgou um guardanapo em pedaços, devagar. Enfiou os pedaços no copo com água até a metade. – Eu estava extremamente preocupado. Desci do ônibus e corri pela rua. Notei quando subi na calçada em frente ao prédio.

– Notou o quê?

Ed contou. Tudo. Em detalhes.

Quando ele terminou, Ruth se recostou na cadeira, o rosto branco e as mãos trêmulas.

– Entendi – murmurou. – Não admira que esteja perturbado. – Tomou um pouco de café frio, fazendo a xícara chacoalhar sobre o pires. – Que coisa terrível.

Ed inclinou-se para perto da esposa, com uma expressão séria.

– Ruth. Você acha que estou enlouquecendo?

Ruth contraiu os lábios vermelhos.

– Não sei o que dizer. É tão estranho...

– É. Estranho nem é a palavra. Minhas mãos atravessaram as pessoas. Como se fossem de argila. Argila velha e seca. Pó. Figuras de pó. – Ed acendeu um cigarro do maço de Ruth. – Quando saí, olhei para trás e lá estava ele. O prédio. O mesmo de sempre.

– Você estava com medo que o senhor Douglas fosse lhe dar uma bronca, não estava?

– Claro. Estava sentindo medo... e culpa. – Os olhos de Ed cintilaram. – Sei o que está pensando. Eu estava com medo e não seria capaz de encará-lo. Então tive uma espécie de surto psicótico defensivo. Fuga da realidade. – Apagou o cigarro com irritação. – Ruth, estou vagando pela cidade desde então. Duas horas e meia. Claro, estou com medo. Estou morrendo de medo de voltar.

– Medo de Douglas?

– Não! Dos homens de branco. – Ed estremeceu. – Meu Deus. Perseguindo-me. Com as malditas mangueiras e... e equipamentos.

Ruth ficou em silêncio. Por fim, olhou para o marido, com um brilho nos olhos escuros.

– Tem que voltar, Ed.

– Voltar? Por quê?

– Para provar algo.

– Provar o quê?

– Que está tudo bem. – Ruth apertou a mão dele. – Tem que voltar, Ed. Tem que voltar e enfrentar. Mostrar a você mesmo que não há nada a temer.

– Que se dane! Depois do que eu vi? Ouça, Ruth. Vi o tecido da realidade se rasgar. E vi... *por trás*. Por baixo. Vi o que realmente estava lá. E não quero voltar. Não quero ver pessoas de pó novamente. Nunca mais.

Ruth olhou fixamente para ele.

– Eu volto com você.

– Pelo amor de Deus.

– Por amor a *você*. Por sua sanidade. Para que saiba. – Ruth se levantou de modo brusco, puxando o casaco sobre si. – Vamos, Ed. Vou com você. Vamos subir lá juntos. Ao escritório da Imobiliária Douglas & Blake. Vou até entrar com você para falar com o senhor Douglas.

Ed se levantou devagar, olhando firme para a esposa.

– Você acha que eu surtei. De pavor. Não consegui encarar o chefe. – A voz dele estava baixa e trêmula. – Não acha?

Ruth já estava seguindo para o caixa a passos largos.

– Venha. Você verá. Vai estar tudo lá. Exatamente como era.

– O.k. – disse Ed. Ele a seguiu devagar. – Vamos voltar lá... e ver qual dos dois está certo.

Atravessaram a rua juntos, Ruth segurando Ed pelo braço com força. Diante deles estava o prédio, a estrutura elevada de concreto, metal e vidro.

– Aí está – disse Ruth. – Está vendo?

Lá estava mesmo. O prédio se erguia firme e sólido, brilhando ao sol do começo da tarde, as janelas cintilando.

Ed e Ruth subiram no meio-fio. Ed estava tenso, o corpo rígido. Contraiu-se quando o pé tocou a calçada...

Porém, nada aconteceu: os ruídos da rua continuaram; carros, pessoas passando apressadas; um garoto vendendo jornal. Havia sons, cheiros, o barulho da cidade no meio do dia. E ao alto estavam o sol e o céu de um azul intenso.

– Está vendo? – disse Ruth. – Eu estava certa.

Eles foram até os degraus da entrada e entraram no saguão. Atrás da banca de charutos estava o vendedor, braços cruzados, ouvindo o jogo de beisebol.

– Oi, senhor Fletcher – ele cumprimentou Ed com uma expressão viva de simpatia. – Quem é a dama? Sua esposa está sabendo disso?

Ed riu com hesitação. Seguiram para o elevador. Havia quatro ou cinco executivos aguardando. Homens de meia-idade, bem vestidos, esperando em grupo, impacientes.

– Ei, Fletcher – disse um deles. – Onde esteve o dia todo? Douglas está gritando feito louco.

– Olá, Earl – murmurou Ed, e segurou firme o braço de Ruth. – Estou meio doente.

O elevador chegou. Eles entraram. O elevador subiu.

– Oi, Ed – disse o ascensorista. – Quem é a moça bonita? Por que não a apresenta?

Ed abriu um sorriso mecânico.

– Minha esposa.

O elevador os deixou no terceiro andar. Ed e Ruth saíram e seguiram para a porta de vidro da Imobiliária Douglas & Blake.

Ed parou, com a respiração curta e superficial.

– Espere. – Umedeceu os lábios. – Eu...

Ruth esperou com calma enquanto Ed enxugava a testa e o pescoço com um lenço.

– Tudo bem agora?

– Sim. – Ed seguiu adiante. Empurrou a porta de vidro.

A senhorita Evans levantou a cabeça, parando de datilografar.

– Ed Fletcher! Onde você estava?!

– Estava doente. Olá, Tom.

Tom interrompeu o trabalho e olhou para Ed.

– Oi, Ed. Olha, Douglas está querendo cortar o seu pescoço. Onde você estava?

– Eu sei. – Ed olhou para Ruth, fatigado. – Acho melhor entrar e encarar a fera.

Ruth apertou o braço dele.

– Você vai ficar bem. Sei disso. – Deu um sorriso aliviado, um lampejo de dentes brancos e lábios vermelhos. – O.k.? Me ligue se precisar.

– Claro. – Ed lhe deu um beijo breve na boca. – Obrigado, amor. Muito obrigado. Não sei que diabos deu em mim. Acho que passou.

– Esqueça. Até mais. – Ruth saiu saltitante do escritório e fechou a porta. Ed a ouviu correr até o elevador.

– Mocinha legal – disse Jackie, elogiosa.

– Sim – concordou Ed, ajeitando a gravata. Partiu para a antessala do chefe com tristeza, preparando-se. Ora, ele tinha de enfrentar a situação. Ruth estava certa. Porém, ele ia penar para explicar tudo. Já estava vendo Douglas, papadas grossas e avermelhadas, rugido de leão, o rosto distorcido pela ira...

Ed parou de súbito na entrada da antessala. Ficou paralisado. A antessala... havia sido *modificada*.

Sentiu um arrepio na nuca. Sentiu o corpo gelar de medo e a traqueia se comprimir. A antessala estava diferente. Ele virou a cabeça devagar, observando o cenário: mesas, cadeiras, instalações, arquivos, quadros.

Mudanças. Pequenas mudanças. Sutis. Ed fechou os olhos e abriu devagar. Estava alerta, com a respiração rápida e o pulso acelerado. O lugar havia mudado, sim. Não tinha dúvidas.

– Qual é o problema, Ed? – perguntou Tom. Os colegas pararam o trabalho e o observavam com curiosidade.

Ed não disse nada. Começou a entrar lentamente na antessala. Ela fora *revistada*. Ele podia ver. As coisas tinham sido alteradas. Reorganizadas. Nada óbvio... nada que ele pudesse determinar com precisão, mas podia ver.

Joe Kent dirigiu-se a ele com inquietação.

– Qual é o problema, Ed? Está parecendo um animal selvagem. Tem alguma coisa...?

Ed analisou o colega. Estava diferente. Não era o mesmo. O que era?

O rosto de Joe estava um pouco mais cheio. A camisa tinha listras azuis. Ele nunca usava listras azuis. Ed examinou a mesa de Joe. Viu papéis e contas. A mesa... estava muito deslocada para a direita. E era maior. Não era a mesma mesa.

O quadro na parede. Não era o mesmo. Era um quadro totalmente diferente. E as coisas sobre o arquivo... algumas eram novas, outras não estavam mais lá.

Olhou para trás, através da porta. Reparando bem, o cabelo da senhorita Evans estava diferente, com outro penteado. E estava mais claro.

Do outro lado, Mary, lixando as unhas perto da janela... estava mais alta, mais cheia. Sua bolsa, na mesa diante dela... era uma bolsa vermelha de tricô.

– Você sempre... teve essa bolsa? – indagou Ed.

Mary olhou para ele.

– O quê?

– Essa bolsa. Você sempre teve?

Mary riu. Ajeitou a saia com recato em torno das coxas bem torneadas, batendo os longos cílios com timidez.

– Ora, senhor Fletcher. Como assim?

Ed virou as costas. *Ele sabia.* Mesmo que ela não soubesse. Ela fora refeita – modificada: a bolsa, as roupas, o corpo, tudo nela. Nenhum deles sabia, só ele. Sua mente girou vertiginosamente. Todos tinham mudado. Todos estavam diferentes. Todos tinham sido remodelados, reformulados. De forma sutil... mas era evidente.

A lata de lixo. Era menor, não era a mesma. As persianas – brancas, não marfim. O papel de parede não tinha a mesma estampa. As instalações elétricas...

Mudanças sutis e infindáveis.

Ed voltou à antessala. Ergueu a mão e bateu à porta.

– Entre.

Ed empurrou a porta. Nathan Douglas olhou para ele, impaciente. – Senhor Douglas... – começou Ed, entrando na sala de modo vacilante... e parou.

Douglas não era o mesmo. De modo algum. Seu escritório inteiro havia mudado: os tapetes, as cortinas. A mesa era de carvalho, não de mogno. E o próprio Douglas...

Douglas estava mais jovem e mais magro. O cabelo, castanho. A pele menos avermelhada. O rosto mais liso. Sem rugas. Queixo remodelado. Olhos verdes, não pretos. Era um homem diferente. Mas ainda era Douglas – um Douglas diferente. Outra versão!

– O que foi? – perguntou Douglas com irritação. – Ah, é você, Fletcher. Onde estava de manhã?

Ed recuou. Rápido.

Bateu a porta e correu pela antessala. Tom e a senhorita Evans olharam para ele, alarmados. Ed passou por eles e abriu a porta do corredor.

– Ei! – chamou Tom. – O que...?

Ed avançou pelo corredor. Foi tomado pelo terror. Tinha de ser rápido. Ele tinha *visto*. Não havia muito tempo. Chegou ao elevador e apertou o botão.

Tempo nenhum.

Correu para a escada e começou a descer. Chegou ao segundo andar. O terror aumentou. Era uma questão de segundos.

Segundos!

O telefone público. Ed entrou correndo na cabine e puxou a porta. Desesperado, enfiou a moeda no aparelho e discou. Tinha que chamar a polícia. Ficou segurando o fone, o coração acelerado.

Alertar. Mudanças. Alguém interferindo na realidade. Alterando-a. Ele estava certo. Os homens vestidos de branco... seus equipamentos... revistando o prédio.

– Alô! – gritou Ed com a voz rouca. Não houve resposta. Nem um zumbido. Nada.

Aflito, Ed espiou o lado de fora da cabine.

E se curvou, derrotado. Colocou o fone no gancho devagar.

Não estava mais no segundo andar. A cabine estava subindo, deixando o segundo andar para trás, carregando-o para cima, cada vez mais rápido. Ela subiu andar por andar, num movimento silencioso e ligeiro.

A cabine atravessou o teto do prédio e saiu luz do sol radiante. Ganhou velocidade. O solo foi desaparecendo. Prédios e ruas ficaram menores a cada instante. Pontos minúsculos se moviam apressados, muito distantes, carros e pessoas, diminuindo rapidamente.

Nuvens passavam entre ele e a Terra. Ed fechou os olhos, zonzo de medo. Segurou-se nos puxadores da cabine telefônica.

Cada vez mais rápido, a cabine subiu. A Terra foi rapidamente deixada para trás, muito abaixo.

Ed olhou para cima, desvairado. *Para onde?* Para onde ele estava indo? Para onde ela o estava levando?

Continuou agarrado aos puxadores, esperando.

O Escriturário deu um breve aceno com a cabeça.

– É ele mesmo. O elemento em questão.
Ed Fletcher olhou à sua volta. Encontrava-se numa câmara enorme. As extremidades desapareciam em sombras indistintas. Diante dele estava um homem com papéis e livros contábeis debaixo do braço, examinando-o através de óculos com armação de aço. Era um homenzinho nervoso, de olhar penetrante, gola de celuloide, paletó de sarja azul, colete, corrente de relógio. Os sapatos eram pretos e brilhantes.

E atrás dele...

Um homem velho estava sentado em silêncio numa imensa cadeira moderna. Observava Fletcher calmamente, com olhos azuis dóceis e cansados. Fletcher sentiu, de repente, uma estranha emoção. Não era medo. Era mais uma vibração, chacoalhando seus ossos – um sentimento profundo de reverência, com nuances de fascinação.

– Onde... que lugar é este? – perguntou, sem forças. Ainda estava confuso pela rápida ascensão.

– Não faça perguntas! – gritou com fúria o homenzinho nervoso, batendo o lápis nos livros contábeis. – Está aqui para responder, não perguntar.

O Velho se moveu um pouco. Ergueu a mão.

– Falarei com o elemento a sós – murmurou. A voz era baixa. Vibrava e retumbava pela câmara. Mais uma vez, Ed foi tomado pela onda de admiração e fascínio.

– A sós? – o sujeitinho recuou, juntando os livros e papéis nos braços. – É claro. – Lançou um olhar hostil para Ed Fletcher. – Fico contente que ele finalmente esteja preso. Tanto trabalho e preocupação só por...

Ele passou por uma porta e desapareceu. A porta se fechou suavemente. Ed e o Velho estavam a sós.

– Sente-se, por favor – disse o Velho.

Ed encontrou um assento. Sentou-se sem jeito e com nervosismo. Pegou o maço de cigarros e guardou-o de volta.

– Qual é o problema? – perguntou o Velho.

– Estou começando a entender.

– Entender o quê?

– Que estou morto.

O Velho deu um breve sorriso.

– Morto? Não, não está morto. Está... fazendo uma visita. Algo pouco comum, mas as circunstâncias exigem. – Inclinou-se na direção de Ed. – Senhor Fletcher, envolveu-se em algo.

– Sim – concordou Ed. – Queria saber com o quê, ou como aconteceu.

– Não foi culpa sua. Você foi vítima de uma falha administrativa. Um erro foi cometido... não por você, mas envolvendo você.

– Que erro? – Ed esfregou a testa, cansado. – Eu... eu me expus a algo. Vi *com clareza*. Vi algo que não deveria ter visto.

O Velho acenou positivamente.

– Isso mesmo. Viu algo que não deveria ter visto... algo de que poucos elementos já tiveram consciência, e muitos menos testemunharam.

– Elementos?

– É o termo oficial. Não importa. Um erro foi cometido, mas esperamos retificá-lo. Tenho esperanças de que...

– Aquelas pessoas – interrompeu Ed. – Montes de cinza seca. Cinzentas, como se estivessem mortas. Só que era tudo: escadas, paredes e pisos. Sem cor e sem vida.

– Aquele Setor havia sido temporariamente desenergizado. Para que a equipe de ajuste pudesse entrar e realizar as mudanças.

– Mudanças. – Ed assentiu com a cabeça. – Isso mesmo. Quando voltei depois, tudo estava vivo de novo, mas não do mesmo jeito. Estava tudo diferente.

– O ajuste foi finalizado ao meio-dia. A equipe terminou o trabalho e reenergizou o Setor.

– Entendi – murmurou Ed.

– Você deveria estar no Setor quando o ajuste começou. Devido a um erro, não estava. Entrou atrasado no Setor... durante o ajuste. Fugiu, e quando retornou, tudo tinha acabado. Você viu, e não deveria ter visto. Em vez de testemunha, deveria ter sido parte do ajuste. Como os outros, deveria ter sofrido mudanças.

Ed Fletcher começou a suar na cabeça. Enxugou o suor. O estômago revirou. Sem forças, limpou a garganta.

– Compreendi. – Sua voz estava quase inaudível. Sentiu uma premonição arrepiar o corpo. – Eu deveria ter sido modificado como os outros, mas acho que algo deu errado.

– Algo deu errado. Ocorreu uma falha. E agora há um sério problema. Você viu essas coisas. Você sabe muito. E não está coordenado com a nova configuração.

– Nossa – balbuciou Ed. – Bom, não contarei a ninguém. – O suor frio gotejava. – Pode ter certeza. É como se eu tivesse mudado.

– Já contou a alguém – disse o Velho com frieza.

– Eu? – Ed hesitou. – A quem?

– Sua esposa.

Ed estremeceu. Seu rosto perdeu a cor, assumindo um branco doentio.

– É mesmo. Contei.

– Sua esposa sabe. – O Velho contorceu o rosto, furioso. – Uma mulher. Tinha que contar justo para uma...

– Eu não sabia – Ed recuou, num pânico crescente. – Mas *agora* eu sei. Pode confiar em mim. Considere-me modificado.

Os olhos azuis e antigos se fixaram nele de modo penetrante, enxergando nas profundezas do seu ser.

– E você ia chamar a polícia. Queria informar as autoridades.

– Mas eu não sabia *quem* estava fazendo as mudanças.

– Agora sabe. O processo natural tem de ser compensado... ajustado em alguns pontos, corrigido. Temos permissão total para fazer essas correções. Nossas equipes de ajuste realizam um trabalho crucial.

Ed criou coragem.

– Esse ajuste específico. Douglas, o escritório. Para quê? Tenho certeza de que foi por um motivo importante.

O Velho fez um gesto com a mão. Atrás dele, nas sombras, surgiu um mapa imenso e brilhante. Ed respirou fundo. As extremidades do mapa desapareciam na escuridão. Ele viu uma teia infinita de seções detalhadas, uma rede de quadrados e linhas ordenadas. Cada quadrado tinha uma marcação. Alguns brilhavam com uma luz azul. As luzes se alteravam de modo constante.

– O Quadro de Setores – disse o Velho, com um suspiro de cansaço. – Um trabalho descomunal. Às vezes nos perguntamos como conseguimos continuar por mais um período. Mas é algo que tem de ser feito. Pelo bem de todos. Pelo *seu* bem.

– A mudança. Em nosso... Setor.

– Seu escritório lida com imóveis. O antigo Douglas era um homem perspicaz, mas estava perdendo o vigor muito rápido. Sua saúde física estava enfraquecendo. Daqui a alguns dias, Douglas terá a chance de adquirir uma grande área de floresta inexplorada no oeste do Canadá. Ele terá de usar grande parte de seus bens. O antigo Douglas, menos viril, hesitaria. É fundamental que ele não hesite. Tem que comprar a área e desmatar a floresta de imediato. Somente um homem mais jovem, um Douglas mais jovem, realizaria isso...

...Quando o terreno for desmatado, certos vestígios antropológicos serão descobertos. Já foram colocados lá. Douglas vai arrendar a terra para o governo canadense, para estudos científicos. Os vestígios encontrados causarão uma comoção internacional nos círculos especializados...

...Uma sequência de acontecimentos se desencadeará. Homens de diversos países irão ao Canadá para examinar os vestígios. Cientistas da União Soviética, da Polônia e da Tchecoslováquia farão a viagem...

...A cadeia de eventos unirá esses cientistas pela primeira vez em anos. A pesquisa nacional será esquecida temporariamente por conta da animação com essas descobertas internacionais. Um dos mais importantes cientistas soviéticos ficará amigo de um cientista belga. Antes de se despedirem, combinarão de se corresponderem... sem o conhecimento de seus governos, é claro...

...O círculo se ampliará. Outros cientistas de ambos os lados serão incluídos. Fundarão uma sociedade. Cada vez mais estudiosos dedicarão um tempo cada vez maior a essa sociedade internacional. A pesquisa estritamente nacional sofrerá um eclipse breve, porém decisivo. A tensão da guerra diminuirá um pouco...

...Essa alteração é vital. E depende da compra e do desmatamento de uma parte da floresta do Canadá. O antigo Douglas não ousaria correr o risco. Porém, o Douglas modificado e seus funcionários modificados e rejuvenescidos realizarão esse trabalho com franco entusiasmo. E, a partir disso, a cadeia vital de eventos cada vez mais abrangentes será concretizada. Os beneficiados serão *vocês*. Nossos métodos podem parecer estranhos e indiretos. Talvez até incompreensíveis. Mas lhe garanto que sabemos o que estamos fazendo.

– Sei que sabem – disse Ed.

– Parece que sim. Sabe muita coisa. Coisa demais. Nenhum elemento deveria ter tanto conhecimento. Talvez eu devesse chamar uma equipe de ajuste aqui...

Uma imagem se formou na mente de Ed: redemoinhos de nuvens cinzentas passando, homens e mulheres cinzentos. Ele estremeceu.

– Olha – disse ele, com a voz esganiçada. – Faço qualquer coisa. Qualquer coisa mesmo. Só não me desenergize. – O suor lhe escorria pelo rosto. – Está bem?

O Velho ponderou.

– Talvez possamos encontrar alguma alternativa. Existe outra possibilidade.

– Qual? – perguntou Ed com ansiedade. – Qual é?

O Velho falou devagar, refletindo.

– Se eu permitir que volte, promete nunca tocar no assunto? Promete não revelar a ninguém as coisas que viu? As coisas que sabe?

– Claro! – disse Ed, ofegante e afoito, sentindo um alívio estonteante. – Prometo!

– Sua esposa. Ela não pode saber mais nada. Tem de achar que foi apenas uma crise psicológica passageira... fuga da realidade.

– Ela já pensa assim.

– Tem de continuar pensando.

Ed cerrou os dentes com firmeza.

– Cuidarei para que continue achando que foi um distúrbio mental. Nunca saberá o que de fato ocorreu.

– Tem certeza de que pode evitar que ela descubra a verdade?

– Claro – disse Ed, com segurança. – Sei que posso.

– Está bem – o Velho acenou devagar com a cabeça. – Vou enviá-lo de volta. Porém, não pode contar a ninguém. – Ele cresceu de modo perceptível. – Lembre-se: acabará voltando pra mim... no fim, todos voltam... e seu destino não será invejável.

– Não contarei a ela – disse Ed, transpirando. – Juro. Dou minha palavra. Sei lidar com Ruth. Não pense duas vezes.

Ed chegou em casa ao pôr do sol.

Apertou os olhos, atordoado com a descida rápida. Por um momento, ficou parado na calçada, retomando o equilíbrio e o fôlego. Depois subiu depressa o caminho da entrada.

Empurrou a porta e entrou na pequena casa verde de estuque.

– Ed! – Ruth veio voando, o rosto inchado de choro. Abriu os braços para ele e o abraçou com força. – Onde você estava?

– Estava? – murmurou Ed. – No escritório, claro.

Ruth se afastou de repente.

– Não estava, não.

Ed sentiu um leve puxão de alarme.

– É claro que estava. Onde mais?...

– Liguei para Douglas por volta das três. Ele disse que você tinha ido embora. Saído, praticamente assim que virei as costas. Eddie...

Nervoso, Ed fez um carinho nela.

– Calma, amor. – Começou a desabotoar o paletó. – Está tudo bem. Entendeu? As coisas estão na mais perfeita ordem.

Ruth sentou-se no braço do sofá. Assoou o nariz e enxugou os olhos.

– Se soubesse como eu estava preocupada. – Guardou o lenço e cruzou os braços. – Quero saber onde estava.

Perturbado, Ed pendurou o paletó no armário. Aproximou-se dela e deu-lhe um beijo. Os lábios de Ruth estavam gelados.

– Vou lhe contar tudo. Mas o que acha de comermos algo? Estou morrendo de fome.

Ruth examinou-o com atenção. Desceu do braço do sofá.

– Vou me trocar e preparar o jantar.

Ela foi ao quarto às pressas e tirou sapatos e meia-calça. Ed a seguiu.

– Não queria preocupá-la – disse, com cautela. – Depois que você me deixou hoje, percebi que estava certa.

– Ah, é? – Ruth tirou a blusa e a saia, e as colocou num cabide. – Certa sobre o quê?

– Sobre mim. – Ele fez um esforço e abriu um grande sorriso. – Sobre... o que aconteceu.

Ruth pendurou a combinação no cabide. Analisou o marido atentamente, enquanto lutava para entrar na calça jeans apertada.

– Continue.

O momento chegara. Era agora ou nunca. Ed Fletcher se preparou e escolheu as palavras com cuidado.

– Percebi – declarou – que a coisa toda estava na minha cabeça. Você estava certa, Ruth. Totalmente certa. E até entendi o que causou tudo isso.

Ruth vestiu a camiseta de algodão e a enfiou na calça.

– Qual foi a causa?

– Excesso de trabalho.

– Excesso de trabalho?

– Estou precisando de férias. Não tiro férias há anos. Não estou me concentrando no trabalho. Fico sonhando acordado. – Afirmou com firmeza, mas estava com o coração na boca. – Preciso viajar. Para as montanhas. Pescar robalo. Ou... – buscou algo para dizer, desesperadamente – ou...

Ruth foi na direção dele, com uma atitude ameaçadora.

– Ed! – ela disse de súbito. – Olhe para mim!

– Qual é o problema? – ele entrou em pânico. – Por que está me olhando desse jeito?

– *Onde você estava à tarde?*

O sorriso de Ed desapareceu.

– Eu lhe contei. Saí para caminhar. Não lhe contei? Uma caminhada. Para refletir um pouco.

– Não minta para mim, Eddie Fletcher! Sei quando está mentindo! – Os olhos de Ruth se encheram de lágrimas novamente. Com a exaltação, seus peitos subiam e desciam sob a camiseta de algodão. – Admita! Não saiu para caminhar!

Ed gaguejou, sem forças. Suava copiosamente. Largou o corpo contra a porta, sentindo-se impotente.

– O que está querendo dizer?

Os olhos negros de Ruth brilhavam de raiva.

– Fale logo! Quero saber onde estava! Conte! Tenho o direito de saber. O que aconteceu de fato?

Ed recuou aterrorizado, perdendo lentamente toda determinação. Estava dando tudo errado.

– É sério. Saí para uma...

– Conte-me! – Ruth afundou as unhas afiadas no braço dele. – Quero saber onde estava... e com quem!

Ed abriu a boca. Tentou sorrir, mas os músculos do rosto não responderam.

– Não sei o que está querendo dizer.

– Sabe muito bem o que quero dizer. Com quem estava? Aonde foi? Conte! Cedo ou tarde, vou acabar descobrindo.

Não havia saída. Ele tinha sido derrotado... e sabia disso. Não conseguia esconder dela. Desesperado, demorou para responder, rezando para ganhar tempo. Se pudesse distraí-la, faria com que pensasse em outra coisa. Se ao menos ela pudesse dar um uma trégua, por um segundo que fosse. Ele poderia inventar algo... uma história melhor. Tempo... ele precisava de mais tempo.

– Ruth, você tem que...

De repente, ouviu-se um barulho: o latido de um cão, ecoando pela casa escura.

Ruth desviou a atenção, levantando a cabeça em alerta.

– Foi Dobbie. Acho que alguém está chegando.

A campainha tocou.

– Fique aqui. Já volto. – Ruth saiu do quarto correndo e foi até a porta da frente. – Droga.

Abriu a porta.

– Boa noite! – O rapaz entrou rapidamente, carregado de objetos, dando um sorriso largo para Ruth. – Sou da Companhia de Aspiradores de Pó Sweep-Rite.

Ruth franziu o cenho, impaciente.

– Estávamos indo jantar neste mesmo instante.

– Ah, só vai demorar um minuto. – O rapaz largou o aspirador de pó e os acessórios, fazendo um estrondo metálico. Desenrolou rapidamente um longo pôster ilustrado com um aspirador de pó em ação. – Agora, se puder segurar isto enquanto ligo o aparelho...

Ele começou uma movimentação agitada e alegre, desligando a TV, ligando o aspirador e tirando as cadeiras do caminho.

– Vou mostrar o raspador de cortinas primeiro. – Ele fixou uma mangueira e um bocal ao grande reservatório reluzente. – Agora, se puder se sentar, farei uma demonstração do uso de cada um desses práticos acessórios. – Sua voz alegre se sobressaía ao ruído do aspirador. – A senhora vai notar...

* * *

Ed Fletcher sentou-se na cama. Tateou os bolsos até encontrar os cigarros. Com as mãos trêmulas, acendeu um e recostou-se na parede, sem forças e aliviado.

Olhou para cima com uma expressão de gratidão.

– Obrigado – disse em tom suave. – Acho que vamos conseguir... apesar de tudo. Muito obrigado.

Notas do autor

Philip K. Dick, a pedido de seus editores, escreveu uma série de notas a respeito de seus contos, a fim de que pudessem ser incluídas nas respectivas coletâneas. Além de complementares à leitura dos textos, elas trazem informações valiosas: ao lado do título, a data em que Dick entregou os originais para seu agente literário; na sequência, o nome da revista e a data em que o conto foi publicado. Ao término da nota, consta o ano em que foi escrita. Assim, além de se conhecer a visão do próprio Dick sobre sua obra, é possível perceber o hiato entre a finalização do conto, sua publicação e a releitura do autor.

Segunda Variedade (03/10/1952),
Space Science Fiction, maio de 1953.

Neste conto, meu tema principal – "Quem é humano e o que aparenta ser (simulacro) humano?" – emerge de forma mais sublime. A menos que consigamos, individual ou coletivamente, ter certeza da resposta a essa pergunta, temos de encarar o que, em minha opinião, é o problema mais sério de todos. Se não a respondermos adequadamente, não poderemos ter certeza sobre nossa própria natureza. Eu mesmo não tenho como saber o que sou, que dirá o que você é. Por este motivo, continuo trabalhando nesse tema; para mim, nenhuma outra pergunta é mais importante. E a resposta é difícil de ser encontrada. (1976)

Impostor (24/02/1953),
Astounding, junho de 1953.

Essa foi minha primeira história com a temática "Eu sou um ser humano? Ou será que sou apenas programado para acreditar que sou humano?". Se pararmos para considerar que escrevi esse texto em 1953, podemos dizer, modéstia à parte, que era uma ideia incrivelmente nova na ficção científica. Claro que, desde então, acabei explorando esse tema até seu limite. Mas ele continua me preocupando. Ele é importante porque nos obriga a questionar: O que é um humano? E... o que não é? (1976)

O Pagamento (31/07/52),
Imagination, junho de 1953.

Quanto vale uma chave para um armário numa estação de ônibus? Num dia, ela vale 25 centavos, no outro, mil dólares. Neste conto, acabei pensando haver momentos em que ter uma moeda para fazer uma ligação pode ser o que separa a vida da morte. Chaves, uns trocados, talvez até um ingresso para o teatro... que tal um comprovante de estacionamento de um Jaguar? Tudo o que fiz foi ligar essa ideia a uma viagem no tempo para descobrir como um objeto pequeno e inútil, sob o olhar sensato de um viajante, pode significar muito mais do que aparenta. Ele saberia em que momento aquela moeda poderá salvar sua vida. E, de volta ao passado, ele pode escolher ficar com ela em detrimento a qualquer soma de dinheiro, não importa o quanto. (1976)

O Homem Dourado (24/06/1953),
If, abril de 1954.

(Originalmente nomeado pelo autor
The God Who Runs, ou *O Deus que Corria*.)

No começo dos anos 1950, muitos autores americanos de ficção científica escreviam sobre humanos mutantes com gloriosos superpoderes e supertalentos, os quais conduziriam a humanidade a um novo patamar de existência, a uma espécie de Terra Prometida. John W.

Campbell Jr., editor da *Analog*, exigia que as histórias por ele adquiridas girassem em torno de tais maravilhosos mutantes; e também insistia que esses mutantes deveriam ser sempre apresentados como: 1) bondosos e 2) senhores da situação.

Quando escrevi *O Homem Dourado*, eu tinha a intenção de mostrar que 1) um mutante poderia não ser uma criatura bondosa, pelo menos não para o resto da humanidade, como nós, "comuns", e 2) eles não estariam no controle, mas seriam algo como bandidos nos rapinando, mutantes bestiais que, potencialmente, poderiam nos fazer mais mal do que bem. Esta era justamente a visão de mutantes psiônicos que causava aversão a Campbell, um tema de ficção que ele se recusava a publicar... e finalmente meu conto acabou na *If*.

Nós, autores de ficção científica dos anos 1950, gostávamos da *If* porque ela era impressa em papel de alta qualidade e com ilustrações; era uma revista refinada. E, o mais importante, ela oferecia oportunidades para autores desconhecidos. Uma boa quantidade de meus contos apareceu na *If*, no começo de minha carreira; para mim, era uma ótima janela para o mercado. O editor da *If* em seu início era Paul W. Fairman. Ele tomaria um conto mal escrito e o retrabalharia até que o texto ficasse bom – o que eu, particularmente, agradecia. Depois de algum tempo, o dono da publicação, James L. Quinn, tornou-se o editor, seguido por Frederik Pohl. Eu vendi contos meus para os três.

Na edição da *If* que seguiu à da publicação de *O Homem Dourado*, o espaço editorial de duas páginas trazia uma carta de uma professora colegial criticando minha história. Seus argumentos eram os mesmos apresentados por John W. Campbell Jr.: ela me repreendia por apresentar os mutantes sob um ponto de vista negativo, enquanto ela mesma oferecia sua noção de que, certamente, os mutantes seriam: 1) bondosos e 2) senhores da situação. Lá estávamos nós, de volta ao começo.

Minha teoria do motivo pelo qual as pessoas defendem essa opinião é a seguinte: acredito que elas, inconscientemente, imaginam-se como manifestações precoces desses gentis, sábios e superinteligentes *Übermenschen*, predestinados a guiar os estúpidos (isto é, o resto da humanidade) para a Terra Prometida. Uma poderosa fantasia está envolvida aqui, em minha opinião. A ideia de um super-homem psiônico assumindo as rédeas apareceu originalmente em *Odd John*, de Olaf Stapledon, e em *Slan*, de A. E. van Vogt. "Agora, somos perseguidos", dizia a mensagem, "desprezados e rejeitados. Mas no futuro, ah sim, iremos mostrar a que viemos!"

Ainda acredito que mutantes psiônicos no poder seria o mesmo que deixar raposas cuidando de galinheiros. Eu apenas reagi ao que considerei uma voraz sede de poder por parte de pessoas neuróticas, uma ânsia com a qual, acredito, John W. Campbell Jr. corroborava – de modo deliberado. A *If*, por sua vez, não se comprometia a vender uma ideia específica; era uma revista devotada a novas e genuínas ideias, disposta a abrir espaço para todos os pontos de vista sobre determinado assunto. Seus editores eram dignos de nota, uma vez que eles compreendiam o verdadeiro propósito da ficção científica: olhar em *todas* as direções, sem restrições. (1979)

Neste conto, também estou dizendo que mutantes são perigosos para nós, comuns, um conceito que incomodava John W. Campbell Jr. Deveríamos vê-los como nossos líderes. Mas eu não me sentia confortável em imaginar como eles nos veriam. Quero dizer, talvez eles não *quisessem* nos governar. Talvez, de seu nível superevoluído e superior, nós não parecêssemos valer a pena. E, ainda que eles concordassem em nos guiar, eu me sentia apreensivo ao pensar para onde eles nos levariam. Pode ser que eles nos mandassem entrar em galpões sinalizados como CHUVEIROS, mas que não eram exatamente o que as placas diziam. (1978)

REALIDADES ADAPTADAS

COPIDESQUE:
Débora Dutra Vieira
Marcos Fernando de Barros Lima

REVISÃO:
Hebe Ester Lucas
Mônica Reis

DIAGRAMAÇÃO:
Desenho Editorial

CAPA E PROJETO GRÁFICO:
Giovanna Cianelli

ILUSTRAÇÃO DE CAPA:
Rafael Coutinho

MONTAGEM DE CAPA:
Pedro Fracchetta

DIREÇÃO EXECUTIVA:
Betty Fromer

DIREÇÃO EDITORIAL:
Adriano Fromer Piazzi

DIREÇÃO DE CONTEÚDO:
Luciana Fracchetta

EDITORIAL:
Daniel Lameira
Andréa Bergamaschi
Débora Dutra Vieira
Luiza Araujo

COMUNICAÇÃO:
Nathália Bergocce

COMERCIAL:
Giovani das Graças
Lidiana Pessoa
Roberta Saraiva
Gustavo Mendonça
Pâmela Ferreira

FINANCEIRO:
Roberta Martins
Sandro Hannes

COPYRIGHT © THE ESTATE OF PHILIP K. DICK, 2012
COPYRIGHT © EDITORA ALEPH, 2012
(EDIÇÃO EM LÍNGUA PORTUGUESA PARA O BRASIL)

Todos os direitos reservados.
Proibida a reprodução, no todo ou em parte, através de quaisquer meios.

EDITORA ALEPH
Rua Tabapuã, 81, cj. 134
04533-010 – São Paulo – SP – Brasil
Tel.: [55 11] 3743-3202
www.editoraaleph.com.br

DADOS INTERNACIONAIS DE CATALOGAÇÃO NA PUBLICAÇÃO (CIP) DE ACORDO COM ISBD

D547r Dick, Philip K.
Realidades adaptadas / Philip K. Dick ; traduzido por Ludimila Hashimoto. - 2. ed. - São Paulo, SP : Editora Aleph, 2020.
312 p. ; 14cm x 21cm.

ISBN: 978-65-86064-20-9

1. Literatura americana. 2. Ficção científica. I. Hashimoto, Ludimila. II. Título.

2020-2161
CDD 813.0876
CDU 821.111(73)-3

ELABORADO POR VAGNER RODOLFO DA SILVA - CRB-8/9410

ÍNDICES PARA CATÁLOGO SISTEMÁTICO:
1. Literatura americana : ficção científica 813.0876
2. Literatura americana : ficção científica 821.111(73)-3

TIPOLOGIA:	Versailles – 55 Roman [texto]
	Sharp Grotesk – [entretítulos]
PAPEL:	Pólen Soft 80 g/m² [miolo]
	Supremo 250 g/m² [capa]
IMPRESSÃO:	Rettec Artes Gráficas e Editora Ltda. [novembro de 2020]
1ª EDIÇÃO:	agosto de 2012 [7 reimpressões]